Fritz Skowronnek

Der Wagehals

e-artnow 2018

Manfred von Richthofen
Der rote Kampfflieger

Peter Rosegger
Die schönsten Weihnachtsgeschichten

Ida Pfeiffer
Reise einer Wienerin in das Heilige Land - Konstantinopel, Palästina, Ägypten

Peter Rosegger
Jakob der Letzte - Eine Waldbauerngeschichte aus unseren Tagen

Charles Dickens, Adalbert Stifter
Gesammelte Weihnachtsmärchen für Kinder (Illustrierte Ausgabe): Die Heilige Nacht, Die Schneekönigin, Nussknacker und Mäusekönig, Die Frau Holle, Das Geschenk … Knecht Nikolaus und viel mehr

Fritz Skowronnek

Der Wagehals

Heimatroman - Spannende Jagdgeschichten des Authors von Schweigen im Walde und Der Musterknabe

e-artnow, 2018
Kontakt info@e-artnow.org
ISBN 978-80-268-8747-8

Editorische Notiz: Dieses Buch folgt dem Original text.

Inhaltsverzeichnis

1. Kapitel

Der Forstmeister Schrader in Makunischken hatte gut geschlafen, gut gefrühstückt und saß nun, behaglich eine lange Pfeife rauchend, an seinem Schreibtisch. An einem anderen Tische des großen Amtszimmers saß emsig schreibend sein Gehilfe, der Forstaufseher Karl Mooslehner. Ab und zu hob er den Kopf und sah nach seinem Vorgesetzten hinüber, der die eingelaufenen Schriftstücke aufschnitt, durchlas und am Rande mit einer kurzen Bemerkung versah. Fast jeden Brief begleitete er mit einer kurzen, lauten Bemerkung: »Na ja – das können wir machen!« »Gar nicht dumm!« »Eigentlich überflüssig!«

Nach diesen Ausrufen wußte der Forstschreiber aus langer Erfahrung die Stimmung des alten Herrn genau zu beurteilen. Sie schien heute ausgezeichnet zu sein. Jetzt aber begann hinter dem Aufsatz des Schreibtisches eine dunkle Rauchwolke aufzusteigen, und gleich darauf brach's mit Donnergepolter hervor: »Da soll doch gleich das heilige Kreuzmillionenschockdonnerwetter –! Mooslehner, wir bekommen wieder ein neues Pflanzeisen von der Regierung!«

»Schön, Herr Forstmeister!«

»Den Deuwel ist das schön! Ich denke, wir haben schon genug Alteisen auf dem Boden liegen!«

Das Geräusch eines vorfahrenden Wagens unterbrach ihn. In schlankem Trab kamen zwei stolze Trakehner Rappen auf dem Pflaster angebraust. Auf einen leichten Druck der Zügel standen sie wie Bildsäulen.

»Die Frau Weschkalnies aus Weschkallen!« flüsterte der Forstschreiber, der sich aus dem Fenster gebogen hatte. Der Forstmeister erhob sich und stellte die Pfeife weg. Ein noch sehr stattlicher Mann trotz seiner fünfundsechzig Jahre.

»Weschkalene, was verschafft mir die Ehre und das Vergnügen?« Die Frau streckte ihm beim Aussteigen die Hand entgegen. »Ich habe was auf dem Herzen, Herr Forstmeister.«

»Na, dann treten Sie näher.« Galant half er ihr den kostbaren Zobelpelz ablegen und nahm ihr die seidene Kapotte ab. »Das Leben noch frisch, Georginne?«

»Ich kann nicht klagen, Herr Forstmeister, das Alter hat mir noch keine Beschwerden gemacht.«

»Aber, Weschkalene, Sie mit Ihren fünfzig Jahren...«

»Sie können doch noch immer das Schmeicheln nicht lassen«, gab die Frau lachend zur Antwort. »Rechnen Sie mal nach, wie lange das her ist, seitdem Sie zum erstenmal mit mir getanzt haben...ich glaube, es war auf dem Schützenfest in Wisborinen...das sind vierzig Jahre her, und ich war eben sechzehn geworden...«

»Und ich war fünfundzwanzig...ach ja, das waren damals noch schöne Zeiten...«

Seine Erinnerung flog zurück in längst vergangene Zeiten, wie er nach bestandenem Examen als Forstkandidat...damals hieß ein Kandidat noch nicht Assessor...in das große Waldgebiet gekommen war, das den Nordosten der Provinz bedeckt. Da hatte ihm das frische Mädel sehr gefallen. Es wäre gar keine üble Partie gewesen...als einzige Tochter eines schwerreichen litauischen Bauern hatte sie einige Zeit die höhere Töchterschule in der Stadt besucht. Wer weiß, wie sein Schicksal sich gestaltet hätte, wenn er nicht bald darauf in eine entfernte Oberförsterei versetzt worden wäre...Als er nach drei Jahren wiederkam, hatte er sich mit der Tochter seines Oberförsters verlobt. Bald darauf heiratete Weschkalene einen ebenso reichen litauischen Bauern. Jetzt war sie schon seit Jahren Witwe. Alle Grünröcke der Umgegend, die Gutsbesitzer, auch die Jägeroffiziere aus Wartenburg verkehrten in ihrem gastfreien Hause, und es ging das Gerücht, daß sie für die kleinen Geldverlegenheiten der jungen Leute viel Verständnis und eine offene Hand hätte...

»Na, was bringen Sie mir Gutes, Georginne?«

»Pons Forschtmeisteris,« erwiderte sie mit litauischer Anrede, »ich habe ein Faß Alaus im Keller, das wird übermorgen zehn Jahre alt, das wollen wir anstechen und gemeinsam austrinken. Nicht viele...ich habe nur Ihre beiden Nachbarn aus Dietrichswalde und Starrischken gebeten, den Hegemeister, ein paar Wartenburger und Sie. Ist es Ihnen recht?«

»Selbstverständlich, Georginne, aber ich habe schwere Bedenken. Solch ein alter Alaus ist ein heimtückisches Zeug... das geht in die Beine.«

Frau Weschkalnies lachte laut auf und nickte lebhaft: »Ich muß immer noch daran denken, wie die beiden Hauptleute zum erstenmal bei mir zur Jagd waren... ich schickte ihnen zum Frühstück ein paar Flaschen Alaus in Eis gepackt aufs Feld...«

Jetzt lachte auch der Forstmeister. »Ich weiß, Sie haben sie müssen vom Felde holen und nach Hause fahren lassen...«

»Na, dann abgemacht. Sie kommen also. Nun habe ich noch etwas auf dem Herzen. Sie werden bei mir eine Verwandte finden, eine Witwe... nicht mehr ganz jung, sie ist schon über die Dreißig weg... aber ich kann Ihnen sagen, Herr Forstmeister, das sehen Sie ihr nicht an, sie sieht zehn Jahre jünger aus... nicht zu groß, aber so schön rund und mollig...'ne drugglige Margell möcht' ich sagen...«

»Schön, Georginne, aber was habe ich mit der hübschen Witwe zu tun? Sie fürchten doch nicht etwa, daß ich ihr zu sehr den Hof machen werde?«

»Sie könnten nichts Besseres tun, Herr Forstmeister, ja wirklich... im Ernst gesprochen, ich bin bloß hergekommen, um Ihnen auf die Sprünge zu helfen. Sie würden keinen Korb bekommen, im Gegenteil...«

Der Forstmeister lachte und schlug sich mit der Hand aufs Knie.

»Sie brauchen gar nicht zu lachen... die Madeline hat Sie bloß zweimal in der Stadt gesehen, aber gleich nach dem erstenmal sagte sie zu mir: Tante, den Forstmeister aus Makunischken, den möcht' ich gleich nehmen.«

»Aber, Georginne, Sie sind doch sonst eine sehr verständige Frau...«

»Das meine ich auch, Herr Forstmeister, und deshalb komme ich zu Ihnen. Sie sind noch ein sehr forscher Mann, dem man keine fünfzig Jahre zutraut... groß und schlank wie ein Jüngling, volles dunkles Haar, in dem man kaum das bißchen Grau sieht; forscher Schnurrbart, klare Augen... ein ganz junges Ding könnte sich noch in Sie verlieben.«

»Nun hören Sie aber davon auf, Georginne.«

»Nein, Herr Forstmeister, ich meine das in allem Ernst... Sie könnten noch einen hübschen kleinen Jungen haben oder ein Mädchen oder beides...«

Der alte Herr stand auf und wehrte mit beiden Händen ab. »Nein, nein, Weschkalene, ich bin alt genug, um die Bequemlichkeit schon etwas hoch zu schätzen; meine Abromeitene hat sich mit mir zwanzig Jahre eingewirtschaftet... sie kocht vorzüglich und am besten das, was ich gern esse... ich denke, sie wird mich bis an mein seliges Lebensende pflegen.«

»Lieber Herr Forstmeister, ich dachte, Sie wissen schon... hat sie Ihnen noch nichts gesagt?«

»Wie meinen Sie? meine Abromeitene?«

»Ja, Herr Forstmeister, sie bleibt ja nicht bei Ihnen, sie wird den Förster Kallweit heiraten.«

»Den Kallweit? mit fünf kleinen Kindern... zum Deuwel... Georginne, haben Sie das etwa auch eingefädelt?«

Die Frau lachte und nickte: »Ja, das habe ich zustande gebracht.«

Mit einigen Schritten war der alte Herr an der Tür und rief mit scharfer Stimme hinaus: »Abromeitene!«

»Plagt Sie altes Frauenzimmer der Deuwel?« fuhr er die Eintretende an, »haben Sie es bei mir nicht gut genug, daß Sie sich auf einen Witwer mit fünf Kindern verleckern?«

»Ach Gott, Herr Forstmeister, ich wollt' ja auch nicht«, erwiderte weinerlich die Abromeitene, eine ältliche, aber noch ganz stattliche Frauensperson, die schon die Vierzig erreicht haben mochte. »Aber man wird doch alt, und schließlich möchte jeder Mensch doch lieber die Füße unter den eigenen Tisch stecken.«

»Na ja,« erwiderte der Forstmeister schon etwas ruhiger. »das verstehe ich vollkommen, aber Sie haben doch schon, wie ich weiß, mehrere Heiratsanträge, die viel vorteilhafter waren, ausgeschlagen, und nun mit einemmal...«

»Ja, Herr Forstmeister, das habe ich... aber nehmen Sie nicht übel, wenn ich das sagen darf, der Kallweit gefällt mir ja auch nicht so sehr... aber... am Sonntag war ich nachmittags bei ihm, um mir die Wirtschaft anzusehen, und da kroch so ein kleiner Junge von anderthalb Jahren im Dreck 'rum .. da gab es mir einen Ruck, Herr Forstmeister. Ich dachte: sollen die kleinen Würmer im Dreck verkommen? Sie sind doch aus 'ner anständigen Familie...da konnt' ich nicht anders, da habe ich ja gesagt.«

Die Tränen liefen ihr über die Backen hinunter, sie hob die Schürze und trocknete sie ab. Der alte Herr hatte verdächtig mit den Augen gezwinkert...jetzt trat er an seine Wirtin heran und legte ihr die Hand auf die Schulter: »Weshalb heulst du, dummes Frauenzimmer? Ich habe ja nichts dagegen, daß du den Kallweit heiratest, bloß was mach' ich jetzt?«

»Heiraten«, warf Frau Weschkalnies dazwischen.

»Ich habe schon für Sie gesorgt, Herr Forstmeister,« fuhr Abromeitene fort, »ich habe schon meiner Nichte geschrieben. Sie machen keinen schlechten Tausch, gnädiger Herr, die Katinka ist erst fünfundzwanzig, aber sie kocht sehr gut, und wenn ich sie ein paar Wochen unter meine Fuchtel nehme und ordentlich einexerziere...«

»Na, dann heirat' deinen Kallweit und laß deine Nichte kommen. Was gibt's übrigens heute zu Mittag?«

»Das sollt' eigentlich 'ne Überraschung werden, Herr Forstmeister...ich brat' für den Herrn ein Schnepfchen, der Mooslehner hat es gestern abend geschossen.« »Was, die Schnepfe ist schon da, und ihr sagt es mir nicht? Na, nun geh mal, Abromeitene.« Lachend drehte er sich zur Weschkalene um.

»Sie haben diesmal verspielt, Georginne! Wenn die Nichte so gut einschlägt wie die Tante –«

»Das wollen wir ruhig abwarten.«

»Einverstanden, verehrte Freundin, aber nun hat Ihre Einladung ein anderes Gesicht bekommen...ich muß jetzt ablehnen...ich will und kann mich nicht dem Verdacht aussetzen, daß ich bei einer jungen, forschen Witwe auf die Freit' gehn will.« Mit einem spitzbübischen Lächeln fügte er hinzu: »Ja, hätte man mir von dritter Seite zugetragen, daß die Georginne Weschkalene auf mich Absichten hat, dann müßte ich die Sache doch in reifliche Erwägung ziehen.«

»Ach, scherzen Sie doch nicht mit einer alten Frau...aber Sie können ruhig zu mir kommen; ich gebe Ihnen mein Wort, daß die Madeline keine Ahnung hat, weswegen ich zu Ihnen gefahren bin, und ansehen kostet doch nichts.«

»Gut, ich werde kommen...aber nun noch eine Frage. Ich habe schon vor einigen Wochen so was verlauten hören, daß Sie überall herumfahren, Georginne, um Heiraten zu stiften. Weshalb tun Sie das?«

»Das will ich Ihnen offen sagen, Herr Forstmeister. Sehen Sie, ich habe als junges Mädchen einen Mann sehr lieb gehabt, sehr lieb...und ich habe auch gemerkt, daß ich ihm gefallen habe. Aber er war zu zach, er hat sich nicht an die reiche Bauerntochter herangetraut. Wenn damals so eine Person gewesen wäre wie ich, daß ich hätte zu ihr gehn können und ihr sagen: stechen Sie mal dem jungen Mann den Star: Sie bekommen keinen Korb bei der Georginne, und ihre Eltern werden nichts dagegen haben...Sehen Sie, Herr Forstmeister, dann wären zwei Menschen sehr glücklich geworden. Es kann ja nicht Mode werden, daß die jungen Mädchen zu den Männern auf die Freit' gehn, das wäre wider die Natur. Da muß eine alte verständige Frau helfen...und glauben Sie, mein lieber Freund, bei jedem Mann entzündet sich das Herz, wenn er hört, daß das junge Mädchen ihm gut ist. Das muß Ihnen doch auch einen Ruck geben, wenn Sie hören, daß ein junges forsches Weib sich in Sie verliebt hat. Jawohl, ganz richtig verliebt.«

»Na, noch habe ich den Ruck nicht verspürt, Weschkalene...aber ich möchte gern wissen, wer damals...Donnerwetter, waren Sie mit neunzehn Jahren ein forsches Mädel...ich habe mir gar nicht erklären können, wie Sie sich solchen Doschack zum Mann nehmen konnten.«

»Na, der andere war auch nichts anderes als ein Doschack. Wissen Sie, wer das war? Der Krummhaar...Der Adam...ja...neun Jahre hat er um die Tochter seines Oberförsters gefreit.«

»Georginne, die Geschichte kenne ich. Das hab' ich selbst erlebt, wie das Mädel für seine Liebe gekämpft hat, bis der Alte zuletzt nachgab...und eine sehr glückliche Ehe ist es gewesen... und vier stattliche Söhne, die alle in der Welt etwas bedeuten.«

»Ich sage ja nichts dagegen, Herr Forstmeister, aber wenn ich so denke, daß das meine Jungens hätten sein können, dann wird mir noch immer das Augenwasser lebendig. Was habe ich jetzt als alte Frau vom Leben…kein Kind, kein Kegel…bloß Arbeit habe ich von dem Gut und dem vielen Geld. Die Madeline ist meine einzige Verwandte…ein Jungchen hat sie gehabt, das ist früh verstorben…da habe ich mir so gedacht, sie muß noch einmal heiraten. Wie ich's ihr zum erstenmal sag', wehrt sie mit Händen und Füßen ab, und gestern, wie sie aus der Stadt kommt, sagt sie von selbst zu mir…so wahr ich lebe, Herr Forstmeister…Tante, sagt sie, ich habe heute wieder den Forstmeister aus Makunischken gesehen, nein, ist das ein Mann, den nehme ich von der Stelle weg. Kind, habe ich gesagt, der Herr ist fünfundsechzig Jahre alt… Und wenn er fünfundachtzig wäre, ich würde nicht danach fragen! gibt sie mir zur Antwort.«

Der alte Herr stand auf. »Sie verstehen Ihr Geschäft, Georginne, das muß ich Ihnen sagen. Sie haben mich wirklich neugierig gemacht auf die drugglige Margell…aber«, er drohte ihr mit dem Finger.

»Selbstverständlich, Herr Forstmeister, da wäre jedes Wort vom Übel…und nicht zu viel von dem Alaus trinken!«

»Davor werde ich mich hüten!«

»Na, dann auf Wiedersehen übermorgen!«

2. Kapitel

Der Forstmeister hatte die Weschkalene zum Wagen begleitet und sich dann wieder in seine
Amtsstube an den Schreibtisch begeben. Mächtige Rauchwolken stiegen aus seiner Pfeife auf,
aber dazu wollte das behagliche Lachen, das der Forstschreiber von Zeit zu Zeit hörte, gar nicht
passen. Mit einem Male brach er los: »Sie Racker, Sie, Mooslehner, Sie haben gestern die erste
Schnepfe geschossen und mir nichts gesagt!«

»Jawohl, Herr Forstmeister, aber die Abromeitene wollte Sie heute mittag mit der Schnepfe
überraschen, dann wollte ich es Ihnen erst sagen.«

»Sie sehen doch, daß es vor mir keine Heimlichkeiten gibt... Hier sind ein paar Briefe, die
uns was Neues bringen. Wir bekommen einen Forstassessor, der den Wald neu vermessen soll,
und für den Hegemeister ist ein Forstaufseher zur Unterstützung bewilligt worden... na, lassen
Sie nur, ich gehe selbst zu ihm 'rüber!«

Er hielt inne und drehte sich zur Tür, durch die eben ein paar junge Mädchen hereinstürm-
ten.

»Was wollt ihr denn hier im Allerheiligsten der Königlichen Oberförsterei Makunischken?«

»Ach, nicht viel, Onkel Ottomar!« erwiderte die Kleinere, eine reizende Blondine mit merkwürdig dunklen Augen. »Zwischen Dietrichswalde und Starrischken ist heute früh wieder Krieg
ausgebrochen. Unsere Herren Väter können sich nicht einigen, wo heute abend Skat gespielt
werden soll, das sollst du entscheiden. Bei uns gibt's einen Hammelrücken als Wild frisiert und
eine frischmilchende Kuh, direkt aus der Schönbuscher Brauerei bezogen... sie liegt schon seit
gestern auf Eis.«

»Bei uns gibt's das Schwanzstück eines großen Hechtes, als Hase in der Pfanne gebraten, und
pro Kopf eine Flasche Rüdesheimer Hinterhaus!« fuhr die andere fort, indem sie sich zärtlich an
den alten Herrn anschmiegte. Sofort sprang die Kleinere um den Stuhl herum und schmiegte
sich von der anderen Seite an ihn.

»Kinder, die Entscheidung ist sehr schwer, wenn man so zwischen zwei Heubündeln sitzt...«

»Pfui, Onkel, wie kannst du uns mit Heubündeln vergleichen?« rief die Kleinere, Erna von
Degenfeld.

»Ich meine ja nicht euch beide, sondern die beiden Gerichte... das eine esse ich ebenso gern
wie das andere, aber ich entscheide mich für das Hinterhaus... es wird also in Starrischken heute
Skat gespielt.«

»Dann kommt mein wilder Hammel morgen an die Reihe. Aber nun sag' mal, Onkel, was
hast du der Abromeitene angetan? Sie sitzt in der Küche und heult wie ein Kettenhund, vor
sich auf dem Küchentisch hat sie einen Verlobungsring liegen und schluchzt immerzu: ›Nu soll
ich hier fort!‹«

Der alte Herr lachte laut auf. »Eigentlich ist es rührend! Das ist der Trennungsschmerz, sie
wird den Kallweit heiraten.«

»Die Abromeitene den Kallweit? Und was tust du dann, Onkel Ottomar?«

»Ich muß auch heiraten, mir bleibt nichts anderes übrig. Na, wie wäre es mit einer von euch
beiden? Hat eine von euch Lust?«

»Ich nehme dich sofort, Onkel Ottomar!« erwiderte Erna keck. »Du bist, abgesehen von deinem gutmütigen Poltern mit dem Donnerwetter, ein tadelloser Kavalier, hast eine angesehene
Stellung in der Welt, und als Mann bist du noch so stattlich, daß ich mir danach mein Ideal
gebildet habe!«

»Du kleiner Racker, du bist ein Schmeichler... Na, wir wollen uns mal die Sache beschlafen.
In meinem Alter ist man nicht mehr so stürmisch in Liebesangelegenheiten. Ich möchte mich
erst entscheiden, wenn Ihr den Heiratskandidaten gesehen habt, der in der nächsten Zeit hier
eintrifft!«

»Sehr richtig, Onkel!« fiel ihm jetzt die Liesbeth von Grumkow ins Wort. »Wir sind noch
nicht in dem Stadium, daß wir sofort ausrufen: ›Wo ist er?‹ Wir fragen auch noch nicht: ›Was
ist er?‹ Wir wollen wissen: ›Wie ist er?‹ Na, und wie heißt er?«

»Forstassessor von Sperling heißt er. Mein Freund, der Forstrat, schreibt mir persönlich, daß der Herr Assessor ein sehr reicher Mann ist, sehr verwöhnt, denn er ist mehrere Jahre als Feldjäger zwischen den Höfen Europas und Berlin hin und her gereist... er bringt Koch und Diener mit... das leerstehende Steueraufseherhaus soll für ihn ausgebessert werden, er wird sich dort häuslich einrichten, und da aus dem Assessor ein Oberförster und schließlich ein Forstmeister wird, so wollen wir uns drei die Sache reiflich überlegen und erst die Ankunft dieses jungen Herrn abwarten... Wollt ihr mitkommen? Ich will mir mal gleich die alte Baracke ansehen, ich fürchte, daß mit einigen Quadratfuß Brettern und einem Eimer Kalk die Sache für den Forstfiskus nicht abgemacht sein wird... Mooslehner, hier sind noch ein paar Briefe, die Sie beantworten müssen... Na, dann kommt, Kinder! Ich will bloß dem Krummhaar noch eine kurze Mitteilung machen.«

Gleich auf der anderen Seite des schmalen Weges lag die Försterei. Die beiden Grünröcke, die miteinander schon ein Menschenalter gelebt hatten, verkehrten sehr vertraut und zwanglos miteinander. Manchmal standen sie stundenlang, jeder hinter seinem Hoftor mit einer langen Pfeife, sich gegenüber und plauderten. Zum Schluß pflegte sich stets ein Wettstreit zu erheben, wer dem anderen zum Abendbrot folgen sollte...

Der Hegemeister hatte als Feldwebel beim Jägerbataillon den jungen Forstreferendar Schrader als Einjährig-Freiwilligen ausgebildet und ihn dabei als Freund gewonnen. Dann hatte das Schicksal sie hier vor dreißig Jahren wieder zusammengebracht, da war es kein Wunder, daß das Verhältnis vom Vorgesetzten zum Untergebenen nur vor Fremden zum Ausdruck kam...

Der Forstmeister war ans Hoftor der Försterei getreten. Mit lauter Stimme rief er: »Hegemeister!« Keine Antwort. »Krummhaar!« Keine Antwort. »Adam!« Keine Antwort.

»Ah, heute hat er seinen militärischen Tag!« meinte er lachend zu den beiden Mädchen. »Na, dann: Herr Feldwebel!«

»Herr Hauptmann!« ertönte es im selben Augenblick in scharfem Ton aus der offenen Tür des Holzschauers. Ein mittelgroßer Mann mit eisgrauem Schnurr- und Knebelbart kam eilfertig angeschritten. Auf dem Kopfe trug er eine alte Soldatenmütze... »Was befehlen der Herr Hauptmann?«

Mit ernsthafter Miene kommandierte der Forstmeister: »Rühren, Herr Feldwebel... Was haben Sie denn heute Militärisches vor?«

»Mobilmachung gegen die Krebse!« erwiderte der Graubart. »Ich bessere die Krebsteller aus, und am Nachmittag will ich Frösche jagen... Ich bin der Meinung, und Herr Hauptmann werden mir beipflichten, daß die alte Küchenregel von den Monaten ohne ›r‹ ein großer Unsinn ist. Die Krebse schmecken nie besser als jetzt im April, und vom Oktober ab bis zum Zufrieren...«

»Ganz meine Meinung, lieber Herr Feldwebel!«

»Danke gehorsamst, Herr Hauptmann! – Na, Kinder,« wandte er sich lachend an die beiden Mädchen, »wofür hat sich der Herr Forstmeister entschieden? Für Hammel oder Hecht?«

»Für Hecht, Onkel Adam!« erwiderte Liesbeth.

»Na, dann halt' mal einen Kessel mit kochendem Wasser bereit, ich bringe ein Schock große Krebse mit.«

Er nickte den beiden Mädchen, die mit ihm ebenso vertraut waren wie mit dem Forstmeister, freundlich zu, machte stramm linksum kehrt und marschierte im Stechschritt über den Hof ab.

»Halt, kehrt!« rief ihm der Forstmeister nach. »Jetzt habe ich noch ein Wort mit dem Herrn Hegemeister zu sprechen. Krummhaar, die Regierung hat Ihnen den Forstaufseher bewilligt, er soll bei Ihnen sein Forstexamen machen.«

»Ei, was Sie sagen, Herr Forstmeister! Wie heißt denn der Jüngling?«

»Ferdinand Schnabel.«

»Schnabel – Schnabel? Doch nicht der Sohn von Nante Schnabel aus Wersmeninken?«

»Ich glaube, ja...«

»Das ist ein Unglück, Herr Forstmeister. Ich nehme den Menschen nicht auf, obwohl er mein Patenkind ist. Der frißt mir ja die letzten Haare vom Kopfe.« Er nahm die Mütze vom Kopf und strich mit der linken Hand vom Genick her die »Sardellen« über den blanken Schädel.

»Was haben Sie denn gegen den jungen Menschen, Adam?«

»Gar nichts, Herr Forstmeister, er soll ein guter, lieber Kerl sein, aber er frißt uns alle arm. Wissen Sie denn nicht? Das muß eine Krankheit sein, die sich schon vom Großvater her in der Familie vererbt...Das muß ich Ihnen erzählen. Also, der Nante, sein Vater, wird nach Wersmeninken versetzt. Am Quartalsersten – es war gerade Markttag – kommt er nach Lasdehnen; er trifft mich auf der Straße, hält an und fragt: Mensch, sagt er, Adam, wo kehrt Ihr hier ein? Wir kehren alle beim Fleischer Eindrigkeit ein...paar Häuser bloß von hier. Du wirst keinen zu Hause finden, aber das schadet nichts. Auf dem Tische und in der Ofenröhre findest du was zu essen...Er fährt dann auch weiter...So um die Mittagszeit 'rum gehe ich mit dem Kollegen Schwarzkopf zu Eindrigkeit, um etwas zu verbeißen. Ja, prost Mahlzeit...denken Sie sich, einen abgekochten Schinken von zehn Pfund, ein halbes Schock Eier und ein Fünf-Groschen-Brot hat der Kerl verpulvert und eine Flasche Korn dazu getrunken!«

»Adam, das Latein ist etwas sehr stark!«

»So wahr ich lebe und gesund bin, Herr Forstmeister, das sind doch keine Jagdgeschichten, das kann Ihnen hier jeder Mensch bestätigen...und die drei Jungen haben von ihm denselben Appetit geerbt. Wenn Wersmeninken nicht so 'ne gute Stelle gewesen wäre, dann wären die vier Mann verhungert.«

»Na, einen werden wir doch hier satt kriegen; wenn Sie nicht wollen, werde ich ihn in Kost nehmen. Wie soll der Mensch sonst mit seinem Gehalt von sechzig Mark monatlich auskommen?«

»Da tun Sie ein gutes Werk, Herr Forstmeister. Dafür sollen Sie auch heute mittag schon ein halbes Schock Krebse haben. Ich habe gestern die Dorfjungens belapst...die Kröten kriechen doch jetzt bei dem Wetter bis an die Brust in das eiskalte Wasser und holen die Krebse mit den Händen aus den Löchern...Na, dann auf Wiedersehen, Herr Forstmeister, auf Wiedersehen, Kinder. Liesbeth, ich werde so um acht bei euch sein, zu warten braucht ihr nicht, der Hecht schmeckt auch kalt gut, wenn bloß heiße Kartoffeln dazu sind!«

»Dafür wird gesorgt, Onkel Adam!«

»Ein merkwürdiger Kauz, dieser alte Adam, aber ein Herz wie Gold!« meinte der Forstmeister, als er mit den Mädchen weiterging.

»Na, weißt du, Onkel,« erwiderte Liesbeth, »das hat mir heute gar nicht von ihm gefallen, daß er den Forstaufseher nicht bei sich aufnehmen will.«

»Ach, Kinder, das ist doch ein so schlauer Trick von dem Adam, er weiß doch, daß ich dem jungen Menschen kein Geld abnehmen werde, und ebensooft wird er sich bei ihm sattessen wie bei mir. Sagt mal, Kinder, ich wollte euch was fragen: kennt ihr vielleicht zufällig die Nichte der Weschkalene, die jetzt bei ihr zu Besuch ist?«

Erna faßte ihn unter dem Arm und zwang ihn, stillzustehen. »Onkel Ottomar, das ist eine sehr verdächtige Frage. Die Abromeitene geht von dir weg. Du erklärst uns, daß du heiraten mußt, und jetzt fragst du nach der Madeline Mazat...Kurz, ehe wir zu dir kamen, war die Weschkalene bei dir...«

»Du bist ja gefährlich klug, Erna.«

»Bitte, mich in das Kompliment einzuschließen,« rief Liesbeth von der anderen Seite, »dann will ich dir bereitwillig Auskunft geben. Also, zuerst das Signalement: Alter achtunddreißig Jahre, Haare blond, Augen blau, Nase, Mund gewöhnlich; besondere Kennzeichen: keine.«

Der Forstmeister lachte laut auf. Er hatte bei der Beschreibung an einen sehr schlechten Witz denken müssen. Erna, die ihn links untergefaßt hatte, stieß ihn mit dem Ellbogen in die Seite: »Was ist dabei zu lachen? Ich werde die Beschreibung ergänzen: sie ist eine bildhübsche, forsche Person, sanftmütig und von Herzen demütig, wie es in der Bibel heißt.«

»Na, und weiter?«

»Ist dir das noch nicht genug? Ach so, ihre übrigen Personalien willst du wissen? Ihr Mann war Katasterkontrolleur und Hauptmann der Reserve, wie du...«

»Ja, Kinder, woher wißt ihr denn das alles?«

»Das ist unser Geheimnis!« erwiderte Liesbeth.

»Ach, Unsinn, Liesbeth, wozu die Geheimniskrämerei. Die Weschkalene war gestern nachmittag bei uns.«

»Bei uns auch!« rief Liesbeth. »Sie hat uns das alles und noch viel mehr erzählt.«

»Du siehst also, Onkel Ottomar,« fuhr Erna fort, »die intimsten Fäden dieser Heiratsge-
schichte sind bereits bloßgelegt, aber wir schweigen wie das Grab… wir schwören es dir!«

»Ihr Rackerzeug, ihr braucht nicht zu schwören, ihr seid ganz auf dem Holzwege!«

»So – dann nimm dich bloß in acht, Onkel, daß du übermorgen bei der Weschkalene nicht
zu viel Alaus trinkst!«

»Ich werde mich hüten. Aber, nun bitte ich euch in allem Ernst: nehmt eure Zunge etwas
in acht, aus einer harmlosen Neckerei kann ein dummes Gerede werden.«

»Aber selbstverständlich, Onkel Ottomar!« erwiderte Liesbeth ernst, »du hast uns ja dazu
angestiftet… aber nun sieh mal die alte Baracke, was soll denn aus der gemacht werden, da fehlt
ja nicht mehr als alles.«

Sie wies auf das alte, strohgedeckte Häuschen, vor dessen zerfallenem Zaun sie standen. Die
Sträucher verwahrlost, das Strohdach vom Winde zerzaust, die Fenster zertrümmert. Im Innern
sah es nicht besser aus. In den Dielen Löcher, der Kalkverputz von den Wänden in großen
Stücken abgefallen… Kopfschüttelnd ging der alte Herr herum.

»Das wird ein schönes Stück Geld kosten. Aber wenn der Herr Assessor es bezahlen will,
der Fiskus wird wohl dafür danken. Na, meinetwegen.«

Die Mädchen hatten sich verabschiedet, um nach Hause zu gehen. Langsam wanderte der
Herr Forstmeister den Weg zurück… Die Frühjahrssonne hatte über die Nebel gesiegt, heller,
warmer Sonnenschein lag auf den Feldern und den weißen Birken, deren Zweige bereits grün
zu schimmern begannen. Von dem Saatfeld stieg die Lerche auf und sang jubilierend ihr einfa-
ches Lied, und dazwischen schmetterte der Buchfink frohlockend seine kurze Strophe… Dem
alten Herrn wurde so merkwürdig zumute; die Uniform hatte er weit geöffnet, den Krückstock
wirbelte er um die Hand. »Ach, Unsinn«, sagte er ein paarmal vor sich hin, und dann begann
er zu pfeifen: »Ich weiß nicht, was soll es bedeuten.«

3. Kapitel

Als der Forstmeister gegen Mittag nach Hause kam, war Nante Schnabel eingetroffen, ein Mann von mächtigen Gliedern und breiten Schultern, sechs Fuß groß, so daß er seinen stattlichen Vorgesetzten noch um Haupteslänge überragte... Der alte Herr begrüßte ihn in seiner leutseligen Weise, reichte ihm die Hand und hieß ihn willkommen. Inzwischen war Mooslehner aufgestanden und neben Schnabel getreten: »Ich habe eine große Bitte, Herr Forstmeister.«

»Na, schießen Sie mal los.«

»Ich wollte bitten, ob nicht Schnabel an meine Stelle als Forstschreiber treten könnte.«

»Weshalb denn? Was treibt Sie denn weg? Haben Sie es nicht gut bei mir?«

»Herr Forstmeister, ich könnte mir kein besseres Leben wünschen; aber nehmen Sie es mir nicht übel, ich ertrage das Sitzen auf die Dauer nicht. Ich habe in dem einen Jahr bei Ihnen zwanzig Pfund zugenommen, und ich möchte mal wieder eine Zeitlang ganz ungebunden durch den Wald laufen.«

»Na ja, das kann ich verstehen, aber...«

»Herr Forstmeister, der Kollege Schnabel ist sehr gewandt mit der Feder, er wird sich schnell einarbeiten.«

»Na, wie ist's denn, Schnabel, haben Sie Lust? Sie bekommen bei mir freie Station und fünf Taler Zulage monatlich. Sind Sie damit zufrieden?«

»Aber sehr, Herr Forstmeister. Ich muß Ihnen allerdings gestehen, daß ich...«

»Weiß schon alles, Sie schlagen eine gute Klinge vor der Schüssel. Na, wir werden Sie schon satt kriegen, so viel wird schon vorhanden sein.«

Nante lächelte verlegen. »Herr Forstmeister haben mich noch nicht essen sehen... aber ich nehme mit allem vorlieb, und wenn ich bitten dürfte, der Mamsell zu sagen, daß die Hauptsache für mich eine Schüssel mit dicken Erbsen oder Bohnen oder Reis ist... und Brot halte ich mir noch nebenbei.«

»Aber, Schnabel, das kann doch nur eine krankhafte Veranlagung sein. Haben Sie denn noch keinen Arzt gefragt?«

»Jawohl, Herr Forstmeister, aber jeder hat mir gesagt, dagegen gibt es kein Mittel.«

»Na, dann müssen wir Sie schon durchfüttern. Nun noch eins. Binnen kurzem wird hier eine neue junge Wirtschafterin einrücken... meine Abromeitene heiratet den Kallweit. Das möchte ich nicht wieder erleben... also möchte ich bitten: stubenrein... so ein freundschaftliches Speisekammerverhältnis, dagegen habe ich nichts, aber Verlobung und Heirat, das möchte ich mir verbitten.«

»Ach, Herr Forstmeister können ganz beruhigt sein. Ich werde nie heiraten. Ich weiß, was meine Eltern mit drei Jungen, die alle denselben Appetit hatten wie ich, durchgemacht haben. Das möchte ich nicht durchmachen... ich heirate nicht.«

»Na, dann sind wir beide ja einig. Aber Sie, Mooslehner, kommen vom Regen in die Traufe. Sie werden mit dem Assessor kluppen, tagaus, tagein...«

Der junge Grünrock lachte: »Das schreckt mich nicht, Herr Forstmeister, da bin ich doch den ganzen Tag im Walde.«

»Na, dann ist ja alles zu gemeinsamer Zufriedenheit erledigt. Mooslehner, Sie weihen in den nächsten Tagen Schnabel in die Amtsgeschäfte ein... heute müssen Sie noch an den Zimmermeister Krause schreiben, der möchte morgen 'rauskommen, wenn er die alte Chalupp, das Steuerhaus, reparieren will. Sie müssen sich natürlich in der Nähe einquartieren.«

»Ich denke, Herr Hegemeister wird mich aufnehmen.«

»Na, ob die Wera damit einverstanden sein wird...«

»Ich glaube ja, Herr Forstmeister.«

»Ach so? na, ich hätte beinahe etwas gesagt...«

Der junge Grünrock war rot geworden... sein Vorgesetzter drohte ihm noch schelmisch lächelnd mit dem Finger und ging hinaus.——

Gegen Abend ließ der alte Herr sich seinen Jagdwagen anspannen, um zum Schnepfenstrich zu fahren. Als er mit dem umgehängten Gewehr in die Haustür trat, flog ihm ein Pantoffel nach, und Abromeitene rief aus der Küchentür laut und energisch: »Hals- und Beinbruch, Herr Forstmeister«, und als der Wagen durch das Hoftor fuhr, stand da das blitzsaubere, blutjunge Stubenmädel, knickste artig und sagte verschämt: »Weidmannsheil.« Schrader schmunzelte vergnügt. Er war nicht abergläubisch, gar nicht...aber es gab doch so ein angenehmes Gefühl, wenn diese Formalitäten erfüllt wurden.

»Wir haben noch viel Zeit, Ions, wir können noch an dem Saatkamp und an der neuen Kultur vorbeifahren...und dann nach Jagen Siebzehn!« rief er dem Kutscher zu.

In behaglichem Trab fuhr der Wagen dahin. Mit scharfem Auge musterte Schrader rechts und links den Wald...ein herrliches Revier...einzelne Partien reiner Nadelwald, Kiefern und Fichten, aber von hellem Laubunterholz durchsetzt...dann wieder reine Laubbestände, alte gewaltige Eichen und Buchen...dazwischen überall Wiesenschlenken. Vertraut äsend stand Rehwild in überreicher Zahl auf den Lichtungen. Ab und zu hielt Jons den Wagen an und deutete mit der Peitsche auf einen Sprung Rehe oder auf einen einzelnen Bock. Dann stand der Forstmeister auf und nahm seinen Pernox an die Augen und besah sich das Wild. Die Böcke standen noch im Bast, aber man konnte doch schon erkennen, daß ganz kapitale Burschen darunter waren, die handbreit über die Lauscher hinaus aufgesetzt hatten.

Dem alten Grünrock wurde das Herz weit. Das war es, was ihm vor langen Jahren, als man ihn als Hilfsarbeiter in das Ministerium in Berlin hatte berufen wollen, die ablehnende Antwort in die Feder diktiert hatte. Bei seinen Grünröcken, seinen Bäumen und seinem Wild wollte er bleiben. Und der Lohn war nicht ausgeblieben. Seine Beamten liebten ihn wie einen Vater, der Wald war unter seiner Fürsorge gediehen; so manche Gruppe alter Eichen, die der Axt verfallen waren, hatte er eigenmächtig stehen lassen, und aus der dürftigen Wildbahn war ein reicher Wildbestand herangewachsen.

Langsam rollte der Wagen einen schmalen holprigen Waldweg dahin...ab und zu bot sich ein Ausblick nach dem Wiesental der Aschwöne. Das kleine Flüßchen, das bei der Schneeschmelze die Wiesen weit und breit überschwemmte, war bereits in seine Ufer zurückgetreten. Ein leichter, hellgrüner Schimmer lag schon auf der weiten Fläche. Der Wagen hielt, der Grünrock stieg aus, um zu Fuß sich auf seinen Stand zu begeben. Er hatte kaum einige Schritt getan, als nach dem Tal zu ein Schuß fiel. Er drehte sich um. »Jons, wo fiel der Schuß?«

»Nach Astrawischken 'rüber...«

»Na, das kann der Schwarzkopf gewesen sein.«

»Ja, aber es war ein Büchsenschuß, Herr Forschtmeister.«

»Na, vielleicht hat er auf Schwein oder Fuchs geschossen...werden ja morgen hören.«

Er ging langsam weiter. An einem frei in der Wiese stehenden Weidengebüsch machte er halt, stieß seinen Sitzstock in die Erde und lehnte das Gewehr an den Strauch. Die Sonne war eben untergegangen, ein klares Rot stand am Abendhimmel, auf den tiefliegenden Wiesenstellen lag bereits eine dünne Nebelschicht, die der leise Lufthauch zu langen Schleiern auszog. Auf der Spitze einer Fichte saß eine Singdrossel, die größte Künstlerin des deutschen Waldes. Unermüdlich ließ sie ihre abwechslungsreiche Strophe ertönen; in den Pausen antwortete ihr eine Amsel. Dicht vor dem alten Herren flitzten zwei Meisen neckend durch die Zweige des Strauches, dann schreckte auf der anderen Seite der Wiese ein Reh...wahrscheinlich hatte ein Rotrock, der sich zur nächtlichen Mäusejagd begab, es vergrämt. Langsam verblich die Abendröte...bis der erste Stern aufblitzte. Der Forstmeister stand auf und nahm das Gewehr zur Hand. Jetzt war es Zeit, jetzt konnte die Langschnäblige kommen...

Da ertönte deutlich hinter ihm ein lautes: »Quorr, Quorr...« Blitzschnell fuhr der Grünrock herum. Da, noch einmal, dicht vor seinen Füßen, im Graben wieder »Quorr, Quorr...« Ein vorlauter Frosch war es, der seine Stimme erhoben hatte, wahrscheinlich der Vorsänger des Chores, der aber noch vergeblich das Abendlied angestimmt hatte. »Willst du wohl das Maul halten und nicht alte Leute zum Narren machen!« rief der Forstmeister wohlgelaunt dem Sumpfsänger zu.

Doch jetzt wieder »Quorr, Quorr...«, aber oben in der Luft, und gleich nachher ein scharfes »Pix«. Ja, das war sie ...langsam kam sie in der stillen Abendluft angeschwebt ...und zehn Meter hinter ihr die zweite. Langsam, vorsichtig hatte der alte Weidmann das Gewehr angebackt, zweimal schnell hintereinander krachten die Schüsse, in mehrfacher Wiederholung kam das Echo zurück. Der brave Hektor war schon unterwegs, um die Beute zu holen. Behaglich schmunzelnd hing der Grünrock die beiden Schnepfen an seine Jagdtasche. Bald darauf kamen die dritte und vierte gezogen, aber zu weit für einen sicheren Schuß. Der Nebel auf der Wiese war zu Mannshöhe angewachsen. Wenn ein frischer Luftzug das Tal entlang strich, wogte er wie ein milchweißer See. Einzelne Streifen lösten sich ab und zerflatterten gegen den Wald, der dunkel und schweigend dastand...

Langsam schritt der Grünrock zum Wagen. »Nach Starrischken, Jons! Aber langsam, wir haben keine Eile.« – –

Die beiden Forstaufseher hatten bis Vesper fleißig im Bureau gearbeitet, dann machten sie Schluß und gingen hinüber zum Hegemeister. Der alte Herr war eben dabei, eine Anzahl Frösche, denen er die Haut abgezogen hatte, als Köder auf die Krebsteller zu binden. Schon von weitem rief er ihnen entgegen: »Na, du langer Labommel, wie bist du hierhergekommen?«

»Zu Fuß, Ohm Adam,« erwiderte Nante gleichmütig, »ich bin unterwegs bei der Mutter angesprochen, sie läßt dich vielmals grüßen.«

»Schönen Dank, wie geht es ihr denn?«

»Ganz gut ..«

»Das glaube ich, daß ihr wohl ist, seitdem sie euch Fresser nicht mehr auf dem Halse hat. Hast dir schon Quartier besorgt?«

Nante schüttelte bedächtig den Kopf. »Ich dachte, Ohm Adam, da ich doch in dein Revier versetzt bin, daß du mich aufnehmen wirst.«

Der Alte wischte seine rechte Hand an einem roten Taschentuch ab, schob sich die Mütze von der Stirn zurück und kratzte sich in den Haaren über dem Ohr. Die ganze Prozedur war so komisch, daß die jungen Leute sich kaum das Lachen verbeißen konnten.

»Na, wenn's nicht anders geht, ich werde doch mein Patenkind nicht verhungern lassen!«

»Die Gefahr ist ausgeschlossen. Herr Hegemeister!« warf jetzt Mooslehner ein. »Der Herr Forstmeister hat ihm schon angeboten, ihn als Forstschreiber und in Kost zu nehmen.«

»Weshalb sagst du das nicht gleich, du Lorbaß? Wolltest mich wohl auf die Probe stellen? Das ist dir aber vorbeigelungen. Na, nun kommt 'rein, 'nen Happen verbeißen, dann könnt ihr mitkommen, Krebse fangen. Wenn ich ein Schock zusammen habe, muß ich nach Starrischken. Ihr könnt weiterfangen.«

»Ich habe noch eine Bitte, Herr Hegemeister. Wollen Sie mir Ihre zweite Oberstube und Essen geben? Ich habe doch mit Schnabel getauscht.«

»Na, wenn ich schon zu Nante A gesagt habe, dann muß ich doch zu Ihnen B sagen. Aber wir tun beide klug daran, wenn Sie jetzt noch Wera hübsch bitten«...

In Starrischken war eben das Abendbrot aufgetragen, als der Hegemeister mit dem Schock Krebse eintraf ...lauter Pariser, so nennt der Handel die größten Krebse, die von Ostpreußen nach Paris gehen. Eine halbe Stunde später erschienen sie bereits auf der Tafel, in leuchtendem Rot prangend, dampfend und duftend ...Bedächtig widmeten sich die vier Herren den schmackhaften Krustern. Man hörte nur das Krachen der Schalen und ab und zu ein wohlgefälliges Grunzen.

Endlich schob der Gutsherr seinen Teller zurück: »Herrschaften, ich kann nicht mehr ...Das wird einen bildschönen Durst geben. Na, ich habe vorgesorgt. Ich habe deine frischmilchende Kuh 'rüberholen lassen, Degenfeld.«

»Da hört doch die Weltgeschichte auf! Was sollen wir denn morgen zum Hammel trinken?«

»Kunststück! Schickst morgen nach der Stadt und läßt ein frisches Faß holen. Aber nun an die Arbeit, meine Herren.«

Im Nebenzimmer stand schon der Spieltisch wohl vorbereitet. Es wurde ein richtiger Feld-, Wald- und Wiesenskat, ein Hindernisrennen, wie der alte Adam zu sagen pflegte, ein Notbehelf, um die Pausen der sehr lebhaften Unterhaltung auszufüllen...Die beiden Cousinen, Erna und Liesbeth, musizierten, die beiden Mütter unterhielten sich...Um Mitternacht wurde aufgebrochen. Die Familie Degenfeld brach zuerst auf, sie hatte nicht weit zu gehen, denn der Park von Dietrichswalde stieß unmittelbar an den von Starrischken. Schrader und Krummhaar standen noch einige Minuten mit dem Gutsherrn auf der Freitreppe in eifriger Unterhaltung. Die Nacht war still und sternenklar, aber kalt. Am Himmel funkelten die Sterne wie im Winter...tief im Westen schwamm die untergehende Mondsichel über einem dünnen Gewölk.

Im Abgehen fragte der Forstmeister: »Nachbar, sind dir die Kartoffeln knapp geworden, daß du schon die Mieten aufbrechen läßt?«

»Ich, kein Gedanke daran!«

»Nanu? Ich habe doch heute, als ich vorgefahren kam, deine Leute mit 'ner Laterne an der langen Miete hinter der Scheune gesehen.«

»Da soll doch gleich dieser und jener! Das hättest du mir auch früher sagen können; das sind doch gewiß die Astrawischker Tagelöhner gewesen.«

»Gute Nacht.«

Langsam gingen die beiden Grünröcke davon.

»Jetzt werden wir bald einen schimpfen hören,« meinte Schrader lachend, als sie aus dem Hoftor waren, »der Kerl hat mich aber heute sehr geärgert. Woll'n mal einen Augenblick steh'nbleiben.« Es dauerte nicht lange, da kamen aus dem Hoftor drei Mann mit Laternen; eilig gingen sie die Mieten entlang. Sie waren noch nicht ganz am Ende angelangt, da hörte man den Gutsherrn rufen: »So ein verrückter Kerl! Da ist kein Mensch an den Mieten gewesen!«

»Das geht auf mich!« flüsterte der Forstmeister lachend, und laut rief er: »Gute Nacht, Grumkow!«

Nach einer Weile fragte er: »Sagen Sie mal, Krummhaar, haben Sie heute, kurz vor Sonnenuntergang, den Schuß an der Aschwöne gehört?«

»Jawohl, Herr Forstmeister, ich dachte, Sie hätten geschossen.«

»Und ich dachte, das wäre der Schwarzkopf gewesen.«

»Der Schwarzkopf wollte heute nach Lasdehnen fahren, soviel ich weiß...aber warten Sie mal, kann nicht schon der Naujoks wieder frei sein? Jawohl...heute haben wir den Zwanzigsten... gestern ist er freigekommen.«

»Donnerwetter, Hegemeister, daran habe ich gar nicht gedacht. Also morgen früh schnell auf den Anschuß, und dann zu dem Herrn Naujoks. Dem müssen wir so schnell wie möglich wieder das Handwerk legen.«

4. Kapitel

Am andern Morgen in aller Frühe fuhr der Forstmeister mit Krummhaar und Mooslehner zur Nachsuche...Im Wiesental stand noch der Nebel über mannshoch. Die Sonne war eben aufgegangen...Einen Augenblick erglühten die Wipfel der Bäume in einem hellroten Schein, der mit zauberhafter Schnelligkeit an den Stämmen abwärts lief. Die Vögel schwiegen noch, denn es war bitter kalt, nur der Specht hatte bereits sein Tagewerk begonnen. Ein paar hundert Schritte oberhalb der Brücke, die über das Flüßchen führte, spektakelten einige Krähen, andere kamen eilig dazugeflogen. »Da werden wir wohl die Bescherung finden,« meinte der Forstmeister und deutete auf die Galgenvögel, »und ich stehe mit dem Hund keine fünfhundert Schritt davon entfernt, ich alter Esel.«

»Bitte, keine Injurien gegen unseren Herrn Forstmeister,« erwiderte Krummhaar trocken, »den alten Esel will ich mir lieber zu Gemüte ziehen, denn ich hätte daran denken können, daß der Naujoks wieder los war.« Die Hunde hatten, während der Wagen langsam fuhr, den Waldrand abgesucht. Jetzt gab Schraders Hund Laut, als wenn er ein Stück Wild tot verbellte. Die Grünröcke stiegen aus dem Wagen und gingen der Stimme des Hundes nach. Er stand vor einer verkrüppelten Fichte, deren Zweige den Boden bedeckten. Mooslehner bückte sich und zog unter den Ästen ein Bündel hervor, die Decke eines Rehbocks mit Kopf und Gehörn, die um das Gescheide gewickelt war...

»Da haben wir die Bescherung!« brummte der Forstmeister grimmig.

»Ein anständiger Kerl ist er doch,« meinte der Hegemeister, »er schießt nie eine Ricke.«

»Das ist ein schlechter Trost«, erwiderte der Forstmeister. »Aber nun los nach Wersmeninken. Trab, Jons...« Eine halbe Stunde später hielt der Wagen an einem ausgebauten Gehöft, das still und friedlich dicht am Walde lag. Eine Margell mit gefülltem Milcheimer kam eben vom Stall her. Als der Wagen auf den Hof fuhr, trat in die Tür des Hauses ein Mann, der sich vor seiner eigenen Haustür bücken mußte, vielleicht noch einen Zoll größer als Nante Schnabel, das Gesicht rund und voll...Jedenfalls sah man ihm das Jahr, das er im Gefängnis abgesessen hatte, nicht an.

»Ei, sieh da, die ganze Makunischker Oberförsterei! Na, was führt Sie denn her, meine Herren?«

»Das wissen Sie doch schon, Naujoks,« erwiderte der Forstmeister, »wir müssen wieder bei Ihnen Haussuchung halten.«

»Das lohnt nicht, Herr Forstmeister, ich bin gestern früh erst aus dem roten Hause zurückgekommen.«

»Sie sind aber gestern abend schon wieder in der Forst gesehen worden, und wir haben bereits die Decke des Bockes gefunden.«

»Ich bin gestern nicht mit dem Fuß aus meinem Hause gewesen. Halten Sie mich wirklich noch für so dammlig, daß ich mir werde was ins Haus tragen, was Sie finden könnten?«

»Das werden wir ja sehen, Naujoks. Nun geben Sie die Tür frei...«

»Ich denke ja nicht daran, Herr Forstmeister! Erst müssen Sie den Gemeindevorsteher holen lassen. Ordnung regiert die Welt!«

»Und der Knüppel die Menschen!« sagte Krummhaar ruhig. In demselben Augenblick hatte er mit einem blitzschnellen Griff dem Kerl in den Kragen seiner festgeschlossenen Joppe gefaßt...dann ein jäher Ruck, der mächtige Kerl stürzte nach vorn...In der nächsten Sekunde hatte ihn Mooslehner von hinten mit beiden Armen um die Brust gefaßt. Wie im Schraubstock saß der Riese. Man sah es dem schlanken Mann gar nicht an, daß er in seinen Armen solch eine Kraft besaß. Aus der Tür der Wohnstube sprang ein hochgewachsenes Weib, ein wuchtiges Holzscheit in der Hand. Jetzt begann das Weib auf litauisch zu schimpfen...Der Mann, der noch immer gegen die eisernen Arme des Forstaufsehers gerungen hatte, gab jetzt den Widerstand auf und schrie: »Halt' doch das Maul, du dummes Weib! Du schimpfst dir ein Jahr Gefängnis auf den Hals...Lassen Sie mich los, Mooslehner, ich werde ganz vernünftig sein.«

»Das ist das beste, was Sie tun können, Naujoks«, erwiderte der Forstmeister, der seinen Drilling von der Schulter genommen und auf den Wagen gelegt hatte. »Lassen Sie ihn los, Mooslehner... Wir werden leider euch beide mitnehmen müssen, Sie und Ihre Frau. Ihr müßt lernen, euch der Staatsgewalt zu unterwerfen... das müssen wir alle.«

Seine Stimme klang ruhig, aber so eisern hart, daß es auch der wütenden Frau zum Bewußtsein kam, was sie sich eingebrockt hatte. Sie fiel neben dem alten Herrn auf die Knie und haschte nach seinem Rockzipfel, um ihn zu küssen... er schritt ihnen voran in die Stube. »So, nun setzt euch hier auf die Bank nebeneinander, ich bleibe bei euch.«

Eine Stunde lang suchten die beiden anderen Grünröcke, die beide Erfahrung darin besaßen, wo die Wilddiebe Fleisch und Waffen zu verstecken pflegten. Naujoks lachte nur ab und zu höhnisch, wenn sie unverrichteter Sache in die Stube zurückkehrten... Der Forstmeister hatte sich eine Zigarre angesteckt und schritt langsam vor den beiden in der Stube auf und ab. Das Weib war jetzt klüger als der Mann; es begann zu bitten: ihr Mann hätte wirklich noch nichts verbrochen, und sie hätte sich so sehr aufgeregt. Was sollte jetzt aus der Wirtschaft werden? Jetzt müßte doch der Acker gepflügt und bestellt werden. Wenn sie schon bestraft werden müßte, dann vielleicht im Winter. Der liebe, gute Herr Forstmeister müßte doch ein Einsehen haben. Sie wären doch anständige Leute und würden nicht verschwinden.

»Und gestern abend um sieben Uhr«, fuhr sie mit schnellem Zungenschlag fort, »ist der Gendarm bei uns gewesen von wegen der Polizeiaufsicht, wo doch mein Mann jetzt drunter steht. Da haben wir beide schon zu Bett gelegen, möchte ich gnädigst bitten, zu bemerken, trautster Herr Forstmeister... goldener, bester Herr Forstmeister. Ich habe meinem Mann, wie er nach Haus kam, angesagt, ich schlag' ihm alle Knochen im Leibe entzwei, wenn er noch 'n mal mit der Flinte in den Wald geht. Ich bin ja schlimmer daran als 'ne Witwe, die kann sich 'n anderen Kerl nehmen, der ihr Gutes tut. Aber ich muß auf meinen warten, wenn er im Kutzchen sitzt.«

Nach einer Weile fing sie von neuem an: »Sie werden mir vielleicht eher glauben, trautster Herr Forstmeister, wenn ich was Neues erzähle... Da ist beim Gastwirt in Serbenten jetzt 'n neuer Knecht. Ich weiß nicht, wie er heißt, aber ich habe schon gehört, daß er fleißig in die Forst geht. Vor acht Tagen war er bei mir und hat gefragt, wann mein Mann 'rauskommt. Auf den sollten Sie lieber aufpassen, da geht das Fleisch gleich über die Grenze.«

Die Grünröcke hatten das vergebliche Suchen aufgegeben... Der Forstmeister entschied zu ihrer Verwunderung, daß die beiden Übeltäter nicht verhaftet werden sollten. Die Strafe würde ja nicht ausbleiben, man müsse Rücksicht darauf nehmen, daß die Menschen jetzt ihr Feld bestellen müßten. Der Hegemeister brummte etwas in seinen Bart, was sein Chef glücklicherweise nicht verstand...

Als die Grünröcke eine Stunde später vor der Oberförsterei aus dem Wagen stiegen, trat ihnen der Zimmermeister Krause entgegen. Er hatte sich bereits die alte Kabache angesehen und machte den Vorschlag, sie niederzureißen und ein neues Holzhaus aufzustellen, das würde ebensoviel kosten... Während er noch sprach, ertönte ein merkwürdig dumpfer und doch lauter Ton, gleich darauf das zweite Mal. Nante Schnabel sprang kerzengerade hinter seinem Tisch in die Höhe und hob die linke Hand mit ausgestrecktem Zeigefinger.

»Herr Forstmeister, haben Sie gehorcht? Was ist das?«

Der Zimmermeister drehte sich lachend um. »Aber, Schnabel, haben Sie noch kein Auto gesehen?«

»Wo soll ich denn solch ein Ding gesehen haben? Einmal in Nikolaiken ist eins durchgefahren... aber ich kam zu spät.«

»Gehen Sie mal 'raus, Schnabel, das wird der neue Forstassessor sein.«

Eine lachende und johlende Menschenmenge umstand den ratternden Wagen. Schreiend wich sie zurück, wenn der Chauffeur aus dem Drachenmaul seiner Hupe tutete. Ein kleiner Herr in einem dunkelgrauen Bärenpelz, die Brille vor dem Gesicht, lag zurückgelehnt im Fond des Wagens. Als Schnabel in die Tür trat, richtete er sich auf und warf rücksichtslos seine halb aufgerauchte Zigarette in die Menge. Ein halbwüchsiger Junge fing sie geschickt in der Luft auf und steckte sie sofort in den Mund...

»Herr Forstmeister Schrader zu Hause?« Nante mußte wohl die beiden letzten Worte nicht gehört haben, was bei dem Gejohle kein Wunder war, denn er machte ein ganz verblüfftes Gesicht. Dann brach er in ein dröhnendes Gelächter aus: »E nei, unser Herr Forstmeister sieht ein bißchen anders aus. Ich bin bloß der Forstaufseher Schnabel. Aber steigen Sie man ab, der Herr Forstmeister sind zu Hause.«

Der Assessor ließ Pelz und Brille im Wagen und setzte sich zu der Uniform, die er trug, die Mütze auf. Ganz formell erstattete er dem Forstmeister die dienstliche Meldung, daß er zur kommissarischen Beschäftigung in die Oberförsterei Makunischken versetzt sei. Der alte Herr reichte ihm freundlich die Hand. »Willkommen in der Heide, Herr Assessor...«

Eine halbe Stunde später ging Herr von Sperling mit dem Zimmermeister, sich seine zukünftige Wohnstätte anzusehen. Er machte zuerst ein ganz verdutztes Gesicht, als er das verwahrloste Häuschen erblickte; dann faßte er sich und ordnete an, was nach seiner Meinung nötig war, die Chaluppe in einen menschenwürdigen Zustand zu versetzen. Eine Bretterverschalung von außen, neue Fenster, eine Vergrößerung der Haustür. Die Zimmer sollten zuerst mit Pappe ausgeschlagen und dann tapeziert werden, auch die verräucherten Deckbalken. Ein neues Strohdach unter allen Umständen. »Den Kostenpunkt erledige ich, lieber Meister,« fügte er hinzu, als Krause bei jedem neuen Wunsch ein längeres Gesicht machte und zuletzt meinte, der Fiskus würde wohl nicht soviel anlegen wollen. »Aber in vierzehn Tagen muß alles fix und fertig sein.«

Zu Mittag ging der Assessor in die Oberförsterei. Sein Vorgesetzter hatte ihn zu einem Löffel Suppe eingeladen. Es gab zuerst einen Teller Beetenbartsch. Mit Vergnügen sah der Forstmeister, wie sein Gast vorsichtig das ihm unbekannte Gericht kostete. Doch die pikante, mit saurer Sahne angerichtete Suppe fand seinen Beifall. Dann kamen gebratene junge Hühnchen auf den Tisch, ganz delikat zubereitet, dazu Gurkensalat. Das Gesicht des Assessors klärte sich immer mehr auf. »Das ist doch erstaunlich, Herr Forstmeister, jetzt um diese Zeit auf dem Lande junge Hühnchen...«

»Haben Sie denn geglaubt, wir leben hier bloß von saurem Kumst und Pökelfleisch? O nein, Herr Assessor! Meine Abromeitene hätte Ihnen ebenso gut und schön ein Rebhuhn oder einen Fasan vorsetzen können. Sie braucht bloß in den Keller zu gehen, da stehen in langen Reihen die Gläser. Wenn Sie abends ein paar Krebse bei mir essen wollen...«

»Oh, Herr Forstmeister, Krebse? Da nehme ich mit heißem Dank an.«

»Zum Kaffee habe ich uns beim Hegemeister Krummhaar ansagen lassen, in dessen Revier Sie zu kluppen anfangen. Wir hausen hier schon dreißig Jahre nebeneinander und sind gute Freunde. Mit den geistigen Genüssen ist es hier in der Wildnis schlecht bestellt, da halten wir uns durch eine reiche Geselligkeit schadlos. Ich lade mir öfter alle meine Grünröcke ein, und wir schießen fleißig nach Tontauben und Scheiben. Dann haben wir zwei Gutshöfe in nächster Nähe. Da müssen Sie in den nächsten Tagen Besuch machen. Aber ich warne Sie, denn da sind zwei allerliebste Mädel, beide meine Patchen, zum Anbeißen... Dann verkehren wir alle bei einer reichen litauischen Bauernfrau. Machen Sie nicht solch ein erstauntes Gesicht, Herr Assessor. Das ist in Wirklichkeit eine gebildete, alte Dame... Morgen abend nehme ich Sie dorthin mit. Sie finden dort die Herren Chasseure aus Wartenburg, mit denen Sie auf diese Weise bekannt werden.«

»Und mein Dienst, Herr Forstmeister?«

»Der wird Sie auch nicht zu sehr anstrengen. Sie bekommen als Gehilfen meinen bisherigen Forstschreiber Mooslehner, einen sehr gewandten Menschen, der Ihnen die Sache sehr erleichtern wird. Wenn Sie sich beide daran halten, können Sie ihr tägliches Pensum immer bis Mittag erledigt haben.«

Als sich der Forstassessor nachmittags in dem einfach möblierten, aber sehr sauberen Zimmer des Gasthofes von Makunischken aufs Sofa legte, um etwas über den Dienst nachzudenken, überkam ihn ein behagliches Gefühl... Als er die Versetzung in die litauische Heide erhielt, war ihm zumute, als sei er zur Verbannung nach Sibirien verurteilt worden. Jetzt schien es ihm, als wenn sich hier auch leben ließe, nur mußte er sich in die eigenartigen Verhältnisse erst eingewöhnen... Auf die litauische Bauernfrau, bei der Jägeroffiziere verkehrten, war er neugierig, auch auf den alten Hegemeister, von dem ihm der Forstmeister einige Schnurren erzählt hatte...

Etwas erstaunt war er doch, als ihn der alte Grünrock bei seinem Besuch sehr höflich, aber sehr kühl empfing, und ebenso seine Enkelin Wera, eine brünette, stolze Schönheit, die ihm als Frau Nekrassow vorgestellt wurde. Er hatte das bestimmte Gefühl, daß er der schönen Frau schon irgendwo begegnet war. Er zog es aber vor, nicht zu fragen... Ein kleiner Junge von drei Jahren, ein prächtiger Bube mit langen, dunklen Locken, kam hereingesprungen und kletterte ohne weiteres dem Forstmeister auf den Schoß...

Dann kam Mooslehner, zum Gang in den Wald gerüstet. Er wollte mit Nante Schnabel ins Revier gehen, um auf den Wilddieb zu fahnden. Dann wollten sie sich auf die Schnepfe anstellen... Wenn mit Sonnenuntergang der Nebel stieg, waren die Rehe vor jeder Nachstellung sicher, denn in den dichten Schwaden war es auch dem geschicktesten Wilddieb unmöglich, einen Schuß anzubringen.

5. Kapitel

Gegen Abend hatte sich ein starker Südwind aufgemacht und den Himmel rasch mit dunklen Wolken bedeckt, die mit Regen drohten. Schweigend schritten die beiden jungen Grünröcke durch den Wald, der unter dem Druck des Windes brauste und stöhnte…Ihre beiden Hunde trotteten als wohlerzogene Gehilfen neben ihnen. Es war ein Wetter, wie es sich ein Wilddieb nicht besser wünschen konnte, denn der heftige Wind und das Brausen des Waldes verschlang jeden Knall auf kurze Entfernungen…

An der kleinen Brücke, die über die Aschwöne führt, trennten sie sich. Sie wollten langsam, jeder an einer Seite der Wiese, bis zu ihrem Ende aufwärts pirschen und sich dann bis Dunkelwerden auf die Schnepfe anstellen…Die Hunde hundert Schritt voraus…Schon nach wenigen Minuten gab Mooslehners »Rino« Laut; es war ein richtiges Totverbellen. Schnell lief der Grünrock der Stelle zu. Da lag wieder die Decke eines Rehbocks, wie zum Hohn sauber ausgebreitet, das Gescheide mitten darauf…Sofort fiel der Hund die frische Fährte des Wilddiebes an, während Mooslehner durch einen gellenden Pfiff seinen Kollegen herbeirief.

Nun folgten sie beide der Spur, die von den Hunden ohne Mühe ausgearbeitet wurde. Sie führte einen schmalen Waldweg entlang bis zur Chaussee. Dort begannen die Hunde unruhig zu werden. Sie liefen ratlos hin und her und standen schließlich an einer Stelle still. Kein Zweifel, der Wilddieb hatte hier einen Wagen bestiegen, der auf ihn wartete, und war davongefahren.

Nun war guter Rat teuer. Nante schlug vor, sofort bei Naujoks Haussuchung zu halten. Mooslehner hielt es für zwecklos, denn allem Anschein nach hatte der Wilddieb einen Helfershelfer und Hehler, der ihm das gewilderte Fleisch abnahm. Aber schaden konnte es nicht, wenn sie wenigstens feststellten, ob Naujoks zu Hause wäre. Sie wählten den kürzesten Weg quer durch den Wald. Nicht weit von ihnen pflügte Naujoks seinen Acker. Die große Fläche, die er umgeworfen hatte, zeigte deutlich, daß er den ganzen Tag fleißig geschafft haben mußte. Er konnte also nicht stundenlang im Walde gewesen sein.

Ohne sich ihm zu zeigen, kehrten die Grünröcke um. Sie wollten jetzt zum Förster Schwarzkopf gehen und mit ihm besprechen, was zur Ermittlung des Wilddiebes geschehen konnte. Dort harrte ihrer eine große Überraschung. Auf der Veranda des Forsthauses lag ein Schmalreh mit der Schlinge um den Hals. Der Wagen des Försters stand angespannt vor der Tür. Er wollte das Reh nach der Oberförsterei bringen und Anzeige erstatten. Er hatte bald nach Mittag das Reh gefunden und sofort mit seinem Hunde die ganze Schonung abgesucht. Mindestens ein halbes Schock Schlingen hatte er gefunden. Er hatte sie fängisch stehen lassen, denn wenn auch noch ein Reh oder zwei daran glauben mußten, so war es doch das einzige Mittel, den Wilddieb zu greifen, wenn er die Schlingen revidierte.

Der alte Grünrock wetterte nicht schlecht…Ein Wilddieb mit der Büchse wäre ein hochanständiger Kerl im Vergleich mit dem Schlingensteller, der sein abscheuliches Gewerbe lautlos betreibt…Inzwischen war die Nacht hereingebrochen und so stockfinster geworden, daß man buchstäblich nicht die Hand vor Augen sehen konnte. Es war also ausgeschlossen, daß die Schlingen in der Nacht revidiert werden konnten. Die Grünröcke beschlossen daher, das Reh mit der Meldung nach der Oberförsterei zu schicken, daß sie am anderen Morgen sich an der Schonung anstellen wollten. Eine halbe Stunde vor dem ersten Morgengrauen standen sie auf ihrem Posten. Es war kein leichtes Stück, stundenlang mit gespannter Aufmerksamkeit zu lauern…Der Wind hatte nachgelassen, es fiel aber ein feiner Regen, der sich langsam, doch stetig in die Kleider einsog. Endlich gegen Mittag pfiff der Förster ab. Nun durchsuchten sie gemeinsam die Schonung. Eine Ricke hatte sich in der Schlinge gefangen. Für einen Jäger, der sein Wild liebt, war es ein gräßlicher Anblick…

Nun hielten sie lange Rat, was mit Aussicht auf Erfolg dagegen geschehen könnte. Am liebsten hätten sie alle Schlingen aufgenommen. Das wäre aber nur ein Notbehelf gewesen… Schließlich einigten sie sich darüber, daß der Förster zu Mittag nach Hause gehen und erst gegen vier wiederkommen sollte. Es war sehr wahrscheinlich, daß der Wilddieb das Forsthaus beobachtete und sich erst in den Wald wagte, wenn er sah, daß der Förster zu Hause war.

Nante hatte einen Bärenhunger, obwohl er sich morgens reichlich verproviantiert hatte. Mit einer schmerzlich grimmigen Miene zog er sich den Leibgurt enger und schnitt eine junge, daumdicke Hainbuche ab. Der Kerl, der ihm in die Hände fiel, konnte sich auf eine gründliche Tracht Prügel gefaßt machen.

Sie hatten sich etwa hundert Schritt voneinander im Dickicht aufgestellt... Langsam verging die Zeit... Eintönig rieselte der Regen hernieder. Von den Bäumen tropfte es. Da erschien plötzlich vor Schnabel, der dicht am Reh stand, ein weißer Foxterrier. Als er den Jäger eräugte, tat er einen langen Blaff, dann war er wie der Blitz verschwunden, ehe Nante das Gewehr von der Schulter reißen konnte. Auch der alte brave Hektor konnte den fixen kleinen Köter nicht einholen. Nun zog Nante mit seinem Hund auf der Spur nach, Mooslehner schloß sich ihm mit seinem Hunde an. Aber auf dem Waldwege, der an der Schonung entlang führte, war die Verfolgung wieder zu Ende... Daß der Hund sich allein im Walde herumtrieb, war nicht ganz ausgeschlossen, doch nicht wahrscheinlich. Aber wo war er geblieben? Und noch wunderbarer, daß die Hunde auch keine Spur eines Menschen fanden.

Endlich, nach langem Suchen, fanden die Grünröcke die Lösung des Rätsels. Der Wilddieb war zu Rad gekommen, hatte den Hund, der ihn gewarnt hatte, aufgenommen und war davongefahren. Bis zur Chaussee ließ sich die Spur noch verfolgen, dann ging sie verloren... Ärgerlich und hungrig gingen die beiden Forstaufseher zur Försterei. Jetzt war es das Richtigste, die Schlingen aufzunehmen, denn der Wilddieb würde wohl sobald nicht wiederkommen.

Der Forstmeister tobte nicht schlecht, als sie mit dem zweiten Reh nach Hause kamen. Das war ja eine nette Bescherung! Gleich zwei Wilddiebe auf einmal im Revier. Einer, der sie am hellen lichten Tage schoß, und einer, der sie nachts in Schlingen fing! Und nicht etwa weit hinten an der Grenze, sondern mitten im Walde, in einem Revierteil, der von fünf Grünröcken behütet wurde.

Der alte Herr war schon den ganzen Tag in schlechter Laune. Er kämpfte mit sich, ob er nach Weschkallen fahren sollte oder nicht... Wenn er hinfuhr, zeigte er dadurch, daß er zum mindesten den Vorschlag der Weschkalene nicht ganz von der Hand wies. Er hatte schon ein kurzes Billett geschrieben, das er durch einen Boten hinüberschicken wollte mit der Entschuldigung, daß er sich nicht ganz wohlfühle. Dann hatte er es wieder zerrissen. Ohne daß es ihm zum Bewußtsein kam, prickelte ihn die Neugier, die drugglige Witwe kennenzulernen, die nicht nur bereit war, sondern sogar den Wunsch hatte, ihn zu heiraten. Wenn er daran dachte, dann überkam ihn ein wunderbares Gefühl... Mächtige Rauchwolken ausstoßend, schritt er in der Amtsstube auf und ab. Einmal sagte er ganz laut: »Alter Esel...«

Nante, der fleißig schreibend an seinem Pult saß, blickte erschreckt auf. Sollte das etwa ihm gelten? »Lassen Sie sich nicht stören,« brummte der alte Herr, »ich habe die Angewohnheit, manchmal laut zu denken. Es galt nicht Ihnen, sondern einem, der die Bezeichnung reichlich verdient.«

Nach einer Weile steckte Abromeitene den Kopf in die Tür: »Welchen Rock werden der Herr Forstmeister zum Abend anziehen?«

»Gar keinen... ich bleibe zu Hause.«

»Das wird doch nicht gehen, der Herr Forstmeister haben doch der Weschkalene zugesagt, und der Herr Assessor hat schon anfragen lassen, wann er den Herrn Forstmeister mit dem Auto abholen sollte.«

»Donnerwetter, daran habe ich gar nicht gedacht.«

»Na ja, und dann wird es allgemach Zeit, daß der Herr Forstmeister sich fein machen.«

Brummend stellte er die Pfeife beiseite und ging über den Flur in sein Wohnzimmer. Da stand schon Abromeitene, Kamm und Schere in der Hand. »Ach, laß mich ungeschoren«, fuhr er sie an.

»Nei, Herr Forstmeister, das geht nicht... was werden die Leute sagen? Sie werden sagen, die Abromeitene nimmt ihren Herrn aber auch nicht ein bißchen in acht, daß sie ihn mit verwildertem Haar in der Welt herumfahren läßt.«

»Du bist heute mal wieder unleidlich, altes Frauenzimmer.« Wenn er sehr guter oder schlechter Laune war, pflegte er seine Wirtin zu duzen... Abromeitene verzog keine Miene. Ihr durch lange Erfahrung geübtes Ohr hörte bereits, daß der Zorn des alten Herrn im Erlöschen war. Er ließ sich geduldig auf einen Stuhl nieder und ließ sich den Frisiermantel umlegen. Während die Schere an seinem Genick herumknipste, brummte er vor sich hin: »Wozu mußt du mich gerade heute scheren?«

»Damit der Herr Forstmeister forsch aussehen. Mein Gott, ich weiß doch alles... man hat doch Augen und Ohren, und ich meine, es wäre wirklich nicht das dümmste, was der Herr Forstmeister tun könnten. Ein altes Weib, das allein bleibt, behilft sich schon, aber ein alter Mann muß wie ein kleines Kind aufgewartet werden.«

»Dann nimmt man sich eben 'ne gute, treue Person ins Haus.«

»Ja gewiß, aber eine, die nicht weglaufen kann... Sehen Sie, Herr Forstmeister, mit meiner Nichte, der Katinka... das ist auch nichts Gewisses. Das ist eine forsche, lustige Margell... ein bißchen Vermögen hat sie auch... mit einem Male sind Sie sie los. Die greift mit beiden Händen zu, wenn einer sie haben will.«

»Abromeitene, du bist doch ein sehr verständiges, braves Frauenzimmer... Hältst du für möglich, daß ein forsches Weib in der Blüte der Jahre an mir altem Kerl Gefallen finden könnte?«

»Ach, Herr Forstmeister müssen sich selbst nicht schlechter machen. Manche Männer sind mit fünfzig Jahren schon klapprig. Aber der Herr Forstmeister sind ein ganz anderer Schlag. Sie brauchen doch bloß an Ihren seligen Herrn Vater zu denken, der über neunzig alt geworden ist. Und bis in sein hohes Alter hat er noch für hübsche Mädchen ein Auge gehabt. Der Herr Forstmeister werden sicherlich ebenso alt und können noch Enkelkinder erleben...«

»Nun hör' aber auf, Abromeitene. Soll ich mich auf meine alten Tage noch blamieren und wie ein verliebter Birkhahn um die junge Henne balzen?«

»Na, so jung ist die Henne auch nicht mehr... achtunddreißig sind für eine Frau ebensoviel wie für einen forschen Mann Ihre fünfundsechzig... Und auf der Weschkalene ihr Wort kann man Häuser bauen, die stiftet nichts an, wo sie ihrer Sache nicht ganz sicher ist.«

Abromeitene war mit dem Haarschneiden fertig. Jetzt seifte sie ihn ein und rasierte ihn. Die Kunst hatte sie von ihrem Vater gelernt, der Barbier war. Jetzt kamen alle Grünröcke und Holzschläger der Oberförsterei zu ihr. Am Sonnabend nachmittag und Sonntag früh war ihre »Dienststunde«, wie sie der Forstmeister scherzend nannte. Sie verstand auch alle die anderen Künste, die ein Dorfbarbier beherrschen muß. Sie zog Zähne, sie verband Wunden, nahm mit der Zunge Fremdkörper aus dem Auge und kurierte Tiere und Menschen mit uralten wirksamen Hausmitteln...

Während sie den alten Herrn zum zweiten Male einseifte, um nachzurasieren, fing er wieder an: »Weißt du, Abromeitene, mir ist heute der Gedanke gekommen, ob ich nicht etwa Vorspann leisten soll für einen der Herren Hauptleute, die so fleißig in Weschkallen verkehren... Die Madeline Mazat erbt doch mal alles von der Georginne. Das Gut ist bis auf etwas Landschaftsgeld schuldenfrei und unter Brüdern eine halbe Million wert. Wieviel bares Geld vorhanden ist, weiß ich nicht, aber es wird auch ein Dreischeffelsack voll sein. Da müßten doch die beiden unverheirateten Hauptleute Esel sein, wenn sie nicht zugreifen wollten. Daß die Frau ebenso alt ist wie sie, kommt doch in solchem Fall nicht in Betracht.«

»Herr Forstmeister, dann kann ich Ihnen nur eins sagen: passen Sie gut auf, wie ein alter Jäger... Eine Frau, die schon mal verheiratet gewesen ist, verrät sich leichter als ein junges Mädchen, wenn sie einem Mann gut ist. Das kommt von der Gewohnheit. Sie brauchen gar nicht so freundlich zu ihr sein.«

»Aber, Abromeitene, ich muß doch erst sehen, ob sie mir gefällt... ich kenne sie noch gar nicht.«

»Na, wozu haben wir denn die ganze Zeit hin und her geredet? Erst müssen Sie sehen, ob sie Ihnen gefällt. Man kauft doch keine Katze im Sack. Gefällt sie Ihnen, dann laden Sie sie mal mit der Weschkalene zum Kaffee und Abendbrot ein, und dann wird alles in Ruhe besprochen. Und nun machen Sie ein liebes, freundliches Gesicht, wie ein junger Mann, der auf die Brautschau fährt, machen muß.«

Jetzt lachte der Forstmeister laut auf, während er den Frisiermantel abwarf: »Du bist doch ein ganz verdrehtes Frauenzimmer. Du denkst wohl, weil du die Dummheit mit dem Kallweit machst, soll ich auch eine machen. Na, wollen mal sehen. Jetzt fängt die Geschichte an, mir Spaß zu machen...Und laß anspannen, bei der Stockfinsternis will ich doch lieber mit meinem alten Jons fahren als mit dem Auto...und schick' zu Krummhaar 'rüber; er kann mit mir fahren.«

6. Kapitel

Auf dem Flugplatz in Johannisthal war es in den Vormittagsstunden stets sehr still. Der Lehrbetrieb pflegte, wenn nicht starker Nebel oder heftiger Wind es hinderte, in den frühesten Morgenstunden einzusetzen. Heute war ein schöner, klarer Morgen gewesen. Die Flugschüler, teils allein, teils unter Begleitung ihrer Lehrer, hatten fleißig geübt und erfreuten sich nun, nachdem sie noch eine Stunde theoretischen Unterricht genossen hatten, der wohlverdienten Ruhe. Einige saßen in der »Schwemme« des Flugplatzes, der kleinen Kneipe am alten Startplatz, in fröhlicher Unterhaltung bei einer Flasche Limonade und besprachen die kleinen Vorkommnisse des Tages … Es war heute ein Glückstag, denn es hatte gar kein »Kleinholz« gegeben.

Nur ein Schaf war umgebracht worden. Die dummen Wollsäcke, die ein findiger Großschlächter ohne Aufsicht auf dem Flugplatz weiden ließ, hatten sich schon so sehr an den Lärm der Maschinen gewöhnt, daß sie gar nicht an Flucht dachten, als ein Flugzeug halb unfreiwillig zwischen ihnen landete und einen Hammel abmurkste … Jetzt erörterte man die Frage, ob der Fleischer für den Hammel Ersatz fordern könnte.

In den Werkstätten wurde fleißig gearbeitet. Bald hier, bald dort hörte man einen Motor knattern und den Propeller sausen. Da wurden die Maschinen geprüft, die am Morgen benutzt worden waren, ob sie nicht irgendeinen Schaden erlitten hätten.

Im Hangar der Rumpler-Werke lagen zwei junge Offiziere in bequemen Faulenzerstühlen und rauchten schweigend ihre Zigaretten … Endlich meinte der eine gähnend: »Wollen wir nicht ins Dorf gehen und uns einen dritten Mann zum Skat suchen? Das ist ja zum Auswachsen stumpfsinnig.«

Der andere warf seinen Stummel weg und reckte stöhnend die Arme weit nach hinten. »Sie haben vollkommen recht, Griesheim … wenn ich das vorher gewußt hätte! Wissen Sie, wie ich mir das Leben hier vorgestellt habe? Wie einen frischen, fröhlichen Kampf, der alle Nerven anspannt.«

»Lieber Wundt,« erwiderte der andere, »die Illusion habe ich mir schon vorher abgemacht. Ich war vorher hier auf dem Flugplatz und habe mir den Betrieb angesehen … Es war aber die einzige Möglichkeit, aus dem masurischen Nest weg und nach Berlin zu kommen. Wo bloß der Daumlehner bleibt? Der könnte ja den dritten Mann machen.«

»Ganz ausgeschlossen, lieber Griesheim! Der sitzt irgendwo in einer Werkstatt und klaubt an einem Motor herum. Er ist ein Streber …«

»Das dürfen Sie nicht sagen, Wundt! Das ist er nicht … aber er ist mit Leib und Seele dabei und hat ein merkwürdiges Verständnis für die Konstruktion der Motoren. Ich glaube, er kennt schon alle bis in die kleinsten Einzelheiten.«

»Wenn ich das als den Zweck der Übung betrachten müßte,« erwiderte Wundt aufstehend, »dann hätte ich schon lange auf das Vergnügen verzichtet. Das ist Sache der Monteure. Meine Aufgabe ist das Fliegen … Ich weiß, was Sie mir erwidern wollen, aber das muß ich bestreiten. Wenn so eine Kanaille von Motor streikt, wenn ich tausend Meter hoch über der Erde schwebe, dann ist es ganz ausgeschlossen, daß ich trotz der schönsten Kenntnisse das Ding in Ordnung bringe. Dann heißt es kalt Blut bewahren und durch einen kühnen Gleitflug die Knochen heil auf die Mutter Erde hinabzubringen.«

»Das ist ein Gesichtspunkt, den ich gelten lassen muß. Aber wenn Sie bei einem Überlandflug eine Panne haben …«

»Dann telegraphiere ich zum nächsten Flugplatz und lasse mir die Monteure kommen. Nein, lieber Griesheim, ich halte es sogar für sehr nötig, zwischen Handwerk und Kunst eine scharfe Scheidelinie zu ziehen. Sonst hätte ich ja nicht brauchen Offizier zu werden, da hätte ich ja gleich die Schlosserlaufbahn einschlagen können.«

»Hallo, Daumlehner,« rief er einem in den Hangar eintretenden Oberleutnant entgegen, »wie wäre es mit einem Dauerskat?«

»Bedaure sehr … Ich bin eben beim Major gewesen und habe mir die Erlaubnis geholt, einen längeren Flug machen zu dürfen.«

»Plagt Sie der Teufel? Jetzt gegen Mittag ist doch die gefährlichste Zeit... da gibt es böse Vertikalböen, sobald die Erde sich unter den Sonnenstrahlen erwärmt hat.«

»Die will ich eben kennenlernen, um zu wissen, wie ich mich bei einem Überlandflug zu verhalten habe.«

»Na, damit hat's doch noch lange Zeit.«

»Im Gegenteil, ich beabsichtige sehr schnell mein Pilotenexamen zu machen, vielleicht schon heute gegen Abend.«

Der Leutnant von Griesheim war auf ihn zugeschritten und hatte seine Hand gefaßt, um sie derb zu schütteln. »Meine besten Wünsche begleiten Sie, lieber Kamerad. Ich beneide Sie. Die Natur hat Ihnen große Gaben in die Wiege gelegt... Bärenkraft und kalte Besonnenheit. Schon beim dritten Aufstieg konnte man Ihnen die Maschine allein anvertrauen, vierzehn Tage später haben Sie sich das Flugzeugführerzeugnis erworben, und noch keinen Span Kleinholz haben Sie gemacht...«

Wundt, der dabei stand, spuckte dreimal schnell aus, lief zur Wand des Schuppens und stieß mit dem Daumen dreimal dagegen. Die anderen beiden lächelten. Der Kamerad, der die kühnsten Gleitflüge ausführte, war abergläubisch wie ein altes Weib. Er stieg nie auf, wenn das Publikum ihm beim Start mit den Händen winkte oder Glückwünsche zurief. Und nirgends ist die abergläubische Furcht größer als bei den Fliegern. Die meisten tragen einen Talisman, einen Ring, ein Geldstück oder irgendeinen anderen Gegenstand, an dessen Wirkung sie felsenfest glauben, bis... ja, bis ein trauriges Ereignis diesen Glauben zerstört.

Inzwischen hatten Monteure und Arbeiter nicht das der Militärverwaltung zur Verfügung gestellte Flugzeug aus dem Hangar gezogen, sondern eine neue, erst wenige Male geprüfte Maschine.

»Was soll das bedeuten?« fragte Wundt erstaunt. »Haben wir noch ein zweites Flugzeug bekommen?«

»Nein, meine Herren. Ich will es Ihnen unter strengster Diskretion verraten. Ich habe die Maschine gekauft. Wenn ich heute abend meinen Piloten mache, fliege ich morgen früh nach Königsberg. Ich bin bereits um Urlaub eingekommen und unternehme morgen die Fahrt auf mein eigenes Risiko.«

Schweigend trat Griesheim zu ihm heran und drückte ihm die Hand. Draußen knatterte bereits der Motor... Daumlehner verschwand in seiner Kabine, um sich für die Fahrt umzukleiden... Dann kletterte er auf die Maschine. Der Monteur warf den Propeller an... Staub und Sand flog unter der Maschine weg nach hinten. Jetzt hatte der Motor seine volle Tourenzahl erreicht. Die Arbeiter ließen das Gefährt los... wie ein Auto fuhr es auf der glatten Bahn dahin, jetzt hob es sich vom Boden...

»Der wird noch einmal grobes Geld verdienen, meine Herren«, wandte sich der graubärtige Monteur an die beiden Offiziere. »Sehen Sie mal, wie ihn über dem Wald die Böen schütteln, aber das rührt ihn nicht.«

Daumlehner war nicht, wie es üblich war, nach der ersten Runde niedergegangen, um dann, nachdem sich die Maschine als zuverlässig erwiesen hatte und nochmals untersucht worden war, zum zweiten Male aufzusteigen. Er blieb in der Luft und begann schnell emporzusteigen...

Einige Minuten später war er nach Osten zu verschwunden. Erst nach einer Stunde kehrte er zurück, fuhr noch eine Runde um den Platz und landete fünfzig Schritt vor dem Hangar. Sein Gesicht strahlte, als er aus dem Flugzeug stieg. Ein Gefühl stolzen Selbstbewußtseins war über ihn gekommen. Seiner mittelgroßen, aber breitschultrigen Gestalt war nichts von Anstrengung anzumerken...

Gegen Abend hatte das schöne Wetter eine große Menschenmenge auf den Flugplatz hinausgelockt. Zehn, zwölf Flugzeuge waren in der Luft. Ganz hoch oben im Äther schwamm eine Rumplertaube. Sie erschien kaum so groß wie ein Schmetterling... Es dunkelte bereits, als sie in steilem Gleitflug niederkam. Ein Rauchstreifen, den sie zurückließ, bezeichnete ihre Bahn. Einige Neulinge im Publikum wurden ängstlich, und einer rief sogar: »Die Taube brennt.«

Lautes Gelächter antwortete ihm... Mitten auf dem Flugplatz war die Taube niedergegangen, jetzt kam sie wie ein auf der Erde laufender großer Vogel angebraust. Von allen Seiten liefen Offiziere, Flieger, Monteure und Arbeiter hinzu. Der kühne Flieger wurde auf die Schultern gehoben und im Triumph vors Restaurant getragen. Es war Daumlehner, der sein Pilotenexamen mit Glanz bestanden hatte. Seinen vergnügt lachenden Augen sah man es nicht an, daß er ebensoviel geleistet hatte wie alte, erprobte Flieger.

Nach einer Stunde stahl er sich unbemerkt aus dem Kreise der wacker zechenden Freunde und ging zu den Monteuren, die noch mit der Prüfung seiner Maschine beschäftigt waren. Sorgfältig untersuchte er selbst noch jede Schraube, jeden Draht. Dann ging er in seine bescheidene Junggesellenbude und setzte sich an den Schreibtisch. Er war durchaus nicht ängstlich, aber für jeden Fall wollte er doch seinen Eltern und nächsten Freunden einige Zeilen schreiben.

Er hatte länger geschrieben, als er beabsichtigt hatte, und dabei stark geraucht. Jetzt stand er auf, öffnete das Fenster und schaute hinaus in die sternklare Nacht... Ob er nicht doch erst morgen einen kleinen Überlandflug von drei, vier Stunden unternehmen sollte... und einen Begleiter mitnehmen? Griesheim hatte sich abends angeboten, mit ihm zu fliegen. Im Selbstgespräch schüttelte er den Kopf. Wenn die Maschine nicht versagte, konnte er ebensogut sechs wie drei Stunden fliegen. Eine Viertelstunde später war er ruhig eingeschlafen.

Um drei Uhr weckte ihn rasselnd die Uhr, die er auf seinem Schreibtisch stehen hatte. Während er sich anzog, stellte er seine Kaffeemaschine auf. Dann setzte er sich an den Tisch und futterte langsam, aber gründlich... Gegen vier Uhr war er auf dem Flugplatz. Er steckte sich eine Azetylenlaterne an und untersuchte noch einmal seine Maschine bis in die kleinsten Einzelheiten... Es begann zu dämmern, als die Monteure erschienen und die Maschine aus dem Schuppen zogen. Hier und dort hörte man schon das dumpfe Donnern, mit dem die Vorderwände der Hangars beim Niederklappen auf den Boden aufschlugen...

Langsam schritt Daumlehner zu der Marineluftschiffstation, um sich die Wetteraussichten und Windmeldungen zu holen. Sie lauteten ziemlich günstig.

Es war ein klarer Tag zu erwarten bei mittelstarkem Westwind... Inzwischen hatte sich in den Hangars die Nachricht verbreitet, daß der neugebackene Pilot bereits zu einem weiten Überlandflug aufsteigen wollte. Alles, was schon auf war, hatte sich auf dem Startplatz versammelt. Der graubärtige Monteur saß in der Maschine und ließ den Motor gehen. Als Daumlehner zu ihm hinaufstieg, hielt er den Motor an, um sich ihm verständlich machen zu können.

»Herr Daumlehner,« sagte er ernst... Rangunterschiede pflegen in solchen Momenten spurlos zu verschwinden... »es ist alles in Ordnung. Ich rate aber, erst einige Runden um den Platz zu machen, ehe Sie abfliegen. Sie müssen erst vollkommen überzeugt sein, daß der Motor tadellos funktioniert.«

Fünf Minuten später schwebte die Taube in der Luft. Bei der dritten Runde hörte Daumlehner deutlich, daß die Tourenzahl des Motors nachließ. Sofort ging er im Gleitflug nieder. Er vermutete sofort, daß die Benzinpumpe nicht genug Benzin in den Motor schaffte, und er hatte richtig vermutet. Die Freunde, die ihn umstanden, rieten ihm, für heute die Fahrt aufzugeben und sich erst zu überzeugen, daß der Fehler auch richtig behoben sei.

Nach einer halben Stunde kam der alte Monteur heruntergestiegen. »Herr Daumlehner, wenn bei der dritten Runde der Motor nicht nachgelassen hat, können Sie ruhig abfliegen.« Noch ein Händeschütteln, dann stieg die Taube auf. Langsam schraubte sie sich über dem Flugplatz in die Höhe bis zu etwa tausend Meter, dann schlug sie den Weg nach Osten ein, geradenwegs der Sonne entgegen, die schon ein Stück am Horizont emporgestiegen war. Griesheim, der mit seinem Pernox sie verfolgte, sah deutlich, daß sie von starken Böen geschüttelt wurde; dann verschwand sie in einer lichten Wolke.

Kaum eine Viertelstunde lang hatte der kühne Flieger den ungehinderten Ausblick auf die Erde unter ihm, dann begann die Dunstschicht sich zu verdichten. Die Richtung, die ihm durch die Sonne gegeben war, konnte er nicht verfehlen, aber trotzdem stieg der Wunsch in ihm auf, die Erde zu sehen. Ganz allmählich ging er hinunter, bis die Wolkenwand über ihm lag. Mit ruhigem Blick maß er die Entfernung von der Erde. Sie betrug höchstens zweihundert Meter.

Das war zu wenig, wenn er bei seiner rasend schnellen Fahrt durch ein Versagen der Maschine im Gleitflug niederzugehen gezwungen war.

Ruhig zog er das Höhensteuer und ließ seine Taube wieder emporsteigen... Das Barometer zeigte zweitausend Meter an, als er über der Wolkenschicht angekommen war. Er stieg noch einige hundert Meter höher. Da oben war es fast windstill. Unter ihm brodelte das Nebel- und Wolkenmeer... Ein Gefühl der Einsamkeit überkam ihn, wie den Taucher in der Tiefe des Meeres. Die Worte Schillers flogen ihm durch den Sinn: »Unter Larven die einzig fühlende Brust.« Er mußte dabei lächeln, Larven waren hier keine vorhanden... Eine Stunde war er wundervoll ruhig geflogen, dann öffnete sich plötzlich der Blick zur Erde. Kleinere und größere Ortschaften flogen unter ihm rückwärts, ohne daß er erkennen konnte, wo er sich befand. Das kümmerte ihn wenig, denn er konnte noch eine lange Zeit der Sonne gerade entgegenfliegen, ohne aus der Richtung zu kommen...

Langsam verging die Zeit... Endlich sah er ein breites silbernes Band unter sich. Das konnte nur die Weichsel sein. Weiter ging die Fahrt... Da tauchten rechts von ihm große, blinkende Seenflächen auf. Er war zu weit südlich geflogen, denn das konnten nur die großen masurischen Seen sein. Er bog nach Nordosten ab... Da... hatte sein Ohr sich getäuscht oder? Nein... es war schon richtig... die Umdrehung seines Propellers hatte sich verringert. Mit kühlem Blick schaute er in die Tiefe. Unter ihm lag die ostpreußische Kultursteppe, glatt wie ein Tisch. Nirgends ein Graben oder eine Hecke. Nur hier und da ein einzelner Baum, der sich vermeiden ließ. Im Spiralgleitflug ging er zur Erde nieder... Da, dicht vor ihm ein langgestreckter Stangenzaun... Er wollte noch das Höhensteuer anreißen, da stießen auch schon die Räder gegen die oberste Stange... Ein Krachen, ein Splittern... in weitem Bogen flog er von seinem Sitz... über ihm rauschte es, als wenn eine große Woge über ihm zusammenschlüge... dann ward es still.

7. Kapitel

Die anderen Gäste waren bereits eingetroffen, als der Wagen mit den drei Grünröcken vorfuhr. Auf der Diele wurden sie von der Weschkalene empfangen. Sie trug zu Hause mit Vorliebe ihr altes Nationalkostüm. Heute hatte sie ihre kostbaren Festgewänder angelegt. Über zahlreichen steifgestärkten Unterröcken ein grünseidenes Kleid, das die Füße frei ließ...darüber eine seidene Schürze in den litauischen Farben, grün-weiß-rot gestreift; das blütenweiße Hemd an den Ärmeln und dem Halse reich gestickt. Darüber ein grünes Sammetmieder mit schmalen Achselbändern. Um den Hals trug sie eine Kette von Bernsteinperlen und an der Brust eine große Brosche. Neben der Schürze hing an buntem Band ein Täschchen mit Perlen bestickt.

Schrader stellte seinen Assessor vor und fügte scherzend hinzu: »Unsere verehrte Gastgeberin hat von Jugend auf eine Vorliebe für die grüne Farbe.« Weschkalene lachte und öffnete die Tür nach einer großen Stube, die noch ganz nach litauischer Art eingerichtet war. An den Wänden standen altertümliche Schränke und Truhen aus Birkenholz, mit eingelegten dunklen Holzstreifen verziert. Der Boden war mit Binsenmatten bedeckt. An der gegenüberliegenden Stirnwand befand sich ein mannshoher Kamin, in dem dicke Buchenscheite loderten. Die Gäste saßen in bequemen Sesseln im Halbkreis vor dem Kamin.

Nach der Vorstellung des Assessors entschuldigte sich Schrader, daß sie so spät kämen. »Ein früher Gast bleibt nicht zur Nacht«, erwiderte ihm die Weschkalene mit einem litauischen Sprichwort. Sie hatte ihm ihren Platz eingeräumt, so daß er neben Frau Mazat zu sitzen kam. Sie hatte den alten Herrn ohne jede Spur von Verlegenheit begrüßt und wandte sich nun an ihn:

»Ich möchte eine alte Bekanntschaft mit Ihnen auffrischen, Herr Forstmeister.«

»Mit mir, gnädige Frau? Ich wüßte nicht...«

»Aber ich weiß...Es ist allerdings schon einige Jahre her. Ich war damals ein blutjunges Ding von sechzehn Jahren und bei Tante Georginne zu Besuch. Da nahm sie mich mit zum Schützenfest in Lasdehnen...Wissen Sie noch, Herr Forstmeister, wer damals den Eichenkranz als bester Schütze bekam? Sie, Herr Forstmeister.«

»Ja...ja...ich entsinne mich...es war ein harter Kampf. Wir hatten damals ganz vorzügliche Schützen unter den Grünröcken, den Modrow, den Ziehmann, den Goburrek. Ja...ja, das war damals eine lustige Zeit.«

Er lehnte sich in den Korbsessel zurück und sah den Rauchringeln seiner Zigarre nach.

»Sie haben sie aber doch alle bezwungen, Herr Forstmeister. Ich sehe Sie noch wie heute vor mir, wie Ihnen auf der Bühne im Saal von einem jungen Mädchen der Kranz überreicht wurde. Dann begann der Tanz. Ich war an dem Abend außer meiner Tante die einzige, die litauisch angezogen war. Die jungen Leute rissen sich um mich.«

»Wirklich?«

»Jawohl, Herr Forstmeister. Sie tanzten auch sehr viel, am meisten mit Ihrer schönen Frau.«

»Ja, mit meiner schönen Frau...Mein Kind, das sind zweiundzwanzig Jahre her.«

»Ja, und ich hatte damals nur den einzigen Wunsch, daß Sie ein einziges Mal mit mir tanzen möchten. Und dann kamen Sie auf mich zu und forderten mich auf, und da war ich vor Freude so verwirrt, daß ich nicht gleich in den Takt kommen konnte.«

»Richtig...ja...jetzt entsinne ich mich...und wissen Sie, weshalb? Meine Frau lachte mich aus, als ich zurückkam...es hätte so komisch ausgesehen, als ich vergeblich um Sie herumhopste. Also das sind Sie gewesen! Dann sind wir ja wirklich alte Bekannte. Daß wir aber später nicht mehr zusammengetroffen sind?«

»Meine Eltern wurden nach dem Westen versetzt.«

»Und Sie haben wohl auch früh geheiratet?«

»Ach wo, Herr Forstmeister, ich bin dreißig Jahre alt geworden, ehe sich ein Bewerber für mich fand.«

»Sie haben wohl sehr gewählt?«

»Durchaus nicht, Herr Forstmeister.« Sie lachte ihn aus ihren blauen Augen schelmisch an. »Aber ein junges Mädchen, nicht sonderlich hübsch, ohne Vermögen, Tochter eines kleinen Beamten, ist auf dem Heiratsmarkt keine begehrenswerte Ware.«

»Sie drücken sich ein bißchen drastisch aus, meine gnädige Frau, aber Sie können recht haben. Darf ich fragen, wie der Umschwung eintrat?«

»Wissen Sie das nicht? Tante Georginne war zum Besuch gekommen. Schon nach wenigen Tagen wußte es die ganze Nachbarschaft, daß ich von ihr einen großen Sack voll Geld erben würde. Acht Tage später hatte ich den ersten Heiratsantrag. Ich bat mir Bedenkzeit aus. Dann lernte ich meinen Mann kennen, er gefiel mir... Sehen Sie, so geht es in der Welt, Herr Forstmeister.«

Sie hatten sich so sehr in ihr Gespräch vertieft, daß sie gar nicht merkten, daß die beiden Gutsnachbarn in einen heftigen Streit geraten waren, in aller Freundschaft natürlich. Aber mit großer Energie wurden von beiden Seiten die Meinungsverschiedenheiten ausgesuchten. Der Starrischker hatte von den Remonten seines Nachbarn einen Rappen gelobt, der ihm außerordentlich gefallen hatte. Der Dietrichswalder hatte als Erwiderung sofort zehn Fehler aufgezählt, die der Rappe an sich hätte, und hatte hinzugefügt: die braune Stute seines Nachbarn würde mindestens dreihundert Mark mehr als Remonte bringen. Nun hatte der Eigentümer der gepriesenen Stute ihre Fehler aufgezählt.

Der Streit war so weit gediehen, daß der eine dem anderen vorwarf, er hätte keinen »Pferdeverstand«. In diesem kritischen Augenblick stand der Hegemeister auf, stellte sich vor die beiden Kampfhähne und sprach nur das eine Wort: »Tauscht!«

Zuerst lachte der Starrischker hell auf: »Der alte Adam hat recht. Tauschen wir die Kracken aus. Nach vier Wochen wissen wir dann, wer von uns beiden recht hat, und der Dumme wird mit einem Verlust von einigen hundert Emmchen bestraft.«

»Wenn aber beide Gäule gleiches Geld bringen?« fragte Herr von Degenfeld.

»Dann habt ihr beide keinen Pferdeverstand«, erwiderte der Hegemeister trocken und ging auf seinen Platz zurück. »Oder die Kommission«, rief ihm Grumkow nach.

Den Assessor hatten die beiden Hauptleute in die Mitte genommen. Sie waren schon zum Kaffee in Weschkallen erschienen und hatten jeder auf dem Abendzug eine Schnepfe geschossen. Sie wunderten sich, als sie hörten, daß der Assessor noch nicht zur Jagd draußen gewesen wäre. Es gäbe doch nichts Schöneres, als eine Langschnäbelige zu erlegen und dabei das Erwachen der Natur zu genießen... Der Forstassessor entschuldigte sich damit, daß er ein wenig außer Übung gekommen sei. Als Feldjäger habe er wenig freie Zeit gehabt, am wenigsten zur Jagd... Dann kam er auf seine Reisen zu sprechen, und er verstand gut zu erzählen. Er wußte an allen Höfen gut Bescheid und kannte von ihnen Intimitäten mehr als andere Sterbliche.

Dann bat Weschkalene zum Abendbrot. Rasch aufstehend bot Schrader seiner Nachbarin den Arm. Sie gefiel ihm... Sie verstand so nett zu plaudern... Ein kluges, gewandtes Frauenzimmer, hatte er schon mehrmals dabei gedacht... Ab und zu lief ihr ein etwas burschikoser Ausdruck unter, den sie, wie sie lachend erklärte, sich von ihrem Manne angewöhnt hatte. Und daß sie schon achtunddreißig Jahre alt war, sah man ihr wirklich nicht an... Weschkalene hatte sich ihren alten Jugendfreund Krummhaar als Tischherrn gewählt. Auf der Diele strömte den Gästen aus der weitgeöffneten Flügeltür des Eßzimmers eine blendende Lichtfülle entgegen. Die Hausherrin weidete sich an der Überraschung ihrer Gäste. Sie hatte in ihre Wassermühle eine Turbine und eine Anlage einbauen lassen, die elektrisches Licht lieferte.

Für den Forstassessor war der Übergang von der schlichten Einfachheit des litauischen Bauernzimmers zu der modernen, aber sehr soliden Pracht eine Überraschung: schwere Eichenstühle mit Lederpolstern und geschnitzten Lehnen, ein gewaltiges Büfett, eine ziemlich große Anrichte, wertvolle Gemälde an den Wänden, der Tisch mit schwerem Silber gedeckt. Dazu Gläser, deren Wert er wahrscheinlich am besten von allen Anwesenden abzuschätzen verstand. Er setzte sich und nahm die Tischkarte in die Hand. Seine Augen weiteten sich. War das möglich? Er las: »Pilzenbartsch... Krebse... Schnepfen auf litauische Art... Brassen in Bier... Ochsenlende mit Beilage... Himbeereis... Obst... Käse.« Bei jedem Gang standen zwei Weinsorten, geradezu raffiniert ausgesucht. Ganz unten stand ein Ausdruck, der ihm noch nicht vorgekommen war:

»Französischer Knall-Kümmel.« Er bog sich zum Hauptmann Winter, der neben ihm saß, und zeigte ihm das Wort auf der Karte. »Was ist das?«

»Aber, lieber Herr Assessor, kennen Sie denn nicht unseren Ausdruck für Champagner?«

Zwei niedliche Mädel in Nationaltracht servierten. Den Wein mußten sich die Gäste selbst eingießen. Als die Krebse aufgetragen wurden, stand Weschkalene auf und klopfte leise an ihr Glas.

»Meine lieben Freunde, wir feiern heute eine Talka, ein litauisches Arbeitsfest, wie es früher allgemein üblich war. Leider verschwinden unsere alten guten Gebräuche immer mehr. Aber heute sind doch zum Flachsbrechen aus fünf Dörfern die jungen Männer und Mädchen zu mir gekommen...denn jede Henne scharrt nach ihrer Art...ich auch...deshalb müssen Sie schon nicht übelnehmen, wenn ich Sie nachher in die Scheune führe...zum Alaus. Ich wünsche guten Appetit, meine lieben Gäste.«

Kaum hatte sie sich gesetzt, als auf dem Hofe Gesang einsetzte. Glockenklare Mädchenstimmen, dann fielen Männer mit kräftigem Baß ein...Eine schwermütige Melodie, die plötzlich in übermütige Lustigkeit umschlug...zu jedem Refrain ein eigentümliches Klappen und Knallen. In kurzen Pausen sangen die Flachsbrecher.

Nach dem Fisch erhob sich der Forstmeister und hielt eine von Geist und Witz sprühende Rede. Seine Freundin habe schon in frühester Jugend eine große Vorliebe für das Deutschtum gezeigt. Leider habe der Betreffende, auf den sich diese Vorliebe richtete, nicht den Mut gehabt, die litauische Rose, die sich ihm zuneigte, zu pflücken. Aber die verehrte Gastgeberin sei nicht nachtragend...Die winzige Anspielung auf den alten Hegemeister wurde nur von den Nächstbeteiligten verstanden. Dann kam der alte Herr auf das Schwinden der alten litauischen Volkstracht zu sprechen und rühmte die Hausherrin als ein Muster echt konservativer Gesinnung, die das neue Gute nicht verachte und doch an dem bewährten Alten festhalte.

Der Assessor hatte sich schon innerlich auf den landesüblichen Schluß vorbereitet: »In diesem Sinne bitte ich Sie, mit mir das Glas zu erheben und...« Statt dessen machte der alte Herr eine kurze Pause, sah sich freundlich ringsum und sagte feierlich: »An sweikatis«...

Ohne sich zu erheben, stießen die Gäste mit dem alten litauischen Trinkspruch mit ihren Nachbarn an...Vom Hofe her kam donnernd als Echo durch die geöffneten Fenster der Trinkruf zurück.

Als Weschkalenes Gäste nach dem Essen auf den Hof hinaustraten, bot sich ihnen ein farbenfrohes, bewegtes Bild. Im Scheine von Kienfackeln arbeiteten etwa vierzig Männer und Mädchen in litauischer Tracht. Die Männer brachen den Flachs auf den Braken, die Frauen schlugen ihn mit langen, glatten Holzmessern, bis er seidenweich und glatt in Bündel verschnürt und in die Vorratskammer, die Klete, getragen werden konnte.

Plötzlich gab's ein lautes Hallo. Der Forstmeister hatte unter den Flachsarbeiterinnen seine beiden Patchen entdeckt. Zu seinem größten Erstaunen wurde der Forstassessor gleich darauf zwei allerliebsten Mädeln in litauischer Tracht vorgestellt, die sich dabei als Erna von Degenfeld und Liesbeth von Grumkow entpuppten...

Auf der Tenne war ein langer Tisch weiß gedeckt. Und nun kam der berühmte Alaus...ein gelbtrübes Getränk...von einem mild säuerlichen, würzigen Geschmack. Nach dem reichlichen Mahl und den schweren Weinen schmeckte es erfrischend und belebend. Als der Assessor das erste Glas auf einen Zug geleert hatte und nach dem zweiten griff, stand Frau Madeline neben ihm.

»Ich warne Sie, Herr Assessor. Wer das Getränk nicht gewohnt ist...«

»Gnädige Frau, Sie sind grausam. Das ist der Gipfel der Genüsse, die mir heute in so reichem Maße geboten worden sind.«

Fünf Minuten später, nachdem er den dritten kleinen Becher getrunken hatte, saß er mit dem Gefühl völliger Hilflosigkeit auf einem Stuhl am Tisch. Es war ihm zumute, als wären ihm seine Beine abhanden gekommen. Ein Trost war es für ihn, daß Hauptmann Winter neben ihm saß und furchtbar auf das heimtückische Zeug schimpfte. Dann kamen zwei litauische Jünglinge, faßten sie unter den Arm und führten sie in das Haus...

In der großen Stube tanzten die Festteilnehmer nach den Weisen einer Ziehharmonika. Der Forstmeister wollte sich eben mit den beiden Gutsherren zu einem Skat niederlassen, als Frau Madeline erschien und ihn zum Tanz aufforderte.

»Heute wird's hoffentlich besser gehen als damals«, flüsterte sie ihm zu, als er sie um die Taille faßte. Ein Zeichen der Weschkalene hatte die anderen Tänzer auf der Stelle aufhören lassen. »Die Herrschaft tanzt.«

Wie ein Jüngling schwang der Forstmeister seine Tänzerin...

Seit Jahren hatte er nicht mehr getanzt, aber er fühlte selbst mit Vergnügen, daß er es noch nicht verlernt hatte und daß die flotte Bewegung ihm nicht schwer fiel. Und seine Tänzerin war wie für ihn geschaffen. Sie schmiegte sich so dicht an ihn, daß er ihren Körper fühlte, und doch war es ihm, als wenn er eine leichte Feder im Arme hätte...Er ließ den Hegemeister seine Stelle am Spieltisch einnehmen und blieb im Tanzsaal. Beim nächsten Tanz forderte er Frau Madeline auf...

Der Assessor saß völlig niedergebrochen in einem Klubsessel bei den Spielern. Er war schon ab und zu aufgestanden und war einige Schritte im Zimmer auf und ab gegangen, aber noch traute er seinen Beinen nicht. Dann versuchte er nach dem Takt der Musik einige Tanzschritte...beim Umdrehen hätte er beinahe das Gleichgewicht verloren. Mit Mühe erreichte er den sicheren Sessel.

8. Kapitel

Am nächsten Tage erschien der Assessor, noch mit allen Anzeichen eines physischen und moralischen Katzenjammers behaftet, erst nach Mittag in Makunischken und bat den Forstmeister um eine Unterredung unter vier Augen.

»Mir ist von einem gewissen Zeitpunkt ab jegliche Erinnerung geschwunden, und ich fürchte sehr, daß ich Dummheiten angestellt haben könnte. Nur ganz dunkel entsinne ich mich, daß ich getanzt habe.«

»Und sehr eifrig und flott«, erwiderte der alte Herr lachend. »Sie haben dabei eine junge hübsche Litauerin sehr eifrig hofiert... ich glaube stark, Sie haben sie mit Erna von Degenfeld verwechselt, denn Sie haben sie immer mit gnädiges Fräulein angesprochen.«

Der Assessor ließ sich auf einen Stuhl fallen.

»Um Gottes willen, was habe ich da angerichtet... nun bin ich hier in der Gesellschaft unten durch.«

»Sie gehen, wie mir scheint, von einer ganz falschen Vorstellung aus, mein lieber Herr von Sperling. Das waren keine Knechte und Mägde, sondern Söhne und Töchter von wohlhabenden litauischen Bauergutsbesitzern. Da war gestern einer darunter, der mit Fug und Recht den Titel Referendar führt. Er hat sofort, als sein älterer Bruder starb, seine Karriere an den Nagel gehängt und ist nach Hause gekommen, um Bauer zu werden.«

Etwas erleichtert atmete der Assessor auf. »Es liegt also kein Verstoß von mir in dieser Beziehung vor?«

»Durchaus nicht.«

»Habe ich mich sonstwie unpassend benommen?«

»Ach wo... Sie waren sehr lustig und haben der kleinen Krabbe sehr energisch den Hof gemacht, was ihr sehr zu gefallen schien. Und wenn Sie sie nächster Tage besuchen wollen, dann werden Sie sehr freundlich aufgenommen werden.«

»Ich weiß nicht, wie ich dazu gekommen bin. Ich pflege mich sonst zu jungen Damen sehr korrekt zu benehmen, da ich grundsätzlich nicht zu heiraten gedenke.«

»Das ist ein Grundsatz, den Ihnen die Vernunft eingeblasen hat, lieber Assessor,« erwiderte der Forstmeister lächelnd, »aber vor der Allgewalt des Alkohols hält er nicht stand... Alkohol legt das Innerste des Menschen bloß.«

»Habe ich denn soviel getrunken? Ich kann mich dessen auch nicht entsinnen.«

»Na, was ich davon gesehen habe, war nicht allzu wenig. Sie saßen zuerst unter der Wirkung des heimtückischen Alaus wie ein Häufchen Unglück im Spielzimmer. Dann nötigte ihnen Weschkalene ein Glas Grog auf, und da baten Sie selbst um ein Glas Rotwein. Es werden wohl mehrere geworden sein.«

Der Assessor schüttelte den Kopf, als wenn ihm sein Benehmen selbst unerklärlich wäre. Endlich fragte er: »Und die beiden jungen Damen waren auch bis zum Schlusse da?«

»Erna und Liesbeth? Aber selbstverständlich, die haben sich von den jungen Litauern kräftig schwenken lassen.«

Der Assessor schüttelte noch stärker den Kopf.

»Sie brauchen sich gar nicht zu grämen«, tröstete ihn der Forstmeister. »Sie machen ruhig Ihren Besuch in Dietrichswalde und Starrischken. Im schlimmsten Fall werden die Mädel Sie ein bißchen mit Ihrer Eroberung necken. Das geht vorüber.«

»Sie meinen also wirklich, Herr Forstmeister, daß meine Persönlichkeit durch den gestrigen Abend keine Einbuße erlitten hat?«

»Nicht im geringsten... Zum Trost kann ich Ihnen ja sagen, daß die beiden Väter der jungen Damen zum Schluß auch etwas schief geladen waren. Nur der alte Hegemeister war spornüchtern, über den scheint der Alkohol keine Macht zu haben. Ich hatte mir allerdings aus bestimmten Gründen Enthaltsamkeit auferlegt.«

Getröstet verabschiedete sich Herr von Sperling, um noch einen längeren Spaziergang in den Wald zu unternehmen... Der Forstmeister steckte sich seine lange Pfeife an und begann mit langen Schritten in der Stube auf und ab zu gehen. Er mußte zum soundsovielten Male das Resultat seiner Brautschau überdenken... Die junge Witwe gefiel ihm, darüber war er sich völlig klar. Sie sah sehr gut aus und hatte die angenehme Fülle, die er von jeher bei Frauen bevorzugt hatte. Ihr Wesen war sanft und sympathisch. Sie hatte ein heiteres Gemüt und war nicht frei von Schelmerei...

Er war auch überzeugt, daß er keinen Korb bekommen würde. Nein, sie war ihm sehr deutlich entgegengekommen. Nach dem ersten Tanz hatte er sich neben sie gesetzt und mit ihr geplaudert. Aber bald hatte sie ihn noch um einen Tanz gebeten... er hatte es ihr nicht abschlagen können und auch nicht wollen. Und dann hatte er sie noch einmal aufgefordert... Nach diesem Tanz hatte er gemeint, nun hätte er wirklich genug. Er könne doch nicht wie ein Jüngling unter all den jungen Leuten herumhüpfen. Sie hatte neckend erwidert, er wolle wohl von ihr Schmeicheleien über seine jugendliche Frische hören, oder aber es ziehe ihn zum Spieltisch. Er hatte lachend beides verneint und war neben ihr sitzengeblieben... Manchmal ernst und manchmal heiter hatte sie von allem möglichen gesprochen. Dabei hatte es sich ganz zwanglos ergeben, daß sie erklärte, sie sei durchaus nicht darauf erpicht, unter allen Umständen zum zweiten Male zu heiraten, aber sie sei auch nicht abgeneigt, einen Mann, der ihr gefiele, zu nehmen.

Am meisten beschäftigte ihn die Frage, ob es möglich sei, daß Frau Madeline ein persönliches Gefallen an ihm gefunden hätte, oder ob sie, alles als wahr vorausgesetzt, was Weschkalene ihm gesagt hatte, sich von anderen Rücksichten leiten ließ, z.B. durch die Aussicht auf eine auskömmliche Witwenpension... Als er seine Pfeife ausgeraucht hatte, war er zu dem Entschluß gekommen, seinen alten Freund Adam um Rat zu fragen. Zu seinem Erstaunen fand er den Assessor beim Hegemeister. Er hatte den kleinen Buben auf dem Schoß und unterhielt sich sehr eifrig mit Wera.

Beim Eintreten des Forstmeisters wurde er etwas verlegen und empfahl sich bald. »Der kleine Kerl hat einen furchtbaren moralischen Jammer. Er befürchtet, daß er sich gestern abend lächerlich gemacht haben könnte. Ich habe ihn darüber beruhigt; aber das Komische, worüber ich so lachen muß: er hat mir sein Auto zur Verfügung gestellt, um die Wilddiebe zu greifen.«

»Das ist gar kein schlechter Gedanke, Adam... wir sprechen darüber noch. Ich möchte erst eine andere Angelegenheit mit Ihnen besprechen, etwas ganz Persönliches.«

Krummhaar schmunzelte: »Ich kann es mir schon denken, alter Freund... ich habe gestern genug gesehen.«

»Na, und wie denken Sie darüber?«

»Hm, das ist eine sehr schwierige Gewissensfrage. Ich kenne einen alten Vers, der lautet:
›Tritt man zum erstenmal in Hymens Tempel ein
Und nimmt sich eine Frau, so ist es zu verzeih'n.
Man wird als Wagehals bewundert, tritt man zum zweitenmal hinein.
Wer sich die Dritte freit, verdient zur Strafe hundert.‹«

»Dann könnte ich höchstens als Wagehals bewundert werden«, erwiderte Schrader lachend.

»Sehr richtig, lieber Freund. Ich habe den Vers nur angeführt, um Ihnen zu sagen, daß Ihre Wagehalsigkeit nicht sehr groß zu sein braucht.«

»Sie meinen also wirklich, Adam?«

»Ja, mein Gott, weshalb denn nicht? Ich würde mit beiden Händen zugreifen, wenn ich wüßte, daß eine junge hübsche Frau mich nehmen will.«

»Ich bin bloß fünf Jahre jünger als Sie. Bei allem Selbstvertrauen schreckt mich doch der Gedanke... Na, kurz und gut, offen gesagt, ich habe keine Lust, auf meine alten Tage noch ein Geweih zu tragen. Adam, wir haben in dieser Beziehung wohl beide keine ausreichende Erfahrung. Aber wenn man so die modernen Romane liest, da ist es doch die Regel, daß junge Weiber aus Berechnung sich alte Männer nehmen, weil sie schon vorher entschlossen sind, ihm ein Geweih von vielen Enden aufzusetzen.«

Krummhaar machte ein ernstes Gesicht und zuckte die Achseln. »Darüber kann ich Ihnen nichts sagen... das müssen Sie mit sich selbst abmachen. Aber sonst habe ich keine Bedenken. Die Weschkalene hat gestern mit mir darüber gesprochen. Die junge Frau soll sich wirklich in

Sie verliebt haben. Sie wissen ja, wo die Liebe fällt, da fällt sie, und das ist von der Natur sehr weise eingerichtet, sonst wäre es manchmal nicht zu begreifen, wie manche Männer und noch mehr Frauen eine bessere Hälfte bekommen...«

»Sie brauchen sich ja nicht zu sehr zu beeilen,« fuhr der Hegemeister fort, »es kommt auf ein paar Wochen mehr nicht an. Sie brauchen auch gar nicht vor ihr zu balzen wie ein verliebter Hahn; und eine Liebeserklärung mit Fußfall wird sie auch nicht mehr von Ihnen verlangen... Na, ich will Ihnen mal reinen Wein einschenken. Die junge Frau wünscht sich einen Sohn, und noch mehr wünscht sich die Weschkalene einen Enkel... na ja, einen Jungen, den sie als ihren Enkel betrachten kann. Er soll Landwirt werden, damit das Gut nicht in fremde Hände gerät.«

Der Forstmeister lachte laut los. »Das ist eigentlich sehr schmeichelhaft für mich.«

»Das finde ich auch«, erwiderte Krummhaar trocken mit unbewegter Miene...

Weschkalene hatte gegen elf Uhr ihrer Nichte den Kaffee ans Bett gebracht. Scherzend band sie ihr die dicken, schweren Zöpfe unter dem Kinn zusammen. »Du Schlafratz, du, denkst du nicht ans Aufstehen?« Madeline reckte ihre Arme.

»Ach, Tante, ich bin noch so wohlig müde, ich möchte noch faulenzen.«

»Na, dann trink Kaffee und bleib noch ein Stündchen liegen, mein Engel. Ich dacht' bloß, der Forstmeister könnte kommen... aber dann wäre er schon hier.«

Lächelnd setzte Madeline sich im Bett auf und nahm die Tasse in die Hand. »Weshalb glaubst du, daß der Forstmeister kommen würde?«

»Na, ich habe euch doch beide gestern abend beobachtet. Er war ja Feuer und Flamme.«

»Das habe ich gar nicht so gemerkt, Tante. Ich könnte eher sagen, er war zurückhaltend.«

»Na, hat er dir denn gefallen?«

»Ja, Tante, sehr. Er hat so etwas Abgeklärtes in seinem Benehmen und Sprechen.«

Weschkalene lachte laut auf: »Da bist du sehr im Irrtum, der donnert und poltert, aber kein Mensch hat davor Angst; denn er meint es nicht böse. Wie er die Abromeitene im ersten Augenblick anfauchte, und nachher hat er beinahe ihr zur Gesellschaft gegranst! Aber nun sag' mal, hast du das Gefühl, daß aus der Sache etwas wird?«

»Ich hoffe es, Tante. Die Sache ist ihm etwas schnell über den Hals gekommen. Du hättest es ihm nicht sagen brauchen.«

»Nein, mein Kindchen, das weiß ich besser. Man muß die Männer mit der Nase drauf stoßen. Jetzt denkt er an nichts anderes mehr.«

»Gott gebe es, Tante. Ich kann mir nicht helfen... ich habe ihn zu gern... Wie er gestern mit mir tanzte, da war es mir, als wäre ich noch das kleine Mädchen von sechzehn Jahren. Ich hatte mich damals rettungslos in ihn verschossen. Gleich am nächsten Tage nahm ich dir sein Bild aus dem Album und... habe es noch heute«...

Am anderen Morgen mit Tagesgrauen fuhr der Assessor mit seinem Auto an der Oberförsterei vor. Sie fuhren erst die ganze Grenze entlang durch alle Dörfer, dann kreuz und quer durch die Reviere, sprachen in jedem Forsthaus an und besuchten die Grünröcke auf den Schlägen und Kulturen. Der Forstmeister war mit einigem Mißtrauen in das moderne Gefährt gestiegen, und zu Anfang konnte er sich eines ängstlichen Gefühls nicht erwehren, wenn der Wagen mit wenig verminderter Schnelligkeit zur Seite abbog. Dann begann es ihm zu gefallen. »Wissen Sie, Assessor,« meinte er, »wenn wir das ein paar Tage fortsetzen und dann ab und zu wiederholen, traut sich kein Kerl mehr in den Wald. Die Kosten schreiben wir natürlich der Forstverwaltung auf die Hosen.«

Die Grünröcke der ganzen Oberförsterei vom ältesten Förster bis zum jüngsten Hilfsaufseher waren von dem Auto weniger entzückt. Bisher hatten sie ihren Vorgesetzten alle paar Wochen einmal zu Gesicht bekommen und meistens erst nach vorhergegangener vertraulicher Anmeldung durch den Forstschreiber. Jetzt kam er zwei-, dreimal an einem Tage angesaust. Aber die beabsichtigte Wirkung trat ein. Die Holzschläger und Kulturarbeiter hörten aus der absichtlich laut geführten Unterhaltung, wo der Forstmeister mit seinem Teufelswagen überall gewesen war und verbreiteten die Kunde mit der üblichen Ausschmückung...

Einige Tage später machte der Assessor in Dietrichswalde und Starrischken seine Antrittsvisite. Die beiden Gutsherren begrüßten ihn wie einen alten Bekannten. In Dietrichswalde wurde ihm ein reichliches Frühstück vorgesetzt, in Starrischken mußte er zu Mittag bleiben. Er hatte von der ostpreußischen Gastfreundschaft schon so viel kennengelernt, daß er sich nicht lange zierte. Die Neckereien der jungen Mädchen waren zu ertragen. Erna von Degenfeld hatte ihn gefragt, ob er der Adusche Steputat in Wisborinen schon seine Aufwartung gemacht und sich nach ihrem Befinden erkundigt hätte.

Etwas verwirrt hatte der Assessor geantwortet, das sei bloß eine Höflichkeit, die man Damen der Gesellschaft erweise.

»Ja, wofür halten Sie denn meine Schulfreundin Adusche? Sie wird allerdings kein allzu großes Gewicht darauf legen, denn sie ist mit einem Referendar, der in Wartenburg bei den Jägern sein Jahr abdient, so gut wie verlobt.«

»Ich bitte, mich mit meiner Unkenntnis der Verhältnisse entschuldigen zu wollen.«

»Das hat Sie aber nicht gehindert, meiner Freundin in der heftigsten Weise den Hof zu machen. Sie hat es Ihnen nicht übelgenommen; so etwas nimmt kein junges Mädchen übel... Aber ich könnte es Ihnen übelnehmen, denn es war ganz klar, daß Sie die Adusche mit mir verwechselten. Ja, so ein litauischer Alaus hat es in sich.«

Herr von Sperling hatte seine gute Laune wiedergewonnen. »Ich wünschte bloß, mein gnädiges Fräulein, Sie kämen mal in meine Heimat an den Rhein zur Zeit des Jungmostes, zum Federweißen... Da würden Sie etwas Ähnliches erleben.«

8. Kapitel

9. Kapitel

Der Pferdestreit der beiden Gutsbesitzer hatte sich so weit zugespitzt, daß der Tausch vor sich gehen sollte. Der Starrischker hatte seine braune Stute nach Dietrichswalde gebracht und wollte sich den Rappen holen. Die Entschiedenheit, mit der sein Nachbar auf den Tausch drängte, erweckte in Degenfeld Zweifel an der Richtigkeit seines Urteils. Auch die Frauen und Töchter hatten in dem Streit Partei genommen, sie wollten von dem Tausch nichts wissen.

Erna war mit den Herren in die Koppel gegangen, weil sie das Kunststück, eine Remonte einzufangen, viel leichter zuwege brachte als der alte Wärter. Schon von klein auf hatte sie eine große Vorliebe für Pferde, und wenn man sie vermißte, brauchte man sie nur in der Fohlenkoppel zu suchen. Sie hatte nicht die geringste Angst vor den wilden, jungen Pferden, die wie der Sturmwind angebraust kamen, sobald sie ihre kleine Freundin erblickten, die sie immer mit Süßigkeiten fütterte. Als sie größer wurde, brachte sie das Kunststück fertig, sich im Turnanzug auf ein Pferd zu schwingen. Wie eine Katze saß sie da oben, an die Mähne geklammert, und auch jetzt ritt sie nur im Herrensitz...

Folgsam kam der Rappe auf sie zugetrabt, als sie seinen Namen »Peter« rief. Während sie ihn mit einem Stück Zucker fütterte, hielt sie ihn an der Mähne fest, bis der Wärter kam und ihm ein Halfter umlegte. Nun stoben die anderen davon, kamen aber neugierig wieder, als die Stute hereingeführt wurde. Abwechselnd wurden beide Pferde im Schritt und Trab den Herren vorgeführt. Die Stute, zierlich, mit etwas zu weichen Fesseln, gab höchstens ein Husarenpferd ab, während der Rappe unzweifelhaft Kürassier wurde. Jetzt sah Degenfeld, wie sehr er sich geirrt hatte. Aus der Verlegenheit riß ihn seine Tochter.

»Na, Onkel, wieviel willst du zugeben?«

»Oh! Nachtigall, ich hör' dir laufen... davon war gar keine Rede! Kopf gegen Kopf!«

»Ich denke ja nicht daran«, erwiderte Erna.

»Was hast du denn mitzureden?«

»Die Sache ist sehr einfach, Onkel Elimar, ich habe mir den Peter schenken lassen... fünfhundert Mark mußt du schon zulegen, sonst wird aus dem Handel nichts.«

»Das geht doch über Kreid' und Rotstift«, rief der Starrischker. »Da müssen selbst die Pferde lachen.«

Es schien in der Tat so, als wenn sich die Pferde darüber wunderten, denn sie hatten die Köpfe aufgeworfen und die Ohren gespitzt, sie schnoben und pusteten... Ein Surren und Summen wurde vernehmbar.

»Dat 's wohl dat Auto?« meinte der alte Wärter.

»Nein,« rief Erna, »das kommt aus der Luft.«

Die Pferde schnarchten und liefen unruhig umher. Dann hoben sie alle wie auf Kommando den Schweif und stoben davon... Erna hatte jetzt mit ihren scharfen Augen den Störenfried in der Luft entdeckt. Sie klatschte vor Vergnügen in die Hände.

»Eine Taube... das erste Flugzeug, das ich sehe. Ist das nicht entzückend, wunderbar? Dort hinten im Westen unter der hellen Wolke... Seht mal, wie es größer wird... Es kommt gerade auf uns zu. Ach, wenn es doch hier landen möchte.«

»Der Flieger scheint wirklich hier landen zu wollen,« meinte der Starrischker, »er hat schon die Maschine abgestellt.«

Eine langgestreckte Rauchwolke blieb hinter dem steil abwärtsschießenden Flugzeug in der Luft zurück...

»Das sieht doch furchtbar gefährlich aus. Um Gottes willen, Vater, Onkel, er stürzt ab... Ach, mein Gott...«

Kaum hundert Schritte vor ihnen war das Fahrzeug gegen die oberste Stange des Zauns gestoßen... Die beiden Tauschpferde hatten sich losgerissen und waren davongestürmt. Die anderen hatten in prächtigem Satz den Zaun überflogen und rasten nach dem Hofe zu... Wie ein Reh lief Erna auf den gestürzten Flieger zu. Unterwegs tauchte sie das Taschentuch, mit dem sie ihm freundliche Grüße hatte zuwinken wollen, in den klaren Bach, der durch die Koppel floß.

Ratlos stand sie einen Augenblick vor dem schweren Körper des Mannes, der mit geschlossenen Augen auf dem Rücken lag. Dann kniete sie vor ihm nieder und legte ihm das nasse Tuch auf die Stirn. Vor Aufregung flatterten ihr die Hände. Ein Grauen überkam sie. Wenn der Mann da vor ihr tot wäre… sie hatte noch keinen Toten gesehen… Aber nein, jetzt hob ein Atemzug seine Brust und endigte in ein leises Stöhnen.

»Er lebt, er lebt!« rief sie ihrem Vater entgegen. »Schnell, schick' den Michel nach dem Hof, eine Tragbahre muß geholt werden, nein, besser den großen Korbstuhl von der Veranda, und einer muß nach dem Doktor fahren.«

Der Forstmeister und der Assessor waren gerade vor der Oberförsterei aus dem Auto gestiegen, als sie das Luftfahrzeug über sich hörten.

»Das ist eine Rumplertaube«, erklärte der Assessor, der Bescheid wußte. »Sie scheint auf dem Wege nach Königsberg zu sein.«

Sie wollten sich bereits ins Haus begeben, als der Motor aussetzte.

»Entweder passiert da ein Unglück, oder der Flieger will hier landen. Wollen wir nicht hinfahren? Sie bekommen dann solch ein Ding in der Nähe zu sehen.«

Fünf Minuten später waren sie auf dem Hof in Dietrichswalde. Dort kam ihnen der Michel entgegengelaufen.

»Steigen Sie aus, Herr Forstmeister, ich fahre sofort weiter nach dem Arzt!« rief der Assessor.

Als er mit dem Doktor Glaser aus Lasdehnen wiederkam, war der Verunglückte bereits ins Gutshaus geschafft worden. An der Maschine standen zwei Knechte Wache, denn aus der nächsten Umgebung begannen die Leute herbeizuströmen.

Den Bemühungen des Arztes gelang es bald, den Flieger ins Bewußtsein zurückzurufen. Er hatte außer einigen unbedeutenden Rißwunden am linken Oberschenkel und an der Schulter keine Verletzungen erlitten. Nur der Sturz auf den Kopf hatte ihn betäubt. Sofort als er wieder bei Bewußtsein war, richtete er sich im Bett auf: »Herr Doktor, wo bin ich?«

»Das sollte doch Ihre geringste Sorge sein! Bei guten, lieben Menschen in Ostpreußen. Jetzt halten Sie mal erst still. Ich will Sie beklopfen und behorchen, ob in Ihrer Brust alles in Ordnung ist.«

»Mensch, Sie können von Glück sagen,« meinte der alte Arzt, nachdem er ihn untersucht hatte, »daß Sie so gut davongekommen sind.«

»Der Sturz war nicht sehr heftig, Herr Doktor, und die paar Hautrisse machen mir nichts. Wenn Sie gestatten, möchte ich aufstehen und nach meiner Maschine sehen. Ich muß wohl platt auf die linke Seite gefallen sein und dann erst Kobolz geschossen haben,« meinte er, während er sich anzukleiden begann, »denn da sitzt noch etwas Schmerz drin.«

Zum allgemeinen Erstaunen trat hinter dem Arzt der verunglückte Flieger ins Wohnzimmer, wo die ganze Gesellschaft versammelt war.

»Gestatten Sie, daß ich Ihnen meinen wärmsten Dank abstatte! Mein Name ist Walter Daumlehner, Oberleutnant im zweiten masurischen Infanterieregiment.«

»Was?« rief der Hausherr aufspringend. »Daumlehner? Sind Sie etwa ein Sohn von meinem alten Freund Josua aus Jerkischken?«

»Jawohl, der älteste.«

»Na, dann wirst du dich doch noch deutlich auf mich besinnen können, auf den Onkel Dietrich, der dich auf seinen Knien hat reiten lassen. Plagt dich der Deuwel, Junge, daß du auf so einem Klapperkasten in der Welt 'rumkutschieren mußt? Das Wasser hat schon keine Balken, und erst die Luft.«

»Die hat leider zu viel, Onkel Dietrich.«

Er sprach den Namen Dietrich so langsam und unsicher aus und betonte das Wort Onkel so komisch, daß alle merkten, wie wenig ihm dieser neue alte Onkel erinnerlich war.

»Von Degenfeld heißt mein Vater«, rief Erna lachend und stellte dem Gast auch die anderen vor, ihre Mutter, den Onkel Grumkow und die beiden Grünröcke.

»Nun brauche ich bloß noch den Namen des Gutes und des nächsten Ortes, um einige Telegramme abzuschicken. Und noch etwas: haben Sie hier einen Lehrer, der für Zeitungen korrespondiert?«

»Sie sind in Dietrichswalde und nicht weit von der berühmten Stadt Pillkallen, aber viel näher liegt uns der Marktflecken Lasdehnen. Mit einem solchen Lehrer können wir leider nicht dienen. Aber das können wir ja selbst machen«, erwiderte Erna.

»Im Gegenteil«, erwiderte Walter lachend. »Ich wollte es nur wissen, um den Bericht an die Zeitungen nötigenfalls verhindern zu können... Die russische Grenze kann also hier gar nicht weit sein.«

»Nein«, erwiderte der Forstmeister. »Wenn Sie noch eine Viertelstunde in derselben Richtung weitergeflogen wären, hätten Sie mit russischen Kugeln Bekanntschaft gemacht. Unsere Nachbarn sind ja sehr liebenswürdig.«

Gleich nachmittags mußte sich Daumlehner zu Bett legen. Die ganze linke Seite seines Körpers schmerzte heftig. Trotzdem schlief er bald ein und schlief einige Stunden ganz fest. Es schummerte schon, als er aufwachte. In dem großen Korbsessel, in dem man ihn ins Haus getragen hatte, saß Onkel Dietrich.

»Na, wie geht's dir, mein Jung, wie fühlst du dich?«

»Oh, ich danke, Onkel... Aber nimm es mir nicht übel, wenn ich dich bitte, meinem Gedächtnis zu Hilfe zu kommen. Ich kann mich noch immer nicht auf dich besinnen. Wie bist du mit uns verwandt?«

»Mensch, Junge, bist du schon so ganz 'raus aus deiner Heimat? Ich bin nicht mit euch verwandt. Ich bin solch ein Onkel, wie es viele gibt in Ostpreußen; ich bin ein Freund deines Vaters. Und deinem Gedächtnis soll ich auf die Sprünge helfen? Ich habe mal einen kleinen, unnützen Schlingel von acht Jahren aus einer Torfkaule gezogen, in der er bis zum Hals drin saß, und habe ihn vor der ihm rechtmäßig zustehenden Tracht Prügel gerettet.«

Trotz der Schmerzen, die er dabei empfand, richtete sich Walter im Bett auf und streckte die rechte Hand aus. »Nun muß ich dich aber wirklich um Verzeihung bitten.«

»Ich nehme es für genossen an«, lachte Degenfeld. »Aber nun gib mal Hals, wie geht es deinem Alten? Wie geht's meinem alten, lieben Josua?«

Walter berichtete getreulich und ausführlich von seinen Eltern und seinen dreizehn Geschwistern. »Sieh mal, Onkel, deshalb habe ich mich ja zur Fliegerabteilung gemeldet. Ich bin schon auf der Schule kein großes Licht gewesen und habe keine Hoffnung, auf irgendeine andere Weise aus der Front zu kommen. Nur dadurch habe ich es erreicht.«

»Das ist ja ganz schön, mein lieber Walter, aber ich würde es doch für praktischer halten, ruhig in der Garnison zu sitzen und Griffe zu kloppen. Jedenfalls ist es sicherer. Heute bist du doch bloß wie durch ein Wunder mit dem Leben davongekommen.«

»Ach, so schlimm ist das nicht. Du hast bloß deinen Zaun etwas zu hoch gemacht. Ich fühle mich oben in der Luft so sicher und ruhig. Ich habe eine förmliche Leidenschaft für das Fliegen. Solltest mal einen Flug mit mir machen, wenn meine Maschine wieder in Ordnung ist.«

»Ich danke«, erwiderte Degenfeld trocken. »Aber nun werde ich dir etwas sagen. Ich werde meinen Schäfer holen lassen, der knetet dich ordentlich durch und schmiert dich mit Dachsfett ein. Das hilft wunderbar.«

Die Prozedur war allerdings etwas schmerzhaft, aber sie wirkte so gut, daß Walter eine Stunde später aufstand. Onkel Dietrich, der dieselbe Figur hatte und nur in der Magengegend etwas völliger war, half ihm mit einem Anzug aus. Das Ehepaar Grumkow war mit Liesbeth zum Abend gekommen, und Walter mußte erzählen. Erna hörte ihm mit leuchtenden Augen zu und war unermüdlich im Fragen. Liesbeth schien wenig Interesse dafür zu haben. Sie machte nur einmal die Bemerkung, daß die Flugmaschinen noch sehr unvollkommen sein müßten, weil doch fast jeden Tag Unfälle vorkämen. Walter gab es ruhig zu. »Um so eifriger muß daran gearbeitet werden, sie zu vervollkommnen, und deshalb muß eifrig geflogen werden, um die Mängel zu entdecken und abstellen zu können. Jeder große Fortschritt muß mit Opfern an Gut und Blut erkauft werden.«

»Ich meine,« erwiderte Liesbeth etwas schnippisch, »dazu wären auch andere Menschen gut genug. Offiziere haben dem Vaterland zu dienen und nicht der Flugkunst.«

»Das ist sehr engherzig von dir gedacht«, erwiderte Erna eifrig. »Die Offiziere dienen ja doch damit dem Vaterland, daß sie sich für den Kriegsfall im Fliegen üben.«

»Und die Kriegsleitung hält die Flugzeuge für sehr wichtig«, fuhr Walter ruhig fort. »Im nächsten Manöver sollen bereits Militärflieger den Aufklärungsdienst übernehmen. Ich hoffe auch dabei zu sein.«

»Wenn Sie noch...« erschreckt hielt Liesbeth inne, ein Blick ihrer Mutter hatte sie gewarnt. Aber alle wußten, was sie gemeint hatte.

»Mein gnädiges Fräulein,« erwiderte Walter ernst, »wir müssen alle sterben, früher oder später. Aber wenn mich das Schicksal ereilt, dann sterbe ich mit dem Bewußtsein, daß ich eine Zeit meines Lebens mehr geleistet habe als viele andere. Sie brauchen sich das gar nicht so gefährlich vorzustellen. Oben in der Luft passiert mir nichts. Da erfüllt mich nur ein erhebendes Gefühl, wenn ich die Welt wie eine Landkarte unter mir ausgebreitet sehe oder ein brodelndes Wolkenmeer, wie heute früh. Und es war wohl der wunderbarste Augenblick meines Lebens, als ich beim Erstaufstieg mit meinem Lehrmeister merkte, daß unser Fahrzeug sich von der Erde losgelöst hatte und die Gegenstände unter mir nach rückwärts zu schießen begannen.«

»Ist es schwer, das Fliegen zu lernen?« fragte Erna.

»Das hängt sehr von der Begabung ab. Mancher muß sich förmlich dazu zwingen, ruhig zu bleiben und die erforderlichen Handgriffe zu tun. Mir ist es von Anfang an leicht gefallen. Und dann hat es mir geradezu Spaß gemacht. Gestern bin ich dreimal geflogen, einmal morgens, einmal mittags, und gegen Abend habe ich mein Pilotenexamen gemacht.«

»Ist es dann nicht etwas sehr kühn, sofort einen so weiten Flug zu unternehmen?« fragte Erna.

Walter zuckte die Achseln. »Weshalb? Ich fühlte mich vollkommen der Aufgabe gewachsen und hatte die Maschine als zuverlässig erprobt«...

Bald nach dem Abendbrot ermahnte der Hausherr seinen Gast, sich zur Ruhe zu begeben. Der Schäfer wolle ihn noch einmal vornehmen, und der Körper müsse sich ausruhen... Das geschah dann auch. Die beiden Männer mußten Walter auskleiden, denn er war nicht imstande, den linken Arm zu bewegen. Überall hatte er braune und blaue Flecken. Wie ein Toter schlief er bis in den hellen Morgen hinein.

10. Kapitel

Was Daumlehner befürchtet hatte, war geschehen. Ein Lehrer aus Lasdehnen hatte den »Fliegerunfall« mit schmetternden Phrasen beschrieben und den Bericht an eine Königsberger Zeitung geschickt. Er war in seiner Art ein Meisterstück, denn er schilderte den kühnen Flug des stolzen Fahrzeugs durch die Wolken, die Unerschrockenheit des heldenmütigen Fliegers, der, »ein Kind unserer Provinz«, als erster die weite Fahrt in die Ostmark unternommen hatte.

»Kaltblütig maß der kühne Mann in diesem Augenblick der höchsten Gefahr die Entfernung zur Erde. Sein forschendes Auge erkannte als einzigen Ort, der für seine Landung in Betracht kommen konnte, die Pferdekoppel des Herrn Rittergutsbesitzers Dietrich von Degenfeld auf Dietrichswalde.«

In demselben Stil ging es weiter. Sehr effektvoll war die Tatsache hervorgehoben, daß »die resolute Tochter des Herrn Rittergutsbesitzers in sehr überlegter Weise den gefährlichsten Folgen eines solchen Sturzes«, einer Gehirnerschütterung, vorgebeugt hätte, indem sie den Kopf des wie tot daliegenden Fliegers in ihren Schoß nahm und mit ihrem nassen Taschentuch kühlte. Auch der hilfreiche Doktor Glaser erhielt sein Lob, und zum Schluß wurde darauf hingewiesen, daß die kunstvolle Maschine nur einige Tage zu sehen sein würde, da »sicherem Vernehmen nach« bereits geschulte Mechaniker aus Königsberg unterwegs wären, um sie wieder in Ordnung zu bringen. Dann würde der kühne Flieger nach einigen Probefahrten seinen Weg fortsetzen.

Dieser Hinweis brachte eine Völkerwanderung nach Dietrichswalde zuwege... Walters Schmerzen schwanden schnell unter der energischen Knetbehandlung des Schäfers. Er wartete sehnsüchtig auf das Eintreffen der Mechaniker, denn es war ihm peinlich, auch nur die unschuldige Ursache dessen zu sein, was sich in diesen Tagen in Dietrichswalde, Starrischken und Makunischken zutrug... Zuerst kam Georginne Weschkalene mit ihrer Nichte und ließ sich von Daumlehner das Fahrzeug, das auf dem Hofe unter den offenen Geräteschuppen gebracht worden war, erklären. Sie schien ein unbegrenztes Vertrauen zu den Fähigkeiten des Menschengeschlechts zu haben, denn der Anblick entlockte ihr nicht das leiseste Zeichen von Verwunderung. Und als Frau Madeline sich darüber wunderte, daß ein so kleiner Motor das große Flugzeug durch die Luft treiben könnte, fertigte sie sie mit dem Sprichwort ab: »Wenn es nach der Größe ginge, finge die Kuh den Hasen.«

An diesem Tage hielt sich der Besuch Schaulustiger noch in mäßigen Grenzen, denn er kam nur aus der nächsten Umgegend. Alles gute Bekannte des Hausherrn, die vollen Anspruch darauf hatten, als Gäste aufgenommen und behandelt zu werden. Dazu gehörte natürlich auch, daß ihnen die Maschine gezeigt und erklärt wurde...

Am nächsten Vormittag, nachdem der Bericht der Königsberger Zeitung bekannt geworden war, änderte sich das Bild. Da zog's zu Fuß, zu Roß und zu Wagen heran, und zu Mittag war der große Hof des Gutes schwarz von Menschen. Da kamen die Wartenburger Jägeroffiziere mit einer ganzen Schar von Unteroffizieren, da kamen Lehrer mit ihren Schulen... da wurden alte Freundschaften und Beziehungen aufgefrischt, um die Gastfreundschaft in Anspruch nehmen zu können. Der Forstmeister, der Hegemeister, die Starrischker hatten das Haus voll Gäste, die nicht etwa nur ein paar Stunden, sondern so lange weilen wollten, bis Daumlehner seine Probefahrten begann. Alle Gasthäuser der näheren Umgegend waren überfüllt, ja selbst in die Instkaten der Gutstagelöhner hatten sich Menschen einquartiert.

In Dietrichswalde waren alle Räume bis unter das Dach mit Einquartierung belegt. Eine gemeinschaftliche Tafel gab's nicht mehr. Es war ein »Trampeltisch« eingerichtet, eine fliegende Tafel, die unaufhörlich mit fertigen Gerichten bestellt werden mußte. Zwei Hammel, die im Verdacht der Drehkrankheit standen, und ein Schwein fielen gleich am ersten Tage dem Massenbesuch zum Opfer. Der »kühne Flieger« kam sich vor wie ein Maikäfer, dem böse Jungen einen Faden ans Bein gebunden haben, um ihn dann langsam, aber sicher zu Tode zu quälen. Alle wollten ihn nicht nur sehen, sondern ihn sprechen, seine Hand drücken und ihm ihre Bewunderung zollen...

Das Erklären der Maschine hatten ihm Erna und der Forstmeister abgenommen, die ihm so oft zugehört hatten, daß sie vollkommen Bescheid wußten... Am peinlichsten war es Walter, daß sein Unfall die Veranlassung zu diesem Massenbesuch geworden war, der seinen Gastfreunden soviel Opfer und Arbeit auferlegte. Und Onkel Dietrich ließ sich nicht lumpen. Am Abend wurden einige riesenhafte Bowlen getrunken und einige frischmilchende Kühe leergemolken...

Der einzige Ausweg aus diesem Dilemma schien ihm der Entschluß, sein Flugzeug abmontieren zu lassen. Doch darauf fiel niemand herein. Das wollten sie dann wenigstens doch auch mit ansehen, und Onkel Dietrich erklärte rund heraus: davon könnte keine Rede sein. Soviel würde Dietrichswalde noch hergeben können, um ein paar Menschen satt zu machen.

Am anderen Morgen kam endlich das Auto an, das einen Oberleutnant von Reichenbach und zwei Mechaniker aus Königsberg brachte. Gegen Abend war der Schaden ausgebessert. Sofort entschloß sich Walter, zu einem Probeflug aufzusteigen. Die Taube wurde in die Koppel gebracht, wo der mit kurzem Gras bedeckte Boden den Start gestattete. Unter dem jubelnden Geschrei der Menge stieg der »kühne Flieger« auf.

Die Maschine ging so sicher und ruhig, das Wetter war klar und still. Im Osten stand schon der Mond am Himmel... Plötzlich kam ihm der Gedanke, ohne Abschied davonzufliegen nach Königsberg. In spätestens einer Stunde konnte er in Königsberg sein... Dann kamen ihm Bedenken. Nicht wegen des polnischen Abschieds. Den konnte er wieder gutmachen, wenn er sofort wieder mit der Bahn zurückfuhr, um sich zu verabschieden und zu bedanken. Auch die Möglichkeit, daß der Motor versagen und er im Abendgrauen wieder irgendwo zu landen gezwungen werden könnte, schreckte ihn nicht.

Nur ein unbestimmtes Gefühl war es, das ihm den Wagemut störte. Die Erinnerung an zwei blaue Augen, die ihn so oft lachend in diesen kurzen Tagen angeblickt hatten, und die sehnsüchtig traurig nach ihm ausschauen würden, wenn er seine Absicht ausführen würde. Ihm war es, als dürfte er jetzt nicht mehr so wagehalsig sein... In einem weiten Bogen kehrte er nach zehn Minuten auf die Erde zurück. Gleich darauf unternahm er in Begleitung des Oberleutnants von Reichenbach den zweiten, etwas längeren Flug.

Die Schaulust der Menge war befriedigt. Die meisten fuhren noch an demselben Abend ab. Nur ein kleiner Kreis von näheren Bekannten und Freunden blieb zur Nacht in Dietrichswalde. Erna hatte dem »kühnen Flieger«, wie sie ihn neckend zu nennen pflegte, beim Abspringen beide Hände entgegengestreckt. »Eigentlich ist es sehr waghalsig, gleich wieder so hoch und so weit zu fliegen.«

»Ich wollte noch waghalsiger sein und schon beim ersten Aufstieg mit polnischem Abschied davonfliegen nach Königsberg.«

»Da würden Sie meinen Vater schwer erzürnt haben und mich auch.«

»Ich wäre ja sofort in der Nacht mit der Bahn wieder zurückgekommen.«

»Eben deswegen.«

»Ja, wieso denn?«

»Sehr einfach... Ich will mit Ihnen morgen früh aufsteigen, das heißt, wenn Sie mich mitnehmen.«

»Haben Sie wirklich so viel Vertrauen zu meiner Kunst, gnädiges Fräulein, daß Sie den Aufstieg mit mir wagen würden?« Seine Stimme bebte vor Erregung.

Sie streckte ihm die Hand entgegen. »Ja, Herr Daumlehner...«

Eine Weile gingen sie stumm nebeneinander, dann sagte Walter mit tiefer Stimme: »Fräulein Erna, ich bin bereit, die Verantwortung zu übernehmen, aber nur, wenn Ihre Eltern einwilligen.«

»Ach... na, dann wird nichts daraus. Der Vater wäre wohl 'rumzukriegen, aber die Mutter würde vor Angst vergehen. Und ich habe es mir so reizend gedacht, wenn wir beide morgen in aller Frühe 'rausgehen. Sie einige Minuten früher, um alles noch einmal nachzusehen. Dann wollte ich kommen, schnell zu Ihnen 'raufklettern und heidi in die Höhe... Es ist doch wirklich gar nicht so gefährlich, nicht wahr?«

»Nein, Fräulein Erna, wenigstens ich habe nicht das Gefühl einer Gefahr, wenn ich hoch oben in der Luft bin. Den Motoren haftet ja noch etwas Unzuverlässiges an, denn sie müssen so leicht gebaut werden, daß der kleinste Fehler im Material ein Versagen herbeiführen kann, aber in drei, vier Jahren wird die Technik die Maschinen so weit vervollkommnet haben, daß Flüge von einem Ende Deutschlands zum anderen zu den alltäglichen Ereignissen gehören werden.«

Er hatte sich in Begeisterung geredet... auch Ernas Augen leuchteten...»Und Ihr Name wird für immer mit der Geschichte der Eroberung der Luft verknüpft sein. Das ist doch das Ziel, das Sie treibt.«

»Ja, das will ich nicht leugnen. Ich habe den Ehrgeiz, etwas zu leisten, das mich aus der Menge emporhebt, und da ich es auf andere Weise nicht schaffen kann, habe ich mich der Aviatik zugewandt. Ich will mich aber nicht besser machen, als ich bin. Mich treibt noch ein anderer, weniger idealer Beweggrund. Ich will entweder schnell Karriere machen oder Geld erwerben mit meiner Kunst. Ich weiß, daß eine Bewegung im Gange ist, den Flugsport, wie man ihn leider nennt, durch große Geldpreise schneller zu fördern als bisher. Die Franzosen haben einen großen Vorsprung vor uns, den wollen und müssen wir einholen... Ob für uns Militärflieger etwas abfallen wird, oder ob wir den bunten Rock ausziehen müssen, um an dem Goldregen teilnehmen zu können, weiß ich noch nicht.«

Erna legte ihm die Hand auf den Arm und zwang ihn dadurch, stehenzubleiben.

»Sie wollen des Königs Rock ausziehen, um Geld verdienen zu können?«

Der scharfe Ton ihrer Stimme und ihr erregtes Gesicht ließen ihm keinen Zweifel, daß sie seine Absicht sehr energisch mißbilligte.

»Gefällt Ihnen das nicht, Fräulein Erna?«

Sie wurde unter seinem fragenden Blick verlegen, denn sie fühlte, daß sie zu weit gegangen war. Im Grunde genommen war er ihr doch trotz der etwas eingerosteten Freundschaft zwischen den beiden Vätern ein Fremder, der drei Tage in ihrem Elternhause weilte. Mit einer reizend schüchternen Bewegung reichte sie ihm die Hand.

»Entschuldigen Sie, Herr Oberleutnant. Ich habe kein Recht, mich in Ihre Zukunftspläne zu mischen.«

Walter lächelte vergnügt.

»Erstens haben die Titulaturen nach dem Wunsch Ihres Vaters zwischen uns zu unterbleiben, und zweitens geb' ich Ihnen sehr gern das Recht, Ihre Meinung über meine Zukunftspläne abzugeben. Ich bin sogar gesonnen, mich danach zu richten. Deshalb möchte ich, daß Sie mich nicht falsch beurteilen, liebe Erna. Es sind sogar sehr triftige Gründe, die mir nahelegen, meine Kunst als melkende Kuh zu betrachten. Ich habe das bißchen Vermögen, das ich mal von zu Haus bekommen werde, vorweggenommen und mir dafür den Flugapparat gekauft. Er soll mir so viel Geld verdienen helfen, daß ich mir nach ein paar Jahren irgendwo eine kleine Klitsche kaufen kann. Ja, Erna, das muß ich Ihnen offen sagen, ich bin nicht aus freien Stücken Soldat geworden, sondern weil ich den Eltern nicht mit einem kostspieligen Studium zur Last liegen wollte. Vielleicht wissen Sie, was es heißt, als Leutnant sich mit einer winzigen Zulage durchringen zu müssen. Das habe ich durchgemacht... noch dazu in einer kleinen Grenzgarnison. Ich weiß nicht, ob Sie das interessiert...«

Sie hatte sich in seinen rechten Arm eingehakt. Jetzt sah sie mit feuchten Augen zu ihm auf.

»Ach ja, sehr... sprechen Sie doch weiter.«

»Ich bin eigentlich schon fertig. Nun werden Sie es wohl erklärlich finden, wenn ich nicht allzuviel Liebe für meinen Beruf empfinde. Mir steckt die Liebe zur Landwirtschaft zu tief im Herzen. Eine gutgewachsene Remonte ist mir interessanter als zehn Rekruten.«

Nun lachte Erna laut auf. »Mir auch!«

»Nun, dann werden Sie hoffentlich nicht mehr ganz so schroff über meine Zukunftspläne urteilen, wie vor fünf Minuten. Und den Plan, morgen mit mir zu fliegen, wollen wir ganz still beiseite legen, nicht wahr. Sie haben mir durch Ihr Vertrauen eine große Freude bereitet, aber...«

»Weshalb gönnen Sie mir nicht das Vergnügen?« unterbrach sie ihn lebhaft. »Sie sind doch kein Spielverderber? Das wird einen Heidenspaß geben, wenn ich heute abend erkläre, daß ich mit Ihnen fliegen will.«

Sie sollte recht behalten. Wie ein Blitz schlug es ein, als sie an der Abendtafel mit der ruhigsten Miene erklärte, sie wolle morgen ganz früh mit Daumlehner zu einem kurzen Flug aufsteigen.

»Kind, das ist doch nicht dein Ernst«, sagte die Mutter vorwurfsvoll.

»Aber weshalb nicht, liebe Mutter? Walter wird dir die Versicherung geben, daß gar keine Gefahr dabei vorhanden ist.«

»Darauf kommt es gar nicht an«, rief die Starrischker Tante dazwischen. »Das schickt sich einfach nicht für dich.«

Degenfeld, der erst jetzt hörte, worum es sich handelte, lachte laut los.

»Tinchen, möchtest du mir vielleicht erklären, weshalb es sich für meine Tochter nicht schickt, ein Weilchen in der Luft spazierenzufahren? Mädel, ist das wirklich dein Ernst?«

»Mein völliger Ernst, lieber Vater.«

»Und du willst sie mitnehmen? Na, denn in Gottes Namen. Wenn ich nicht Weib und Kind hätte ...«

»Dietrich, du bekommst es wirklich fertig, das Kind noch in seiner verrückten Idee zu bestärken? Walter, Sie müssen doch selbst sagen, daß ...«

»Was soll ich sagen, verehrteste Tante?« rief Walter, dem die Sache Spaß zu machen begann.

»Daß es ein frevelhafter Leichtsinn ist.«

»Dann bin ich ja noch viel leichtsinniger, liebe Tante. Sie brauchen sich gar nicht zu ängstigen ... in zehn Minuten sind wir wieder wohlbehalten auf der Mutter Erde.«

»Dietrich, willst du wirklich deine Einwilligung geben? Gut, dann wasche ich meine Hände in Unschuld. Du bist der Vater ...«

»Das ist wohl nicht zu bestreiten. Also, Walter, wann soll es morgen losgehen?«

Daumlehner sah zu Erna hinüber. Die schnelle Entscheidung kam ihr überraschend. Ein schelmischer Blick von Erna schien ihn aufzufordern, auf den Spaß einzugehen.

»Morgen früh, wenn wir keinen Nebel haben, mit dem ersten Sonnenstrahl.«

11. Kapitel

Die Gäste schienen es für einen Scherz zu halten, den Erna angestiftet hatte. Die meisten kannten sie als einen Kobold, der keine Gelegenheit zu Neckereien vorübergehen ließ... Das schien auch der Forstmeister zu glauben, denn er fragte jetzt über die Tafel hinüber: »Sagen Sie mal in allem Ernst, Herr Daumlehner, würden Sie wirklich einen Fahrgast mitnehmen?«

»Selbstverständlich, Herr Forstmeister, aber ohne jede Verantwortung.«

»Gut, dann nehme ich Sie beim Wort. Ich bitte Sie, morgen früh mit Ihnen aufsteigen zu dürfen.«

Die ganze Gesellschaft war starr vor Staunen. Der Starrischter rief laut zu ihm hinüber: »Mensch, Forstmeister, plagt dich der Deuwel? In deinem Alter?«

»Was hat mein Alter damit zu tun? In gewissem Sinne ja... Ich werde es wahrscheinlich nicht mehr erleben, daß jeder Mensch wie jetzt im Auto in seinem eigenen Flugzeug spazieren fährt. Da muß ich die Gelegenheit wahrnehmen. Ich habe nicht Kind noch Kegel.«

»Der Forstmeister hat recht«, rief der Hausherr lachend. »Aber weißt du was, Walter? Ich würde die Sache nicht umsonst machen. Das muß mindestens einen blauen Lappen kosten. Ich vermiete dir meine Remontekoppel als Flugplatz, und du unternimmst täglich dreißig, vierzig Vergnügungsfahrten. Ich wette, die Weschkalene ist die zweite, die mit dir aufsteigt. Ich schicke ihr wirklich noch heute einen Boten.«

»Das ist gar kein übler Vorschlag, Ohm Dietrich«, rief Walter belustigt zu ihm hinüber. »Für Ernas Fahrt nehme ich dir natürlich nichts ab, weil sie den Anstoß dazu gegeben hat.«

»Wird angenommen... das verrechnen wir auf die Platzmiete.«

Liesbeth von Grumkow, die neben dem Oberleutnant von Reichenbach saß, beugte sich zu ihm und flüsterte ihm zu: »Wissen Sie, weshalb der Forstmeister aufsteigen will? Weil er eine junge Witwe heiraten soll.«

»Wie darf ich das verstehen, mein gnädiges Fräulein?«

»Na, das ist doch sehr einfach. Er will sich vor ihr dicktun.«

»Der Ausdruck ist mir nicht recht geläufig, ich fühle nur ungefähr, was Sie meinen. Aber da kann ich Ihnen nicht beipflichten. Er ist, soviel ich darüber urteilen kann, ein prächtiger alter Herr, der sich eine erstaunliche Frische bewahrt hat. Ich kann es verstehen, daß er die Gelegenheit wahrnimmt, einen Flug durch die Luft zu unternehmen.«

»Dann finden Sie auch nichts dabei, daß meine Cousine Erna fliegen will?«

»Gar nichts, mein gnädiges Fräulein. Das ist ein prächtiges, tapferes Mädchen.«

Liesbeth setzte eine abweisende Miene auf. Sie hatte die Abfuhr, die ihr der Leutnant erteilt hatte, wohl gefühlt...

Mit lächelnder Miene fuhr er fort: »Darf ich Ihnen ganz gehorsamst den Vorschlag machen, mit mir aufzusteigen? Daumlehner wird gern sein Flugzeug zur Verfügung stellen.«

»Sie können auch fliegen?«

»Aber selbstverständlich! Das ist doch kein Wunder mehr... Ich bin der dritte Militärflieger gewesen, der sein Pilotenexamen gemacht hat. Es ist allerdings erst drei Monate her.«

»Und Sie fliegen nun öfter?«

»Nur so viel, um nicht außer Übung zu kommen... Also nochmals, darf ich Sie morgen zu einem Flug einladen?«

»Ich danke... ich muß wirklich danken.« Etwas leiser fügte sie hinzu: »Ich würde wohl soviel Energie aufbringen, aber meine Mutter würde sich zu Tode ängstigen. Sie haben sie ja vorhin gehört.«

»So, das war Ihre Frau Mutter... Na ja, ich verstehe, daß Sie Aussicht auf Ihre Eltern nehmen müssen.«

Liesbeth glaubte aus dem Ton Ironie herauszuhören und ärgerte sich. »Ich habe noch einen anderen Grund, Herr von Reichenbach, den ich Ihnen nicht verschweigen will. Ich halte es für unrichtig, wenn Männer, die auch sonst etwas bedeuten, ihr Leben aufs Spiel setzen, um solch eine neue Erfindung zu erproben. Dazu gibt es doch genug Schlosserjungen.«

»Ja, Schlosserjungen gibt es genug in Deutschland,« erwiderte Reichenbach mit Nachdruck, »aber ich halte es doch für richtig, wenn wir Männer die Ehre für uns in Anspruch nehmen, an der Eroberung der Luft für die Menschheit teilnehmen zu dürfen. Das ist eine so wichtige und so ernsthafte Sache, daß man sie nicht den Schlosserjungen überlassen darf.«

Liesbeth fühlte aus dem Ton seiner Stimme, daß sie ihren Nachbar gekränkt hatte, und es gefiel ihr, daß er sich so entschieden, wenn auch in höflicher Form gegen sie wehrte. Geschickt versuchte sie nach Frauenart, den Streitpunkt auf ein anderes Gebiet hinüberzuspielen. »Wenn das solch eine Ehre ist, dann müßte die äußere Anerkennung viel größer sein. Was haben Sie denn von Ihrer Flugkunst?«

»Mein gnädiges Fräulein, es wäre sehr traurig, wenn die großen Fortschritte der Menschheit bloß von den Belohnungen abhängig wären, die sie einbringen könnten. Ich lasse mir an dem Bewußtsein genügen, daß ich meine Pflicht erfülle, ja, noch etwas darüber hinaus geleistet habe und hoffentlich auch in der Zukunft leisten werde. Denn sobald mir die Militärverwaltung ein Flugzeug zur Verfügung stellt, gedenke ich ebenso wie mein Kamerad Daumlehner weite Überlandflüge zu unternehmen.«

Liesbeth hatte den Blick zu Boden gesenkt. Sie fühlte, daß sie nicht gut abgeschnitten hatte. Der Mann mußte sie für ein kleines dummes Landmädel halten, dessen Urteil nicht über die Nasenspitze hinausging. Sie wollte noch etwas erwidern, aber es war zu spät. Die Gutsherrin hatte die Tafel aufgehoben... Alles stand auf und schüttelte sich die Hände. Ein Skat, den der Hausherr vorschlug, fand keinen Anklang. Mit Rücksicht auf den kommenden Morgen, der für alle sehr früh beginnen sollte, begab man sich bald zur Ruhe.

Es war ein köstlich frischer Maimorgen. Eine Wolkendecke hatte die Nebelbildung verhindert. Noch vor Sonnenaufgang begannen die Wolken sich zu heben und zu zerfließen. Im ersten Morgengrauen stand Walter mit Reichenbach an seinem Flugzeug. Noch sorgfältiger als sonst untersuchte er jeden Teil... Einige Minuten später kam der Forstmeister mit dem Assessor im Auto an.

Nach wenigen Augenblicken rief Walter von seinem Sitz herunter: »Wenn ich nun bitten darf, Herr Forstmeister...«

Der Motor fing an zu surren, einer der Mechaniker warf den Propeller an... Jetzt hatte er die volle Tourenzahl. Der Apparat begann auf der Erde zu laufen... Ein wunderbares Gefühl überkam den alten Herrn, als er merkte, daß die Taube sich von der Erde gelöst hatte und schnell aufwärtsstieg. Der heftige Luftstrom, der von dem Flügelpaar ausging, benahm ihm beinahe den Atem. Er bog sich zur Seite und schaute hinunter. Da kam vom Gutshofe her die ganze Gesellschaft... Das etwas bängliche Gefühl, das ihn einen Augenblick überschlichen hatte, war geschwunden.

Als sie nach einer Viertelstunde sanft landeten, sprang er auf und faßte Daumlehner um.

»Ich finde keine Worte, um mein Dankesgefühl auszudrücken. Das wird die schönste Erinnerung meines Lebens sein.«

Wie ein Jüngling sprang er von der Taube herunter und schüttelte die Hände, die sich ihm entgegenstreckten. In demselben Augenblick schwang sich Erna in den Sitz.

»Guten Morgen, Walter. Schnell los... sonst macht mir die Mutter doch noch einen Strich durch die Rechnung.«

»Ich bitte Sie, Erna... Ich möchte wirklich nicht...« Ihre Augen blitzten ihn an.

»Wollen Sie oder wollen Sie nicht?«

»Na, denn in Gottes Namen los; aber um eins bitte ich Sie. Versuchen Sie nicht, zu mir zu sprechen. Wenn Sie ein Angstgefühl verspüren, klopfen Sie mir zweimal auf den Rücken, dann gehe ich sofort abwärts.«

Er umfing sie noch einmal mit einem Blick, der ihr das Blut in die Wangen trieb. Dann ließ er den Motor angehen, ein Kopfnicken zu dem Monteur, der den Propeller anwarf, dann begann die Taube auf der Erde zu laufen.

Mit eiserner Energie zwang Daumlehner sich zur Ruhe. Er fühlte, daß hinter ihm ein Wesen saß, das ihm lieber war als alles auf der Welt... Er biß die Zähne aufeinander und zog das Höhensteuer. Das Hopsen und Springen hörte auf. Ein merkwürdiges Gefühl lief ihm über den Rücken, das ihm Ruhe gab... Das konnte nichts anderes sein... nein, wirklich, Erna fuhr ihm mit der Hand streichelnd über den Rücken.

Er hätte alle Schätze der Erde dafür gegeben, wenn er sich jetzt hätte umdrehen und ihr ins Auge sehen können... Ein Glücksgefühl stieg in ihm auf. Gewaltsam mußte er sich zur Ruhe zwingen, um auf das Arbeiten des Motors zu horchen... Er sah nach der Uhr... Fünf Minuten war er bereits geflogen, jetzt war es Zeit, zu wenden. Da legten sich zwei Hände auf seine Schultern, ein heißer Mund berührte sein Ohr: »Noch nicht 'runtergehen, nein?«

Langsam bewegte er den Kopf zur Verneinung.

War es nur durch die Bewegung geschehen oder hatten ihre Lippen wirklich einen leisen Kuß auf sein Ohr gedrückt... Blitzschnell fuhr er mit der linken Hand nach oben und umfaßte ihren Kopf. Eine Sekunde lang lag ihre glühende Wange an seiner.

»Mein Glück, mein Alles«, flüsterte er vor sich hin.

»Ruhig, ruhig, alter Junge... Du fährst das Glück deines Lebens, deine Braut...«

Sein Herz schlug so heftig, daß er das Tucken des Blutes in den Schläfen spürte. Ungeduldig hing sein Blick an dem Zeiger der kleinen Uhr, die vor ihm hing. Das Barometer zeigte tausend Meter an. Er wendete... Da kam ihre Hand wieder und fuhr streichelnd über seinen Rücken...

Langsam ging er in großem Bogen zur Erde nieder. Als er wenige Meter über der Erde, dicht bei der Gesellschaft, die ihn mit Tücherschwenken begrüßte, schwebte, zog er noch mal das Höhensteuer... aber nur so viel, daß die Taube auf der entgegengesetzten Seite des Feldes landete.

Sie stand noch nicht ganz still, da warf er sich in seinem Sitz herum und streckte beide Arme aus.

»Erna!«

»Walter!«

Sie war aufgestanden und bog sich zu ihm... er zog sie zu sich herunter und suchte ihren Mund, der sich leicht und gern finden ließ.

»Erna, mein tapferes, geliebtes Mädel.«

Landleute pflegen gute Augen zu haben, und auf dreihundert Meter ist es nicht zu schwer zu beobachten, daß sich zwei Menschenkinder in die Arme fallen und festhalten, als ob sie sich nie wieder loslassen wollten... Der erste, der bei diesem Anblick die Sprache wiederfand, war der Forstmeister. »Du, Dietrich, mir scheint, da hat's eben eine kleine Verlobung gegeben... kein Wunder... Ich hätte ihn auch am liebsten abgeküßt, wenn es sich für mich alten Kerl geschickt hätte.« »Siehst du, Dietrich, das kommt davon«, rief Frau von Degenfeld. »Ich habe dir heute nacht genug gepredigt, aber du wolltest nicht auf mich hören! Jetzt haben wir die Bescherung.«

»Na, zum Deuwel, ja doch«, schrie Degenfeld, aber sein Gesicht strahlte förmlich. »Dann haben wir einen Schwiegersohn... Sie werden doch nicht noch mal in die Höhe fahren?«

»Ich glaube nicht«, meinte der Forstmeister trocken. »Die haben es auf der Erde bequemer.«

Walter hatte den mit halber Kraft laufenden Motor wieder angedreht, der Propeller begann schärfer zu surren. Wie ein Auto mit Flügeln kam die Maschine über den Flugplatz angebraust. Jetzt hielt sie. Walter sprang hinab und stürmte auf den Gutsherrn zu. »Lieber Onkel...«

»Na ja, schon gut... Wir wissen schon alles. Wir haben die Knutschkomödie deutlich genug gesehen.«

Jetzt kam auch Erna heran und warf sich ihrem Vater an die Brust. »Wir können ja beide nichts dafür... das kam so ganz von selbst.«

»Ohne unser Gebet«, fügte der Forstmeister lachend hinzu.

Degenfeld hatte den einen Arm um sein Kind gelegt, die andere Hand streckte er Walter entgegen. »Du Lorbaß... na, einer mußte es ja schließlich sein. Aber daß du mir das Gissel wegholen willst...«

»Ein schönes Gissel von achtzehn Jahren«, rief Erna, unter Tränen lachend, ließ ihren Vater los und warf sich ihrer Mutter an die Brust. »Mutter, ich habe ihn so furchtbar lieb.«

»Das brauchst du mir nicht mehr zu sagen, das habe ich schon gemerkt. Ich wußte schon, was von dem Fliegen 'rauskommen wird.«

Ein Wagen kam in schnellem Trab angefahren. Die Starrischker waren gekommen, gerade in dem Augenblick, als Erna die Mutter losließ und sich Walter an die Brust warf...»Na, das hat aber schnell gegangen«, rief der Starrischker, der die Szene vom Vordersitz beobachtet hatte und sich bereits einen Vers daraus machen konnte...»Guten Morgen, Herr von Reichenbach.«

»Guten Morgen, Herr von Grumkow. Würden Sie wohl gestatten, daß ich mit Ihrem Fräulein Tochter eine Fahrt unternehme?« Der Schalk lachte dem flotten jungen Mann aus den Augen... »Ich muß leider danken«, erwiderte Liesbeth scharf. »Wenn das etwa ein Scherz sein sollte...«

»Bitte sehr, gnädiges Fräulein. Ich habe Ihnen bereits gestern den Vorschlag gemacht.«

»Nein, nein, lassen Sie das nur«, rief der Starrischker dazwischen. »Die Tauben sind für junge Mädchen zu gefährlich.«

12. Kapitel

Ernas Brautstand begann damit, daß ihr der Bräutigam wegflog. Noch am Abend desselben Tages flog Walter nach Königsberg, kehrte aber in der Nacht nach Dietrichswalde zurück. Er hatte das Gefühl, als wenn ihm alle weiblichen Mitglieder der Familie nicht sehr freundlich gegenüberstanden, sowohl seine zukünftige Schwiegermutter, wie ihre Schwester, Frau von Grumkow, und selbst Liesbeth. Ernas Mutter hatte ihm nach der ersten Überraschung gleich gesagt, sie erwarte von ihm, daß er nun das Fliegen aufgeben würde, und war sehr ungehalten, daß er sein Flugzeug nicht durch Herrn von Reichenbach wegschaffen ließ.

Erna und Vater Dietrich hatten sich auf seine Seite gestellt, aber die böse Meinungsverschiedenheit war doch nun einmal da. Deshalb hatte Walter mit Erna besprochen, daß er nur noch einen Tag in Dietrichswalde bleiben und dann mit ihr zu seinen Eltern fahren wolle. Der Vater wollte sie begleiten.

Die Abreise verzögerte sich jedoch um einen Tag, weil Weschkalene die Verlobten für den nächsten Abend einlud. Dadurch genossen sie noch das Vergnügen, in der Königsberger Zeitung zu lesen, daß der »kühne Flieger« infolge seines Unfalls nicht nur einen alten Freund seines Vaters wiedergefunden, sondern sich auch mit einer dem »fliegenden Zeitalter« entsprechenden Schnelligkeit eine junge, schöne Braut erobert hätte. Ernas und des Forstmeisters Aufstieg waren ausführlich mit viel Phantasie beschrieben.

Liesbeth, die sich gegen ihre Cousine und deren Verlobten auffällig kühl benommen hatte, bemerkte, als sie den Bericht ihrer Mutter vorlas: »Weißt du, Mutter? Der erste Bericht in der Zeitung hat alles verschuldet. Der ist der Erna zu Kopf gestiegen. Sie erblickte plötzlich in dem simplen Leutnant einen berühmten Helden. Und der zweite Bericht wird wohl von ihr selbst stammen.«

»Du solltest dich was schämen, Liesbeth. Der Daumlehner ist ein prächtiger Mensch, und wenn der Onkel Dietrich vernünftiger wäre, dann hätte er wohl sofort auf das Fliegen verzichtet. Was braucht er jetzt noch zu fliegen? Er nimmt seinen Abschied, lernt noch ein Jahr die Wirtschaft, dann kauft ihnen der Alte eine Klitsche, auf der er Erfahrung sammelt, bis sie mal Dietrichswalde bekommen. Ich wollte, dir käme auch so ein Freier durch die Luft geflogen. Ja, Kind, sag' mal, was hast du eigentlich mit dem Reichenbach vorgehabt?«

»Ach, Mutter, das ist ein ganz gräßlicher Mensch. Furchtbar von sich eingenommen, und einen Ton hat er an sich wie ein Schulmeister.«

»So, so? Ich dachte schon, du interessierst dich für ihn.«

»Nicht im geringsten, Mutter. Das ist schon ganz ausgeschlossen, weil er auch fliegt«...

Das Brautpaar war mit dem Vater abgereist, die Welt ging ihren schiefen Gang weiter. Der Forstmeister hielt ihn für sehr schief, denn es war wieder ein Reh gewildert worden. Nante hatte das Gescheide gefunden. Niemand hatte den Schuß gehört, er war also wohl am Tage gefallen, als alle Grünröcke in Dietrichswalde versammelt waren.

In Makunischken war Käte Abromeit, die zukünftige Mamsell, eingerückt, um sich unter der Anleitung ihrer Tante für ihr Amt vorzubereiten. Der Hegemeister hatte schon am ersten Tage sein Urteil über sie in das Wort »luchtern« zusammengefaßt. Es bezog sich in der Hauptsache auf die hellen, lustigen Augen der Jungfrau, die jeden Menschen freundlich anlachten. Auch der Forstmeister hatte das Gefühl, als wenn er sie nicht lange behalten würde; denn schon am dritten Tage hatte sich zwischen ihr und Nante ein freundschaftliches Speisekammerverhältnis angesponnen, und wer konnte wissen, ob Nantes Ehescheu davor standhalten würde...

Der Assessor hatte seine Berufstätigkeit mit Mooslehners Hilfe aufgenommen. Sie wanderten früh am Morgen in den Wald, wo schon der Holzmeister Grusdas mit dem Storchschnabel und einem Eimer weißer Farbe auf sie wartete. Der Assessor hatte sich seine Aufgabe viel schwerer vorgestellt. Sie bestand darin, daß er zusah, wie Grusdas mit dem verschiebbaren Storchschnabel den Durchmesser des Baumes in Brusthöhe feststellte und das Maß von dem festen Verbindungsstab ablas. Dann wurde mit einem anderen, ebenso einfachen Instrument die Höhe des Baumes abgeschätzt. Inzwischen hatte Mooslehner in dem Rechenknecht, einem kleinen

Büchlein, den Kubikinhalt des Stammes festgestellt, den der Assessor in eine Tabelle eintrug. Dann kennzeichnete der Holzmeister den vermessenen Baum durch einen Klecks weißer Farbe, worauf sich der Vorgang beim nächsten Baum wiederholte.

Am nächsten Tage ging es noch fixer, weil Mooslehner die wenigen Zahlen, die bei dem glcichmäßigen Bestand in Betracht kamen, bereits auswendig wußte und die Höhe der Bäume nach dem Augenmaß abschätzte. Der Holzmeister, ein alter, verständiger Mann, legte keinen Wert auf eine längere Frühstückspause. So konnten sie dann meist schon eine Stunde vor Mittag ihr Pensum für erledigt betrachten.

Auf dem Rückwege kehrten sie regelmäßig beim Hegemeister ein. Der alte Herr hatte seine kühle Haltung gegen den Assessor aufgegeben. Er hatte ihn wohl zu Anfang falsch beurteilt. Sperling war trotz seines Reichtums ein netter, lieber Mensch, und die Förmlichkeit, mit der er sich zuerst benommen, war einer schlichten Natürlichkeit gewichen... Daß Krummhaar den Assessor so bald in sein Herz schloß, hatte noch einen anderen Grund: er hatte an ihm einen aufmerksamen Zuhörer gefunden, der seine unglaublichen Jagdgeschichten geduldig anhörte und ehrlich bewunderte. Nur wenn Wera oder Mooslehner, die dabei saßen, ein verräterisches Lächeln nicht unterdrücken konnten, meinte Herr von Sperling: »Na, na, Herr Hegemeister, schmeckt das nicht ein bißchen nach Jägerlatein?«

Eines Morgens kam Liesbeth an der Chalupp vorbei, die sich bereits sehr zu ihrem Vorteil verändert hatte. Zwei große Möbelwagen standen vor der Tür. Ein älterer würdiger Herr und ein Diener beaufsichtigten das Abladen. Der Assessor stand am Gartenzaun, rauchte eine Zigarette und wartete auf Mooslehner. Sofort trat er auf den Weg und begrüßte sie. Nach den üblichen Phrasen und Antworten meinte Liesbeth: »Ach, Herr Assessor, das wird Sie interessieren, auf unserer Wiese steht ein einzelner Kranich. Sie brauchen hier bloß den Weg entlang zu gehen, bis da, wo er nach Weschkallen abbiegt; wenn Sie dann nach links vorsichtig bis zum Waldrand pirschen, können Sie den Kranich bequem mit der Kugel langen.«

Der Assessor hatte zwar nicht das Verlangen, einen Kranich zu schießen, aber es würde komisch ausgesehen haben, wenn er kein Interesse dafür gezeigt hätte. Er ließ sich also seine Büchse und einige Patronen bringen und stiefelte, nachdem er sich bei Liesbeth bedankt und verabschiedet hatte, los. Er brauchte sich ja nicht der Gefahr, vorbeizuschießen, auszusetzen. Wahrscheinlich war der Kranich, wenn er hinkam, über alle Berge...

Nein, er stand... hoch aufgerichtet. Eilig spannte der Assessor seine Büchse, strich an einen Baum an und stach. Der Schuß krachte, aber der Kranich blieb unbeweglich stehen... Sofort lud Sperling und schoß zum zweitenmal. Diesmal geriet der Vogel in ein merkwürdiges Schwanken und fiel schließlich um. Von einer bangen Ahnung erfaßt, lief der Assessor zu seiner Beute. Der Vogel war schon einmal und vor langer Zeit erlegt, denn er war ausgestopft und von Motten zerfressen... Einen Augenblick ärgerte sich der glückliche Schütze, bis er entdeckte, daß seine beiden Schüsse getroffen hatten. Nun konnte er auf jede Neckerei erwidern, daß er den Zustand des Vogels wohl gekannt und nur geschossen habe, um seine Fertigkeit zu erproben. Eigenhändig schleppte er den Kranich bis in die Nähe seines Hauses, wo er ihn ins Gebüsch warf.

Von wem mochte wohl die Fopperei ausgegangen sein? Wenn Erna von Degenfeld zu Hause gewesen wäre, hätte sich sein Verdacht zuerst auf sie gerichtet.

Liesbeth traute er so etwas gar nicht zu. Sie konnte in gutem Glauben gehandelt haben. Na, der betreffende Jemand würde sich wohl doch durch etwas verraten... Mooslehner, den er ins Vertrauen zog, zuckte die Achseln. Er hatte wohl gesehen, daß Krummhaar im Morgengrauen mit dem ollen Kranich vom Hofe gegangen war, aber er hielt es nicht für nötig, das zu verraten... Der kleine Vorfall gab aber Anlaß, daß der Assessor sich nach eingeholter Erlaubnis auf den nahegelegenen, vorzüglich eingerichteten Schießstand der Oberförsters begab und in Mooslehners Gesellschaft eine Menge Patronen verknallte...

Als sie gerade aufhören wollten, fanden sich der Forstmeister und Krummhaar ein. Sie schossen jeder ein paar Kugeln auf den laufenden Fuchs. Auf dem Rückweg meinte der Forstmeister, er hätte die Absicht, die Grünröcke der Oberförsterei für den nächsten Sonntag, wie alle Jahre, zu einem Scheibenschießen einzuladen.

»Das trifft sich gut«, rief der Assessor aus. »Ich wollte auch für den Sonntag die Herren der Oberförsterei zu einem Abendessen und gemütlichen Trunk einladen. Wenn sich das verbinden ließe.«

»Weshalb denn nicht?« erwiderte der Hegemeister. »Wird mit Dank angenommen. Und was ich fragen wollte... Haben Sie heute morgen an der Starrischker Grenze zweimal geschossen?«

»Ja, Herr Hegemeister! Fräulein Liesbeth erzählte mir heute morgen, als sie an meinem Palast vorbeikam, daß auf ihrer Wiese ein Kranich stände. Ich ging hin und besah mir das Ding, das so sonderbar unbeweglich stand, durch das Glas. Da sah ich denn, daß es ausgestopft war. Aber das merkwürdige Ziel reizte mich, ich schoß zweimal hin, und beide Kugeln sitzen, wie Sie sich überzeugen können.«

Der Forstmeister wußte sofort, wer der Urheber dieser Neckerei war.

»Sagen Sie mal, Krummhaar, wer hat hier einen ausgestopften Kranich?«

»Keine Ahnung, Herr Forstmeister.«

»Merkwürdig.«

Der Assessor lächelte, denn er wußte jetzt auch, wer ihm den Schabernack gespielt hatte.

Der Sonntag kam und brachte warmes, herrliches Frühlingswetter. Bald nach Mittag sammelten sich die Grünröcke auf dem Schießplatz. Da gab's eine feststehende Ringscheibe, einen laufenden Rehbock, einen Fuchs, einen schnell auftauchenden und verschwindenden Wildererkopf. Dann gab's eine laufende Hasenscheide, die nach dem Auftauchen verschwand, um erst ein ganzes Stück weiter rechts oder links für einige kurze Momente aufzutauchen. Auf dem freien Platz stand hinter einem Erdwall die Wurfmaschine für Tontauben... Der Starrischker war mit Frau und Tochter, Weschkalene mit ihrer Nichte erschienen. Als das Schießen bereits begonnen hatte, kamen auch die Dietrichswalder mit ihrem Bräutigam. Sie waren kurz vor Mittag nach Hause gekommen... Daumlehner hatte sich nach reiflicher Überlegung mit den beiden Vätern dazu entschlossen, seinen Abschied einzureichen, aber nicht, um alsbald die Landwirtschaft zu erlernen. Nein, ein Jahr wollte er noch fliegen. Erna sollte nicht vor Zwanzig heiraten...

Bald knallte es auf allen Ständen. Der Assessor hatte einen prächtigen Drilling für den besten Schützen gestiftet... Die Hausfrauen packten ihre Vorräte auf die Tische aus. Wie auf Verabredung wurde Nante Schnabel überall freundlichst eingeladen. Und sein Ehrgeiz hielt vor dieser Verlockung nicht stand. Obwohl er sehr gut und reichlich zu Mittag gegessen hatte, aß er sich von Tisch zu Tisch durch... Dann verschwand er... Als man ihn vermißte, meinte der Forstmeister lachend, er habe sich wohl ein stilles Plätzchen ausgesucht, um über den Dienst nachzudenken...

Der Forstmeister beteiligte sich am Schießen, aber außer Wettbewerb. Der Assessor schoß auch einige Kugeln, nachdem er offen erklärt hatte, daß er stark außer Übung gekommen sei. Eine Kritik seiner Leistung war also ausgeschlossen... Ein fröhliches Leben herrschte auf dem Schießplatz. Zu trinken gab es übergenug. Der Forstmeister hatte eine köstliche Maibowle angesetzt... der Dietrichswalder eine noch viel größere. Der Starrischker hatte einige frischmilchende Kühe mitgebracht, und Frau Madeline verzapfte frischen Alaus, der aber gar nicht gefährlich war.

Als die Sonne im Westen sank, hörte das Schießen auf. Mooslehner hatte sich den Drilling errungen, der ihm mit einer herzlichen Ansprache vom Assessor überreicht wurde. Die Stimmung war nun auf dem Höhepunkt angelangt... Krummhaar schlug vor, einen Parademarsch abzuhalten und dann in Sektionen die wenigen hundert Schritt nach Makunischken zu marschieren, wo die Wagen standen. Die Grünröcke stellten sich in Reih und Glied, die weiblichen Hilfstruppen, die durchaus mitmachen wollten, wurden auf den linken Flügel verwiesen. Der Forstmeister als Rangältester sollte das Kommando übernehmen. Er richtete ganz vorschriftsmäßig das Glied aus, verbesserte die Gewehrhaltung und kommandierte: »Bataillon marsch...«

In demselben Augenblick fiel ein Schuß. Der Marsch stockte... Gleich darauf fiel ein zweiter Schuß... beide nach der Aschwöne zu. Eine Sekunde später sprang Mooslehner vor, »Das kann der Nante gewesen sein mit einem Wilddieb. Reuter, Heidenreich, Gräwing... los...«

Ohne sich einen Augenblick zu besinnen, stürmten die vier jungen Heideläufer davon. Ärgerlich rief der Assessor: »Nun müßten wir mit dem Auto hinterherfahren, und ich habe meinem Chauffeur heute Urlaub gegeben.«

»Ich kann fahren«, erwiderte Daumlehner hastig. »Kommen Sie schnell...«

13. Kapitel

Nante Schnabel hatte sich wirklich ein stilles Plätzchen gesucht, um nach der reichlichen Abfütterung über den Dienst nachzudenken. Er hatte sich eine Decke mitgenommen, sich daraufgesetzt und seinen Rücken an eine Fichte gelehnt. Gerade als die ersten Traumbilder ihn zu umgaukeln begannen, schnarchte er so laut, daß er darüber munter wurde. Und da kam ihm der Gedanke, daß es doch genierlich wäre, wenn man ihn vermissen und schlafend finden würde... Nein, besser wäre es schon, wenn er sich etwas Bewegung machte. Und da kam ihm der Gedanke, daß vielleicht der Wilddieb die Gelegenheit benützen könnte... Ohne Aufsehen zu erregen, holte er sich seine Büchse vom Stand, hing sie über die Schulter und wanderte langsam davon zu den Wiesen.

Die Sonne stand schon tief im Westen. Das Rehwild war bereits ausgetreten... einige starke Böcke leuchteten schon in der roten Sommerfarbe. Sie hatten auch schon gefegt... Na, ein oder zwei würde ihn der Forstmeister doch auch schießen lassen. Dann erinnerte er sich an den Zweck seines Ganges. Wenn der oder die Wilddiebe so gerissen waren, wie sie sich bisher gezeigt hatten, dann gab es keine bessere Gelegenheit, einen Schuß anzubringen. Denn unaufhörlich knallte es vom Schießstand her. Je mehr der Abend vorrückte, desto eifriger wurden die Grünröcke. Daß sie dabei noch einen anderen Schuß vernahmen, war sehr zweifelhaft.

Er nahm die Büchse von der Schulter, spannte sie und begann vorsichtig den Wiesenrand entlang zu pirschen... Jetzt hörte das Knallen auf. Wer wohl den Drilling gewonnen haben mochte?

Ein Rehbock, der hundert Schritt von ihm vertraut äste, warf plötzlich auf und begann weiter nach der Wiese abzutrollen. Das kam Nante verdächtig vor. Er blieb stehen und hob die Büchse, um schußbereit zu sein... Eben glaubte er ein leises Knacken zu vernehmen, als es auch schon knallte. Sein linker Arm sank kraftlos herab, er fühlte einen stechenden Schmerz in der Seite auf den Rippen. Trotzdem warf er seinen Schuß in die Richtung hin, woher er die Kugel erhalten hatte. Dann sprang er mit einem Satz hinter eine Kiefer, klemmte seine Büchse zwischen die Knie, riß das Schloß auf und lud sie von neuem...

Seine Vorsicht war überflüssig. Nichts regte sich vor ihm. Er kniete nieder, legte sein Gewehr weg, zog sein Taschentuch heraus und faßte einen Zipfel mit den Zähnen... Die Kugel hatte nur die Muskel durchschlagen und seine Rippen gestreift. Nun wand er mit Hilfe der Zähne das Tuch oberhalb der Wunde um den Arm und verknotete es. Dann faßte er mit der rechten Hand nach seiner linken Seite. Die Uniform war von der Kugel zerrissen, und seine Fingerspitzen fühlten das warme Blut. An eine Verfolgung des Wilderers war nicht zu denken. Langsam marschierte er nach dem Schießstand zurück... Fünf Minuten später kamen ihm die Kollegen entgegen, und bald danach kam das Auto an. Nante stieg ein, der Assessor wollte ihn sofort nach Lasdehnen zum Arzt fahren. Die vier Grünröcke gingen weiter, sie wollten noch bis Dunkelwerden eine Streife längs der Aschwöne unternehmen, obwohl kaum anzunehmen war, daß sich der Wilddieb noch im Wald aufhielt.

Mit unbewegter Miene sah Nante dem Doktor zu, der ihm die Wunde am Arm auswusch und von beiden Seiten verklebte. Erst als Doktor Glaser den Streifschuß auf den Rippen untersuchte und zu behandeln begann, gab er Zeichen des Unbehagens von sich. »Sie können von Glück sagen, lieber Herr Forstaufseher,« meinte der Arzt, »ein Zoll weiter nach links, dann lägen Sie mausetot im Walde.«

»Der Kerl ist also nach rechts 'rausgewankt, oder er hat die Büchse etwas verkantet«, erwiderte Nante stöhnend. »Aber es ist doch nicht so schlimm, Herr Doktor. Ich bin zu heute abend beim Herrn Assessor eingeladen und möchte nicht fehlen.«

»Na, so eine Bärennatur wie Ihre wird den kleinen Blutverlust nicht als zu schwer empfinden. Aber selbstverständlich keine alkoholischen Exzesse.«

Die ganze Gesellschaft hatte sich in der Oberförster versammelt. Als das Auto zurückkam, fuhren die Damen nach Hause. Die Männer folgten dem Assessor in sein Heim, um es einzuweihen... Aus dem verfallenen Häuschen war ein Feenpalast geworden. Die Wände mit Tapeten verkleidet, zum größten Teil auch mit farbigen Geweben. Die schweren Möbel wirkten etwas zu stark, weil sie bis zur Decke reichten ... In den drei Zimmern war an kleinen Tischchen gedeckt. Ein alter, würdiger Herr im Frack und in schwarzen Kniehosen stand mit unbewegter Miene an der Anrichte. Ein grauköpfiger Diener servierte.

Die Gesellschaft war schon zu Anfang sehr mobil. Der frühe Nachmittag wirkte nach, und nun kam noch die Aufregung über Nantes Abenteuer hinzu. Die vier Grünröcke waren von der Streife, wie es vorauszusehen war, ohne Erfolg zurückgekehrt. Allseitig wurde festgestellt, daß nirgendswo an den Grenzen ein verdächtiger Schuß gefallen war, und die Vorliebe der Wilddiebe für das Tal der Aschwöne war auch sehr erklärlich. Denn das war die Freistatt der ganzen Oberförsterei, wo mit Ausnahme der wenigen Tage im Frühjahr, wo dort die Schnepfe am besten zog, kein Schuß fallen durfte. Da zog sich das ganze Rehwild hin und stand so vertraut wie in einem eingezäunten Park.

Man hatte sich nach der Mahlzeit bereits an den länglichrunden Tisch in dem sogenannten Eßzimmer gesetzt, als der Forstmeister plötzlich ausrief: »Bauschus, da fällt mir eben etwas ein. Die Naujoksche hat mir neulich erzählt, daß in Serbenten beim Gastwirt ein Knecht zu Ostern zugezogen ist, der ihren Mann zum Wildern verführen wollte. Kennen Sie den Kerl?«

Der Forstaufseher, der in Serbenten wohnte, zuckte die Achseln. »Das könnte nur der neue Knecht von Gwildies sein, ein fixer Bengel, adrett, hat bei den Jägern gedient. Aber das glaube ich nicht, Herr Forstmeister. Beim Gwildies ist reichlich Arbeit zu leisten, und der Alte würde sich sehr für einen Knecht bedanken, der sich die Nachmittage in der Forst 'rumtreibt. Aber ... meine Herren, jetzt fällt es mir wie Schuppen von den Augen. Jetzt weiß ich, wer der Wilddieb ist ...«

»Na, dann schießen Sie doch los«, rief der Forstmeister ungeduldig. Der Grünrock schüttelte den Kopf und sah sich nach dem Koch um, der steif und stolz wie ein Spanier am Büfett stand. Der Assessor lachte: »Sie können ruhig sprechen. Was hier verhandelt wird, dringt nicht über die Wände dieses Hauses.«

»Na dann, Herrschaften, hören Sie zu. In Serbenten ist vor vier Wochen ein sonderbarer Vogel zugeflogen, ein Herr von Zaleski. Er hat richtige Papiere, die er dem Amtsvorsteher vorgelegt hat. Drei Tage wohnte er im Krug, dann mietete er sich das alte Grenzerhaus, das leer stand, und möblierte es fein aus.«

»Und was tut der Herr von Zaleski dort in Serbenten?« rief der Forstmeister.

»Das ist kein Geheimnis. Er läßt schmuggeln. Schwere Kisten gehen fast täglich über die Grenze. Ich glaube, da sind bloß Papiere oder Gewehre drin.«

»Und Sie meinen, daß der Mann noch Zeit hat zum Wildern?«

»Jetzt, wo ich alles gehört habe, was sich hier zugetragen hat, möchte ich das wirklich glauben. Er hat Wagen und Pferde, zwei ungarische Zucker, und fährt jeden Nachmittag mit seiner Cousine spazieren.«

»Eine Cousine hat er auch?« warf der Assessor dazwischen.

»Ja, ein forsches, bildschönes Weib.«

»Hat er vielleicht auch einen weißen Foxterrier?« fragte Mooslehner.

»Nein, er hat nur eine mächtige gefleckte Dogge.«

»Wie sieht er denn aus?«

»Ein großer, schlanker Mann, Herr Forstmeister, das Gesicht etwas verlebt ... mit tiefliegenden schwarzen Augen. Er muß viel Geld haben, denn er gibt es mit vollen Händen aus ...«

»Das kann ich mir denken, daß dabei etwas abfällt. Aber nun müssen Sie sich, Bauschus, etwas mehr um den Mann und sein Treiben kümmern.«

»Das werde ich schon besorgen, Herr Forstmeister. Er fährt ja immer an meinem Haus vorbei. Da setze ich mich aufs Rad und fahre ihm nach.«

»Ich schaffe mir auch ein Rad an, ich kann schon fahren«, rief Mooslehner eifrig.

»Na, ob das praktisch ist?« meinte Nante Schnabel. »Ich war in voller Bereitschaft und bekam doch die Kugel.«

»Ja, ja, Schnabel hat recht«, entschied der Forstmeister. »Wir haben es mit einem ganz gefährlichen Burschen zu tun, der aus dem Dickicht herausschießt ... Also Vorsicht, meine Herren, und keine Nachsicht. Es handelt sich jetzt nicht bloß um das Wild, sondern um uns selbst. Und da wollen wir uns doch unserer Haut wehren. Besprechen Sie sich das heute. Streifen werden nur zu zweien unternommen, und jeder Schuß, der im Revier fällt, wird mir gemeldet. Sie brauchen sich gar keine Beschränkung aufzuerlegen, wenn sie mal einen Schuß abgeben wollen, aber er muß gemeldet werden.«

Schrader stand auf und ging an den Spieltisch, wo ihn die beiden Gutsbesitzer bereits sehnsüchtig zum Skat erwarteten... Unterwegs hielt ihn der Assessor auf. »Darf ich mir noch einen Vorschlag erlauben, Herr Forstmeister? Ich möchte Ihnen einen Beitrag zur Verfügung stellen als Prämie für die Ergreifung des Wilddiebes.«

»Das ist ein guter Gedanke, Herr von Sperling. Ich gebe hundert Mark; wenn Sie noch etwas dazutun wollen...«

»Ich möchte noch etwas höher gehen, Herr Forstmeister. Darf ich die Summe zu einem halben Tausend ergänzen? Selbstverständlich geht die Sache nur von Ihnen aus.«

»Das ist sehr reichlich, aber wenn Sie wollen, habe ich nichts dagegen.« Er trat wieder zu den Grünröcken. »Noch eins, meine Herren, für die Ergreifung des Wilddiebes sind fünfhundert Mark Belohnung ausgesetzt.«

»Daß ihr mir ihn bloß nicht vorher greift, ehe ich meine linke Hand gebrauchen kann«, rief Nante vom Nebentisch, wo er noch immer unter Mithilfe des Dieners futterte. Sein Appetit war infolge des Blutverlustes auf das Doppelte gestiegen. Und vor diesen Leistungen hielt selbst die Wohlerzogenheit des Dieners und des alten Kochs nicht stand. Ihr Herr hatte sie zwar vorbereitet, aber daß ein Mensch solche Mengen Speisen vertilgen konnte, hatten sie bis dahin noch nicht für möglich gehalten. Der Diener lachte über das ganze Gesicht, als Nante sich zum Nachtisch noch drei Brote mit Käse belegt ausbat.

Endlich hatte es sich bei ihm gestopft. Er stand auf und ging an den Nebentisch, wo Krummhaar bereits im besten Erzählen war. Es waren zwei junge Hilfsaufseher in der Gesellschaft, die ihn noch nicht genauer kannten; aber auch die älteren Kollegen hörten ihm gern zu, weil er sich fast nie wiederholte.

»Ohm Adam,« rief Nante, »erzähle uns doch mal deine berühmte Entengeschichte.«

»Ach ja, Krummhaar, die Entengeschichte...«

Der Hegemeister zwinkerte vergnügt mit den Augen, tat erst einen tiefen Trunk und wischte sich den eisgrauen Schnurrbart. »Also, meine Herren, ich war als junger Heideläufer nach Rußland verschlagen worden. Wenn ich daran noch denke, an die Wölfe und Bären...«

»Die du uns aufgebunden hast«, rief Schwarzkopf dazwischen.

»Wenn ihr mich ewig unterbrechen wollt, dann halt ich lieber das Maul, oder wer nicht hören will, kann sich auch wegsetzen... Na, dann weiter. Eines Tages im Sommer war ich zu einer Entenjagd eingeladen worden. Ich fuhr hin und fand bereits eine große Gesellschaft versammelt. Nach einem kräftigen Frühstück... Nante, das wäre so was für dich gewesen... Kaltes Geflügel, ein mächtiger Schweineschinken, roh, ein zweiter in Brot gebacken... Fische kalt in Gelee und geräuchert, ein Tönnchen Kaviar von zehn Litern...«

»Ohm Adam, mich reizt das jetzt nicht, ich bin wirklich satt.«

»Na, jedenfalls hatte es uns sehr gut geschmeckt. Endlich brachen wir auf. Mitten im Walde lag ein See, rund wie ein Eierkuchen, etwa sechzig Morgen groß, ringsum von schwimmenden Wiesen umgeben. Ihr wißt ja, was das heißt: eine dünne Grasnarbe über unergründlichen Moder. Der See selbst ein Moderloch, zur Hälfte zugewachsen. Wir waren rings um den See aufgestellt. Die Hunde fangen an zu arbeiten. Ich schieß drei, vier Enten, sie fallen ins Schilf, kein Köter denkt daran, zu apportieren.«

Er stärkte sich durch einen Schluck und fuhr dann fort: »Ich ärgerte mich darüber... Da sehe ich links von mir einen Kahn stehen, so 'nen richtigen Seelenverkäufer... über die Wiese waren ein paar Stangen gelegt. Ich turne auf ihnen zum Kahn, schöpfe das Wasser aus und fahre los. Es waren so viele Enten da, daß ich nicht dazu geriet, meinen Vorderstopfer zu laden. Mit einem Male sehe ich, daß mein Kahn zur Hälfte voll Wasser ist. Ich nehme das Ruder und stoße mich nach dem Lande zu. Es zerbricht mir in der Hand. Nun wurde es mir ungemütlich. Ich fange also an zu schreien, die nächsten Schützen kommen nach mir zu gelaufen. Ich rufe ihnen zu, sie sollten mir eine Pferdeleine mit einem Stein zuwerfen. Während sie weglaufen, schöpfe ich Wasser, aber es wurde nicht weniger, sondern immer mehr.

Jetzt wurde mir unheimlich zumute...Endlich wird mir die Leine zugeworfen...Ja, der Kahn rückt und rückt sich nicht. Was tun? Das einzige, daß ich mich allein durch das Schilf 'rausziehen lasse. Ich rufe das den Menschen am Ufer zu, werfe mich platt aus dem Kahn, die Kerle rucken mit einem Male an, und die Leine gleitet mir aus der Hand. Ich fühle, wie ich schnell im Moder versinke.« Er machte eine Kunstpause und nahm einen Schluck...In höchster Spannung hatten ihm alle zugehört...Der Assessor war leise hinzugetreten.

»Was geschah denn nun mit Ihnen, Herr Hegemeister?«

In dumpfem Ton gab Krummhaar zur Antwort: »Ich ersoff.«

In das dröhnende Gelächter rief der Forstmeister vom Nebentisch: »Sind Sie glücklich auf die Pointe 'reingefallen, Herr Assessor?«

14. kapitel

Vierzehn Tage vergingen, ohne irgend etwas Bemerkenswertes zu zeitigen. Die Grünröcke der ganzen Oberförsterei liefen sich die Hacken ab, doch der Wilddieb tat ihnen nicht den Gefallen, sich im Revier zu zeigen. Eine gewisse Spannung lag über der ganzen Gesellschaft... Die Frage, ob der Forstmeister Ernst machen und um Frau Madeline Mazat anhalten würde, beschäftigte alle Gemüter. Es war sozusagen offenes Geheimnis, daß etwas im Gange war. Aber der alte Herr schien sich Zeit zu lassen. Auf dem Schießstand hatte die junge Witwe in einem feschen, fußfreien Lodenkostüm ganz reizend ausgesehen. Und der Forstmeister hatte öfter an ihrem Tisch gesessen.

Derjenige, auf den es am meisten ankam, war scheinbar am ruhigsten. Er war einmal bei einer Autofahrt in Weschkallen angesprochen und hatte dort gefrühstückt. Für einen, der auf Freiersfüßen geht, benahm er sich reichlich zurückhaltend. Er war eben mit sich noch nicht ganz im reinen. Daß er keinen Korb bekommen würde, glaubte er mit aller Bestimmtheit annehmen zu können. Im Notfall konnte er sich ja vorher durch Georginne die Gewißheit verschaffen. Aber gerade das war es, was ihn in seiner Unentschlossenheit bestärkte.

Solange er nicht recht daran glaubte, daß die junge Witwe ihm ihre Hand reichen würde, hatte die Sache ihn gereizt. Jetzt kamen die Bedenken in verstärktem Maße wieder. Er war durch die lange Zeit seiner Witwerschaft sehr verwöhnt, am meisten durch den widerspruchslosen Gehorsam seiner Abromeitene.

Wenn nun die junge Frau das Regiment im Hause haben wollte? Er war gewohnt, beim leisesten Widerspruch mit einem Donnerwetter dreinzufahren. Wenn Madeline sich das nicht gefallen ließ? Da war Streit und Ärger da.

Am meisten schreckte ihn der Gedanke an Kinder und Kindergeschrei... Wie in den goldenen Abendhimmel hatte er bis jetzt in seine Zukunft geschaut. Solange wie seine Gesundheit und seine Kräfte es zuließen, wollte er im Dienst bleiben und dann nach Lasdehnen ziehen, um die Fühlung mit dem Wald und seinen Grünröcken nicht zu verlieren. Die süße Gewohnheit war es, die aus seinen Bedenken sprach. In der letzten Zeit war es wie eine dunkle Ahnung in ihm aufgestiegen, daß die guten Tage für immer vorüber sein könnten... Die Abromeitene hing schon mit ihrem Kallweit im Kasten. Und in der Küche gab es öfter laute Szenen.

Es schien, als wenn die Tante mit ihrer Nichte durchaus nicht zufrieden war. Am Essen und an seiner Bequemlichkeit hatte er noch nichts gemerkt, weil Abromeitene noch immer das Regiment führte. Was ihm am meisten zu denken gab, war die unbestreitbare Tatsache, daß Kätchen nicht nur dem Nante, sondern auch ihm, ihrem Brotherrn, blanke Augen machte, wie man so zu sagen pflegt. Und er hatte Beispiele, daß es schon mehr als einer jugendlichen Wirtin gelungen war, ihren ältlichen Brotherrn ins Ehejoch zu spannen.

Schließlich riß ihn Abromeitene aus seiner Unentschlossenheit. Eines Tages, als sie ihm das Vesperbrot brachte, blieb sie am Tisch stehen und nahm ihre Schürze zur Hand, woraus der alte Herr sofort aus langer Erfahrung schloß, daß er sich auf eine längere Auseinandersetzung gefaßt zu machen habe.

»Na, was haben Sie denn auf dem Herzen?«

»Ja, Herr Forstmeister, ich wollte bloß sagen, daß Sie doch heiraten müssen. Das wird mit der Katinka nichts. Die hat ja nichts anderes als bloß die Männer im Kopf. Gestern abend habe ich sie aus Schnabels Stube holen müssen. Er war ja nicht da, er war wie immer drüben beim Hegemeister, aber er hätte doch da sein können. Sie saß am Tisch und las in seinen Büchern. Ich habe ihr auf den Kopf zugesagt, daß sie auf den Nante wartet. Und heute früh hat sie ihm den Kaffee ans Bett gebracht. Ich paß ja auf wie ein Schießhund, aber das können Sie doch nicht.«

»Nein, das kann ich allerdings nicht.«

»Na also... Und dann hat das Mensch so gar keinen Trieb, was zu tun. Wenn ich nicht aufpaß, vergißt das sogar die Schweine. Ne, Herr Forstmeister, mit der werden Sie nicht alt werden. Ne, laden Sie sich die Georginne und die junge Frau zum Kaffee, und bringen Sie alles in Ordnung.

Ich will meinetwegen noch solange hierbleiben, bis Sie Hochzeit gemacht haben. Aber zu lange darf das auch nicht dauern, denn Kallweit läßt mir schon gar keine Ruhe, und der Mann hat recht.«

»Ach Gott, Abromeitene, ich habe mich noch nicht so recht entschlossen.«

»Nehmen Sie mir's nicht übel, Herr Forstmeister, das verstehe ich nicht. Wollen Sie sich lieber mit 'm alten Drachen 'rumärgern, anstatt sich eine forsche, hübsche Frau zu nehmen? Ich dacht' so zum nächsten Sonntag. Ich back' schöne Kuchen, na, und das Weitere findet sich dann schon von selbst.«

»Na, denn in Gottes Namen. Aber, Abromeitene, das sag' ich Ihnen, Sie haben mich auf dem Gewissen, wenn die Sache schief geht.«

Um der Sache ein Mäntelchen umzuhängen, hatte Schrader auch den Hegemeister mit Wera und den Assessor eingeladen... Es war ein sehr schöner Tag, so daß man den Kaffee auf der Veranda trinken konnte. Der Forstmeister war mit sich selbst und der Madeline, die ihn liebevoll wie eine Tochter bediente, zu sehr beschäftigt, sonst hätte er bemerken müssen, daß der Assessor Wera sehr eifrig den Hof machte.

Gleich nach dem Kaffee erklärte Georginne, sie wolle sich mal gründlich die Wirtschaft ansehen. Sie nahm Madeline und Wera mit, der Assessor schloß sich von selbst an...

»Die Sache ist also in das letzte Stadium getreten«, lachte der Hegemeister. »Das müßten Sie eigentlich doch wissen. Wenn die Zukünftige sich die Wirtschaft ansehen geht, dann pflegt vorher alles in Ordnung gebracht zu sein. Eigentlich müßten Sie doch mitgehen, damit Sie gleich hören, was die junge Frau für Wünsche haben wird.«

»Ach, Adam,« erwiderte der Forstmeister aufstehend und reckte seine Arme, »ich bin wirklich noch nicht entschlossen. Ihr ratet mir alle zu. Aber ein Mann in meinem Alter! Wenn ich bloß noch zehn Jahre jünger wäre!«

»Aber, lieber Freund, nun können Sie doch nicht mehr zurück. Sie sind auf der Brautschau gewesen, Sie haben sie zweimal eingeladen, nun muß heute oder spätestens morgen das entscheidende Wort fallen.«

»Also der Bien muß... Na, dann werde ich es heute ins reine bringen. Was gibt's sonst Neues, Adam?«

Der Hegemeister zuckte die Achseln... »Neues... ja doch, das wollte ich Ihnen erzählen: bei mir ist Heiratsmarkt, ich werde mich wohl an die Georginne wenden müssen...«

»Na nu, was ist denn los?«

»Ja, lieber Freund, wo Honig aussteht, fliegen die Bienen zu. Die beiden Forstaufseher, Mooslehner und Schnabel, und der Assessor balzen um die Wera. Ich habe in der ersten Zeit meinen Spaß daran gehabt, aber mit der Zeit hat die Sache ein ernsthaftes Gesicht bekommen. Jeden Abend, den Gott werden läßt, sitzen die drei bei mir.«

»Der Assessor auch? Der wollte ja grundsätzlich nicht heiraten.«

»Ja, ob das der Endzweck ist, weiß ich nicht, aber daß er ihr sehr eifrig den Hof macht, kann ein Blinder mit dem Stock fühlen. Gestern hat er Wera den Vorschlag gemacht, mit ihm nach Königsberg in die Oper zu fahren. Ich soll natürlich der Tugendwächter sein.«

»Na, und was sagt die Wera dazu?«

»Ich werde mich sehr hüten, sie zu fragen.«

»Haben Sie denn nicht bemerkt, ob sie einen bevorzugt?«

»Ih, da kann sich der Deuwel drin auskennen.

Einen Tag redet sie mehr mit einem, den andern Tag mit dem anderen.«

Der Forstmeister lachte. »Sie, Adam, das ist verdächtig. Sie hat sich noch für keinen entschieden, will aber alle drei scharf machen. Wenn das bloß gut abläuft. Der Mooslehner ist ein Hitzkopf, und der hat sie schon lange gern. Der hat schon die ganzen Jahre still um sie geworben.«

Der Hegemeister kraute sich in den Haaren und strich dann die Sardellen von hinten glatt. »Ich will Ihnen mal reinen Wein einschenken, lieber Herr Forstmeister. Die Wera kann keinen von den dreien heiraten…denn sie ist noch verheiratet. Ihr Mann ist nicht tot. Der sitzt irgendwo in einem russischen Gefängnis oder ist nach Sibirien gebracht worden. Sie wollte kein Gerede haben, deshalb gab sie sich für eine Witwe aus. Sie hat es mir auch erst vor ein paar Monaten gesagt. Ihr Mann war Inspektor auf dem Gut bei Riga, wo sie Bonne war.«

Der Forstmeister schüttelte verwundert den Kopf. »Das ist das erste, was ich höre. Aber das müßte man den jungen Leuten stechen, ehe die Sache ernsthaft wird.«

»Dem Mooslehner habe ich es schon gesagt…er hat mir zur Antwort gegeben: er müßte sowieso noch ein paar Jahre warten, bis er eine bebaute Stelle kriegte, und bis dahin könnte die Ehescheidung ausgesprochen werden.«

»Na, soll ich es dem Assessor sagen? Der Nante kommt wohl nicht in Betracht?«

»Sagen Sie das nicht, lieber Freund, sie ist eigentlich am freundlichsten zu ihm.«

»Das ist bloß Diplomatie, Adam.«

»Kann schon sein; aber nun müssen Sie zu den Damen gehen, sie sind schon im Garten. Weidmannsheil, Herr Forstmeister.«

Der alte Herr stand auf und reckte seine stattliche Gestalt. »Weidmannsdank!« Mit raschen Schritten ging er auf die Damen zu. Der Assessor hatte sich mit Wera verkrümelt. Georginne stand mit Madeline vor einem Beet, das allerdings noch recht kahl aussah. »Das kann alles noch viel schöner hier werden«, hörte er sie sagen.

»Na, wie gefällt Ihnen meine Wirtschaft, Weschkalene?«

»Sehr schön, Herr Forstmeister. Aber wenn erst eine junge Frau im Hause ist, wird es doch noch ein bißchen anders aussehen. Lassen Sie sich mal von Madeline zeigen, wie das Spalierobst an der Scheune kümmert. Da muß was geschehen, aber bald. Geh mit ihm, Madeline, ich muß mich nach den beiden anderen umsehen.«

Eine Weile schritt der Forstmeister schweigend an Madelines Seite. Er fühlte sich so verlegen und unbeholfen wie ein schüchterner Jüngling…und sie sah auch so aus.

»Darf ich Ihnen nicht den Arm anbieten, Frau Madeline?« Ohne aufzublicken, legte sie ihre Hand in seinen Arm.

»Madeline,« sagte er nach einer Weile halblaut, »wir sind beide über das Alter hinaus, wo wir solch einen Schritt in stürmischer Begeisterung tun. Ich will Ihnen nicht verhehlen, daß ich lange und schwer mit mir gerungen habe. Das werden Sie bei meinem Alter begreiflich finden. Ich muß Ihnen aber auch sagen, daß ich Ihnen sehr gut bin.« Er faßte nach ihrer Hand, die er wie eine Kohle auf seinem Ärmel brennen fühlte. »Madeline,« fuhr er wieder fort, »Ihre Tante hat mir verraten, daß Sie mir ein wärmeres Gefühl entgegenbringen. Ist das wahr?«

Sie hatte den Kopf gesenkt und nickte, ohne zu ihm aufzusehen. Er blieb stehen und ließ sie los. »Nun sehen Sie mich alten Knaben noch einmal genau an…und dann sagen Sie mir, ob Sie es mit mir wagen wollen.«

Jetzt hob sie den Kopf, und aus ihren Augen leuchtete ihm ein so warmer Strahl entgegen, daß er unwillkürlich die Hände nach ihr ausstreckte…Und dann barg sie ihr heißes Gesicht an seiner Brust.

Der Forstmeister hatte seine fröhliche Sicherheit wiedergewonnen. »Na, und wie ist es mit dem Verlobungskuß? So alt sind wir doch noch nicht, daß wir darauf verzichten müssen.« Er hob ihr Kinn auf und suchte ihren Mund, der sich willig finden ließ…

»Nun seht doch bloß einer an«, rief Georginne hinter ihnen. »Was tut sich hier? Forschtmeisteris, Sie wollen mir doch nicht meine Nichte abspenstig machen?«

Schrader lachte laut auf. »Sie, Georginne, wir erzürnen uns, wenn Sie so schamlos heucheln… nicht wahr, Madeline?«

»Ja, Herr Forstmeister.«

»Ottomar heiß’ ich mit Vornamen, meine liebe Braut. Forstmeister ist bloß mein Titel. Und nun bitte ich um Ihren Glückwunsch, verehrte Schwiegertante, denn für eine Schwiegermutter sind Sie mir noch viel zu jung.«

Der einzige, der von der Tatsache überrascht wurde, war der Assessor. Er hatte wirklich noch nichts gewußt. Er machte zwar ein verdutztes Gesicht, als der Forstmeister ihm Madeline als seine Braut vorstellte, aber er faßte sich schnell und gratulierte äußerst herzlich. In demselben Augenblick, als das Brautpaar auf der Veranda erschien, kam Abromeitene mit einer Flasche Sekt aus der Küche an. Die Kelche standen schon auf dem Tisch, und der Sekt war schon so kalt, daß er sofort eingegossen werden konnte, was der Assessor mit viel Geschick besorgte. Inzwischen war Abromeitene verschwunden und kam mit einem großen, prächtigen Strauß an, den sie der Braut überreichte. Dann mußte sie ihre Schürze zu Hilfe nehmen. Aber so viel vermochte sie doch noch zu sagen: »Ich habe den Jons nach Starrischken und Dietrichswalde geschickt und mich mit dem Abendbrot darauf eingerichtet.«

»Nun können Sie nicht mehr zurück, alter Freund,« rief der Hegemeister, »wenn Sie auch wollten; aber ich denke, Sie wollen nicht.« Nun kamen auch Mooslehner und Nante, die in der Amtsstube saßen, und gratulierten und bekamen ein Glas Sekt. Verdächtig schnell kamen die beiden Wagen aus Dietrichswalde und Starrischken. Es war rein wie auf dem Theater, wo ein geschickter Regisseur die Vorstellung leitet. Der war aber in diesem Falle nicht die Weschkalene, sondern die Abromeitene. Den Champagner hatte sie schon vor dem Kaffee aufs Eis gelegt, und den Jons hatte sie abgeschickt, als der Forstmeister nach dem Garten ging.

Der »junge Bräutigam«, wie der Starrischker ihn konsequent nannte, war in übermütiger Stimmung. Er hatte die beiden Frauen seiner Freunde unter vier Augen gefragt, was sie zu der Verlobung sagten. Und beide hatten ihm mit herzlichen Worten versichert, daß sie sich darüber freuten und seinen Entschluß nur billigen könnten... Das verscheuchte seine letzten Bedenken.

15. Kapitel

Da, wo die Scheschupp, nachdem sie meilenweit die Grenze zwischen Rußland und Preußen gebildet hat, ganz auf deutsches Gebiet tritt, um nach kurzem Lauf in die Memel zu münden, liegt das große, weitgestreckte Dorf Serbenten. Die Scheschupp ist im Sommer ein zahmes, seichtes Flüßchen, das kaum sein Bett ausfüllt. Aber im Frühjahr muß man sie sehen! Dann ist das weite Tal eine strudelnde, kochende Wassermasse, die bis zum Rand der hohen Uferberge anschwillt. Deshalb liegt das Dorf nicht unten am Fluß, sondern auf der Höhe... Wie Schwalbennester kleben die kleinen strohbedeckten Chaluppen am Berge.

Gleich hinter dem Dorf beginnt die Königliche Forst, die sich meilenweit auf dem linken Ufer der Scheschupp bis zur Rominter Heide hinzieht... Dicht am Fluß und Wald einsam ein Bauerngehöft... in greulicher Verwahrlosung. Die Strohdächer hatte der Sturm zerzaust... die Stalltüren hingen schief in den Angeln. Der letzte Besitzer hatte abgewirtschaftet. Mit dem weißen Stab war er in das Elend gezogen. Monatelang hatte es unbewacht leergestanden, und niemand wollte es kaufen, obwohl es für ein Butterbrot feilgeboten wurde.

Eines Tages war ein Mann gekommen, hatte sich das verlotterte Anwesen angesehen, und einige Tage später war Herr Roman von Zaleski mit Sack und Pack eingezogen... An dem Aussehen des Gehöfts änderte sich nicht viel. Nur die zerbrochenen Fensterscheiben im Hause wurden eingesetzt... Von den neuen Bewohnern sah man im Dorf nicht viel. Einmal war der polnische Edelmann mit seinem Juckergespann im flotten Trab durchs Dorf gefahren.

Die Bauern des Dorfes hatten mit ihren Fuhrwerken reichlichen Verdienst. Fast täglich mußten drei, vier Wagen zur Bahn fahren und schwere Kisten holen. And der »Baron«, wie er im Dorf genannt wurde, zahlte gut und prompt... Nachts herrschte in dem einsamen Gehöft reges Leben. Man sah die Fenster erleuchtet oft bis zum Morgen, man hatte auch laute Stimmen gehört und wahrgenommen, daß Wagen bepackt wurden und wegfuhren, aber Genaues wußte man nicht, denn die Dogge lief unaufhörlich um das Gehöft und schreckte jeden ab. Es war aber gar kein Zweifel, daß es sich nur um einen großartig betriebenen Schmuggel handeln konnte.

Ein stiller, warmer Sonntagnachmittag war's. Die Kinder spielten auf dem grasbewachsenen Dorfanger vor dem Wirtshaus, die jungen Mädchen und Burschen standen vor den Hoftoren und plauderten. Eine Schar kleiner Mädchen kam in langer Reihe untergefaßt singend die Dorfstraße entlang. Hell klangen die frischen Kinderstimmen:

> »Als die Mutter jüngst mich schalt,
> Sprach sie: geh hinaus zum Wald,
> Bringe mir, damit ich's seh',
> Wintermai und Sommerschnee.«

Dann hörten sie plötzlich auf und stoben wie ein aufgestöberter Schwarm Tauben auseinander. Vom Walde her kam der Herr Baron, die Dogge an seiner Seite... Ein großer Mann, schlank, aber breitschultrig. Er trug Nationaltracht, anliegende Beinkleider und glänzende Kniestiefel, an denen silberne Sporen klirrten... Die Tschamarka, eine kurze Herrenjacke mit Schnüren und Heffeln besetzt. Auf dem Kopf die Confederatka mit weißer Reiherfeder, im linken Auge ein Monokel, in der Hand eine Reitpeitsche, so schritt er langsam schlendernd die Dorfstraße entlang. Aus den Augen der jungen Mädchen, die ihn mit einem zierlichen Knicks grüßten, flog ihm manch ein bewundernder Blick zu, während die Burschen ihn kühl, ja beinahe feindlich anstarrten. Er dankte nachlässig mit flüchtigem Kopfnicken. Dann bog er ab zum Wirtshaus.

An einem Tisch im Herrenstübchen saß einsam der Forstaufseher Bauschus bei einem schalen Glas Bier und las die Zeitung. Der Baron trat sofort auf ihn zu, schlug klirrend die Hacken zusammen und stellte sich mit einer Verbeugung vor: »Von Zaleski. Sehr erfreut, Sie zu treffen, Herr Förster. Darf ich mich zu Ihnen setzen? Ein trauriges Dasein hier.«

»Sie sind ja doch nicht bloß zum Vergnügen hier, wie ich annehme«, erwiderte der Grünrock.

Der Baron lachte und schüttelte den Kopf. »Nein, ich habe sogar sehr viel zu tun, aber trotzdem genug freie Zeit, um mich gründlich zu langweilen... Und ich bin sehr für Geselligkeit.« Er zog ein goldenes Etui hervor und steckte sich eine Papyros an.

Während er den Rauch durch Mund und Nase ausblies, sprach er weiter. »Ich habe schon längst die Absicht, Ihrem Herrn Forstmeister und dem Herrn Forstassessor meinen Besuch zu machen, um gesellschaftlich Anschluß zu finden. Soll ein prächtiger alter Herr sein, Ihr Forstmeister.«

»Das stimmt«, erwiderte der Grünrock kopfnickend, wobei er ein leises Lächeln nicht zu unterdrücken vermochte, denn er mußte dabei denken, daß sein Vorgesetzter über diesen Besuch wohl nicht sehr erfreut sein dürfte.

Inzwischen hatte der Wirt, ohne zu fragen, eine Flasche Rotwein und zwei Gläser gebracht. Der Baron goß ein. »Darf ich mir die Ehre geben, Sie zu einem Schluck Rotwein einzuladen? Ich bin auch Jäger und habe als solcher eine ausgesprochene Vorliebe für alles, was zur grünen Farbe gehört... Also auf die grüne Farbe.«

Etwas zögernd griff der Forstaufseher zum Glase und tat Bescheid. Herr von Zaleski mochte wohl das Zögern bemerkt haben, denn er lächelte. »Sie brauchen sich nicht an meiner Beschäftigung zu stoßen. Ich stehe und arbeite im Dienst einer großen völkerbefreienden Idee. Jawohl, ich treibe, wie Ihnen allen hier wohl kein Geheimnis mehr sein wird, Schmuggel, aber nicht um kleinlichen Krämergewinn.«

»Was Sie hier tun und treiben, geht mich nichts an,« erwiderte Bauschus gleichmütig, »solange Sie nicht mit unseren Gesetzen in Konflikt kommen.«

»Davor werde ich mich sehr hüten«, lachte der Baron. »Aber ich will Ihnen offen gestehen, daß ich gern Gelegenheit hätte, etwas auf die Jagd zu gehen. Man läßt doch seine Fähigkeit nicht gern einrosten. Sie haben viel Wild hier, wie ich gehört und teilweise selbst auch gesehen habe.«

»O ja... aber ob der Herr Forstmeister Ihnen Jagderlaubnis geben wird, möchte ich doch bezweifeln. Was er nicht selbst schießt, überläßt er seinen Revierbeamten, die das Wild hegen und beschützen.«

»Das Beschützen scheint nicht immer ganz leicht zu sein,« warf der Baron in spöttischem Ton ein, »ich habe wenigstens gehört, daß Ihnen ein Wilddieb aus dem bestbewachten Revier schon mehrere Rehe geholt hat.«

»Das läßt sich nicht immer verhüten und soll anderswo auch vorkommen«, erwiderte der Forstaufseher, bedächtig jedes Wort wägend; »denn wir Beamten haben noch eine Nebenbeschäftigung, die uns stark in Anspruch nimmt. Aber über kurz oder lang erwischen wir doch jeden Wilddieb, namentlich wenn wir uns etwas Mühe geben.«

»Sie sind also wohl sehr eifrig auf dem Posten?«

»Ach, das geht an. Aber eins will ich Ihnen sagen, Herr Baron. Der Wilddieb, den wir erwischen, geht nicht mehr auf seinen Füßen nach Hause. Seitdem ein Schuft unseren Kollegen Schnabel angeschossen hat, gibt es keinen Pardon. Ob von vorn oder hinten, das ist ganz egal, die Kugel bekommt er aufs Blatt.«

»Das hört sich ja schrecklich an, lieber Herr Förster.« Er hob sein Glas und stieß mit dem Grünrock an. Bauschus mußte sich innerlich Gewalt antun, um zu trinken. Er fuhr ruhiger fort: »Wenn ein Wilddieb sich in der Not zur Wehr setzt, kann man das verstehen, aber wenn einer aus dem Dickicht wie ein Meuchelmörder auf den ahnungslos gehenden Beamten schießt, dann ist das ein feiger Meuchelmörder, Herr von Zalesti.«

Er hatte lauter gesprochen, als nötig gewesen wäre, und den Baron dabei scharf angesehen.

In dessen Gesicht zuckte kein Muskel. Er nickte zustimmend. »Da gebe ich Ihnen völlig recht.« Er betonte scharf: »Das ist ein feiger, gemeiner Meuchelmord. Aber kann der Wilddieb Ihren Kollegen nicht mit einem Stück Wild verwechselt haben?«

»Nein, das ist völlig ausgeschlossen. Ein sechs Fuß langer Mann, der durch lichtes Holz schreitet, kann nicht mit einem Stück Wild verwechselt werden. Uns kann das jedenfalls nicht passieren.«

Das Stübchen hatte sich inzwischen mit Bauern gefüllt. Sie kamen, um mit dem Baron die Fuhren für die nächste Woche abzuschließen. Er wandte sich zu ihnen und verhandelte mit ihnen. Als das Geschäft abgeschlossen war, verabschiedete er sich sehr höflich von dem Grünrock und ging.

Bauschus sah ihm mit gemischten Gefühlen nach. Er war aus dem Baron nicht klug geworden. Die freimütige, energische Stellungnahme gegen den Wilderer, der Schnabel angeschossen hatte, machte ihn in seinem Verdacht irre. Die Bauern lobten ihn über den grünen Klee. Er zahlte ihnen nicht nur einen ungewöhnlich hohen Fuhrlohn, sondern bewirtete sie auch mit Wein und Zigarren. Sie wünschten bloß, daß der schöne Verdienst nicht so bald ein Ende nehmen möchte...

Wie es möglich war, die Menge schwerer Kisten über die Grenze und durch die dichte Linie der russischen Grenzwächter zu bringen, war ihnen freilich ein Rätsel. Wenn die Pascher sich einzeln mit ihren Traglasten in finsterer Nacht durch die Postenlinie schlichen, so war das zu verstehen. Aber ein ganzer Wagenzug... Da mußte wohl sehr energisch geschmiert werden... Aber was ging das sie an, wohin die Kisten weiterbefördert wurden?

Roman von Zaleski war langsam nach Hause gegangen. Er klopfte an die Tür des kleinen Zimmers, das seine Freundin bewohnte. Fedora lag in einem weichen Schlafrock auf dem Diwan und las... Der Boden war mit abgebrannten Zigaretten, Aschresten und Streichhölzern bedeckt. Dichter Rauch erfüllte das Zimmer. Roman ging zum Fenster und stieß es auf. »Wie kannst du es bloß in solcher Luft aushalten?«

Fedora ließ das Buch sinken und sah zu ihm auf. »Ich habe es gar nicht gemerkt... Das Buch ist so interessant.«

»Ist was Neues in meiner Abwesenheit gekommen?«

»Ja, der Leiser sitzt drüben in der Wohnstube und wartet auf dich.«

»Der Leiser? Was will der am Sonntag?«

Er ging über den Flur in die andere Stube. Ein alter Mann in schwarzseidenem Kaftan saß am Tisch. Wie ein biblischer Patriarch sah er aus; der Kopf von einem schwarzen Käppchen bedeckt, unter dem an jeder Schläfe sich drei kurze Locken hervorringelten.

»Nun, Leiser, was gibt's Neues?«

»Besser schon, wenn es gar nichts möchte geben Neues, Herr Baron, denn was Neues ist nichts Gutes.«

»Es wird doch nichts Schlimmes sein?«

»Schlimm? Das ist gar kein Wort, Herr Baron! Schrecklich, entsetzlich. In Wilna haben sie das große Lager gefunden und ausgenommen. Fünf Mann sitzen schon in der Kosa. Die anderen sind verschwunden wie der Dieb in der langen Nacht.«

Roman stampfte heftig mit dem Fuß auf. »Da soll doch gleich. Aber das kommt von dem ekelhaften Geiz. Die Pachulken muß man schmieren, daß sie sich in Alkohol baden können.«

»Mit Verlaub, Herr Baron, das hilft drüben auch nicht mehr. Da sind von Petersburg neue Herren gekommen. Alles zittert vor ihnen... Gerade diejenigen, die immer am weitesten die Hand ausgestreckt haben, sind jetzt die schlimmsten. Sie konnten uns doch wenigstens einen Wink geben: schafft die Kisten fort. Nun, dann wären sie weg gewesen. Aber nein... Zwei vollbeladene Waggons haben sie auf dem Bahnhof genommen.«

»Was nun?«

»Das wollte ich Sie fragen, Herr Baron. Ich bin schon gewesen in Königsberg und habe nach London telegraphiert: vorläufig nichts mehr schicken. Was noch unterwegs ist, muß hier liegenbleiben.«

Roman machte mit Daumen und Zeigefinger die Bewegung des Geldzahlens. »Na, und wie ist's hiermit?«

Der alte Herr zuckte vielsagend die Achseln.

»Ich kann doch hier nicht auf dem Pfropfen sitzen!« brauste Roman auf. »Ich habe noch ein paar tausend Mark liegen, aber die sind in acht Tagen alle. Es müssen noch ein halbes Schock Augen und Ohren verschmiert werden, ehe wir einen Wagenzug über die Grenze bringen können.«

»Vorläufig werden der Herr Baron nichts mehr über die Grenze schicken. Wir wissen ja noch nicht, wohin es gehen soll.« Unruhig schritt Roman in der Stube auf und ab.

»Wie sind Sie gekommen, Leiser?«

»Wie ich gekommen bin? Wie jeder ehrliche Mensch…mit dem Paß über die Kammer. Mein Fuhrwerk steht vorn im Walde.«

»Wann bekomme ich wieder von Ihnen Nachricht?«

»Wenn ich werde haben Nachricht von London, Herr Baron. Wir brauchen jetzt Geld, viel Geld, denn wir müssen doch alles aufs neue einrichten. Wir müssen neue Verbindungen anknüpfen, wo wir können die Waren lagern.«

»Das kann doch keine Ewigkeit dauern…Ich will Ihnen was sagen, Leiser. Wenn die Sache nicht in vierzehn Tagen in Ordnung gebracht ist, mache ich Schluß. Ich will hier nicht auf der Bärenhaut liegen. Ich will Geld verdienen.«

»Mir gesagt, Herr Baron…Meinen Sie, ich tue es zu meinem Vergnügen? Sie sitzen hier in Preußen in voller Sicherheit, und ich weiß an keinem Morgen, ob ich nicht am Abend schon werde sitzen im Kittchen.«

Der Geschäftsfreund war gegangen. Roman ging über den Flur und trat bei Fedora ein. »Erschrick nicht, Geliebte, in Wilna ist das Lager entdeckt.«

»Regt dich das so auf, Roman? Darauf müssen wir doch immer vorbereitet sein. Dann wird eben ein anderer Ort genommen. Aber wir haben dadurch jetzt Ferien bekommen!«

Sie sprang auf und faßte ihn um. »Wollen wir nicht die Zeit benutzen, um ein paar Tage nach Königsberg zu fahren? Oder nach Berlin? Ach ja, Roman, nach Berlin! Ich verschmachte schon nach einem Atemzug Großstadtluft…Wenn wir gleich anspannen lassen, erreichen wir noch den Nachtzug in Insterburg. Ich habe in zehn Minuten gepackt. Morgen früh in Berlin…« Wie ein Wirbelwind flog sie aus dem Zimmer.

» *Que femme veut, Dieu veut*«, rief Noman ihr nach, warf seine Zigarette weg und ging nach seinem Zimmer, sich für die Fahrt umzukleiden.

16. Kapitel

Der Forstaufseher Bauschus hatte gegen Abend den Herrn von Zaleski und seine Cousine mit einem großen Koffer wegfahren sehen und war spät abends dem Kutscher, dem Stanislaw, begegnet, der allein mit dem Wagen zurückkam. Trotzdem traute er dem Frieden nicht. Am nächsten Morgen war er mit dem Gräwing noch vor Sonnenaufgang im Revier.

Als die Sonne höher stieg und keine Gefahr mehr zu sein schien, kehrten die beiden Grünröcke beim Förster Reinbacher in Wersmeninken ein. Nach dem Frühstück ging Bauschus nach der Oberförsterei. Er wollte dem Forstmeister von seiner Begegnung mit dem Herrn von Zaleski Bericht erstatten.

Der alte Herr war sehr guter Laune, teilte ihm seine Verlobung mit und meinte lustig, nun würden seine Beamten gute Tage haben, wenn er mit seiner jungen Frau die Hochzeitsreise mache.

»Ach, Herr Forstmeister,« erwiderte Bauschus, »Sie tun doch keinem Überlast, Sie leben mit uns wie ein Vater. Wir werden uns alle bangen nach Ihnen, bleiben Sie man nicht zu lange weg.«

»Also, Sie meinen, Sie hätten sich wirklich geirrt, als Sie den Baron in Verdacht hatten«, fragte er, nachdem Bauschus seinen Bericht erstattet hatte.

»Ja, das meine ich wirklich, Herr Forstmeister. Als ich sagte, das wäre ein gemeiner Schuft, der den Schnabel angeschossen hat, da habe ich ihn ganz scharf angesehen. Nicht mit der Wimper hat er gezuckt und mir voll und ganz zugestimmt.«

»Die Sache wird immer rätselhafter«, meinte der Forstmeister kopfschüttelnd und strich ein Streichholz an, um seine Pfeife anzuzünden, die jetzt so merkwürdig oft ausging. In demselben Augenblick klopfte es. Der Hilfsaufseher Gräwing trat herein. Auf den ersten Blick konnte man es ihm ansehen, daß er ganz aufgeregt war...

»Herr Forstmeister,« stieß er hastig hervor, »es ist wieder ein Bock gewildert worden... Wie ich aus Wersmeninken nach Hause gehe und an die Schonung nach Jagen vierundsiebzig komme, höre ich einen Menschen, der ein paarmal leise hustet und dann fest auftritt. Ich wußte gleich, das tut nur einer, der dem anderen leise das Wild zudrückt... Ich also schnell zurück und im Bogen um nach dem Feld zu. Ich dachte, der Wilddieb mit der Flinte würde dort stehen. Als ich dort ankomme, knallt ein Schuß auf der anderen Seite. Ich im Galopp durch die Schonung.« Er wischte sich mit dem Taschentuch das Gesicht, auf dem er ein paar blutende Schrammen hatte...

»Na und...?«

»Ja, Herr Forstmeister, ich kam zu spät. Ich fand bloß eine frische Wagenspur...«

»Also Ihr Baron ist es nicht gewesen, lieber Bauschus, wenn er nicht inzwischen nach Hause gekommen sein sollte, was sich sofort feststellen ließe. Aber ein ganz geriebener Bursche muß es sein, der sich am Tage das Wild zudrücken läßt.«

»Aber sein Kutscher könnte das gewesen sein«, meinte Bauschus nachdenklich. »Ein pockennarbiger Kerl, etwa Mitte Vierzig. Wenn ich das bloß feststellen könnte, ob er mit dem Fuhrwerk draußen gewesen ist. Aber der fährt ja vom Hof gleich in den Wald und kommt auf demselben Wege zurück. Soll ich vielleicht bei ihm Haussuchung halten?«

»Das tut man nur, wenn begründeter Verdacht vorliegt. Die fünfhundert Mark sind Ihnen heute dicht vor der Nase vorbeigegangen. Aber nur nicht nachlassen... Adieu, meine Herren.«

»Ich kann mir keinen Vers daraus machen«, meinte er eine Weile später zu Schnabel. »Der Naujoks ist das nicht, der geht zu Fuß in den Wald. Ich muß mal nach Pillkallen fahren und mit den lustigen Brüdern im Hotel Löffeke eine Nacht durchkneipen. Vielleicht bekomme ich da einen Fingerzeig. Da soll es mehrere sehr eifrige Jäger geben.«

Am Nachmittag desselben Tages gingen Mooslehner und Nante Schnabel selbander in den Wald. Die Sonne schien so warm, die Mücken summten, die Vöglein sangen... und die beiden Grünröcke gingen stumm nebeneinander. Es war eine Entfremdung zwischen ihnen eingetreten. Schon seit mehreren Tagen sprachen sie nur das nötigste miteinander... Sie waren eifersüchtig aufeinander.

Den Forstassessor hielt Mooslehner für keinen gefährlichen Nebenbuhler, obwohl er sich in kleinen Aufmerksamkeiten gegen Wera erschöpfte. Er brachte ihr auserlesene Süßigkeiten, natürlich für den kleinen Jungen, den Kurt, obwohl er dafür nie mehr als einen kühlen, gleichmütigen Dank empfing.

Aber Nante, der war in seinen Augen ein gefährlicher Bursche... Der kleine Junge hatte mit dem Dicken Freundschaft geschlossen. Er kletterte dem Onkel Nante sofort auf den Schoß und untersuchte seine Taschen. Da fand er denn immer einen kleinen, aus Kiefernborke zierlich geschnitzten Kahn oder irgendein anderes Spielzeug, das Nante mit merkwürdiger Geschicklichkeit aus den einfachsten Sachen herstellte... Und Wera machte ein so vergnügtes Gesicht, wenn ihr Junge sich so freute und sprach fast nur mit Nante.

»Mensch, Mooslehner, weshalb bist du jetzt immer so maulfaul?« brach Schnabel endlich das Schweigen.

»Die Ursache könnte dir wohl bekannt sein.«

Mit treuherziger Miene erwiderte Schnabel, er habe keine Ahnung.

»So? Weißt du nicht, daß ich schon beinahe zwei Jahre mich um Wera bemühe?«

»Schon zwei Jahre? Und dann bist du noch keinen Schritt vorwärtsgekommen? Mensch, Kollege, gib das Rennen auf. Wenn man mit einem weiblichen Wesen nicht nach vier Wochen im reinen ist, dann ist die Sache aussichtslos.«

»Ach, was du meinst. Du glaubst wohl, daß du ihr mit dem Fressen imponierst?«

»Mooslehner,« erwiderte Nante ernst, »solche Scherze verbitte ich mir, die vertrage ich nicht. Du weißt selbst, daß ich darüber unglücklich bin und daß ich nichts dafür kann. Und du solltest dich schämen, mir das vorzuhalten.«

»Na, nimm es schon nicht übel, Nante, das ist mir so in meinem Ärger 'rausgefahren. Aber du wolltest überhaupt nicht heiraten, und jetzt balzt du vor der Wera wie ein Spielhahn.«

»Ja, da hast du recht, ich wollte eigentlich nicht heiraten. Aber da Wera nun schon einen Jungen hat, so wird sie sich darüber nicht grämen, wenn nachher keine Kinder mehr kommen.«

»Eine feine Logik, lieber Schnabel«, erwiderte Mooslehner gereizt. »Ich habe gar nicht gewußt, daß du so raffiniert sein kannst. Aber du hast noch mindestens drei Jahre, bis du den Heiratskonsens bekommst.«

»Und du auch noch drei.«

Eine Weile gingen sie schweigend nebeneinander. Dann blieb Mooslehner stehen. »Nante... Ich ertrag' das nicht länger. Wenn du nicht damit aufhörst, dann erzähl' ich der Wera, daß du mit der Katinka...«

»Karl, Mooslehner, sieh nach deinen Worten«, unterbrach ihn Nante mit drohender Stimme. »Hältst du mich für einen Lumpen, der sich um ein Mädel ernsthaft bewirbt, während er mit einem anderen ein Techtelmechtel hat? Das dumme Frauenzimmer läuft mir nach, aber dafür kann ich doch nichts.«

»Na, weshalb nimmst du nicht, was dir geboten wird... Ein forsches junges Mädel... Katinka soll sogar Vermögen haben...«

»Ich danke für Obst und Südfrüchte«, erwiderte Nante trocken. »Aber nun laß mich in Frieden. Ich habe genau soviel Befugnis, mich um Wera zu bewerben, wie du. Wenn es dir unangenehm ist, dann sieh zu, daß du mich ausstichst. Die Bahn ist für uns alle frei.«

»Na, dann will ich dir noch etwas sagen, aber streng vertraulich.«

»Ich bin doch kein altes Weib.«

»Also Wera ist nicht Witwe, sondern noch verheiratet. Ihr Mann ist wegen politischer Umtriebe verhaftet und in einem russischen Gefängnis verschwunden.«

»Mein Gott, die arme Frau,« meinte Nante kopfschüttelnd und sah den Kollegen mißtrauisch an, »ist es aber auch wirklich wahr? Woher weißt du das?«

»Der Hegemeister hat es mir verraten.«

»So, na dann werde ich dir etwas sagen. Das stört mich gar nicht... Entweder die Scheidung oder eine Todeserklärung. Ich werde mich jedenfalls dadurch nicht stören lassen.«

»Dann habe ich dir nichts mehr zu sagen«, erwiderte Mooslehner gereizt. »Unsere Freundschaft ist aus.«

»Mir soll's recht sein, Herr Kollege. Sie werden sich hoffentlich auch ebenso mit dem Herrn Assessor von Sperling auseinandersetzen.« Er drehte sich um und ging quer durch den Wald davon.

Die beiden alten Freunde, die Schulter an Schulter in derselben Kompanie gestanden hatten, waren entzweit. Sie vermieden, sich anzusprechen, wenn sie abends beim Hegemeister zusammensaßen. Das unnatürliche Verhältnis wurde noch dadurch verschärft, daß beide an jedem Morgen und an jedem Nachmittag selbander ins Revier gehen mußten. Aber gleich vorn im Walde trennten sie sich. Der eine ging nach rechts, der andere nach links.

Nante hatte sich in den Kopf gesetzt, daß Naujoks wieder wildern ging, wahrscheinlich mit einem Herrn aus der Stadt, der ihn mit seinem Fuhrwerk abholte und in den Wald fuhr... Die Meinung hatte manches für sich, denn Naujoks hatte schon beim letztenmal nach der Ansicht des Gerichts, das ihn verurteilte, einen Helfershelfer und Hehler gehabt, der ihm das geschossene Wild abnahm. Denn solche Kerle pflegen erstens kein Verständnis für Wildbret zu haben, und zweitens wissen Wilddiebe, namentlich wenn sie schon mal bestraft sind, welcher Gefahr sie sich aussetzen, wenn sie das erbeutete Fleisch im eigenen Haushalt verwenden.

Getreulich pilgerte Nante jeden Tag morgens und abends zur Waldgrenze und setzte sich gegenüber dem Gehöft des Naujoks an. Er sah ihn ackern, er sah ihn nach dem Dorf gehen und zurückkommen... aber er ließ nicht nach. Er konnte es sich nicht denken, daß ein Mann, der weniger aus Gewinnsucht als aus Passion für die Jagd wildern ging, so völlig umschlagen sollte, daß er überhaupt nicht mehr ins Revier ging.

Endlich sollte seine Ausdauer belohnt werden. Die »weißen Nächte« vor und nach Johanni waren herangekommen, in denen man bis gegen elf im Freien lesen kann... und zur Not kann man ebensolange Korn und Kimme auf der Büchse zusammenbringen. Und morgens um halb zwei graut bereits der Tag.

Nante hatte sich ein Fünfgroschenbrot und ein Pfund Wurst gekauft, um nicht zu sehr vom Hunger geplagt zu werden. Während er langsam aß, sah er... es war schon neun Uhr... Naujoks aus dem Hause kommen und den Weg nach dem Walde einschlagen. Er trug eine Mütze, die er noch nicht an ihm gesehen hatte, eine kurze Jacke und an den Füßen keine Stiefel, sondern Pareetzken, weiche Schuhe aus Tuch, die mit Bändern um den Fuß und den Knöchel verschnürt waren. Sie machen den Schritt unhörbar...

Schnell verwahrte Nante seinen Mundvorrat. Naujoks war etwa hundert Schritt vor ihm in den Wald getreten. Mit der größten Vorsicht pirschte Nante ihm nach... Nach wenigen Minuten verlor er ihn aus den Augen. Nun war es gefährlich und auch unpraktisch, aufs Geratewohl vorwärtszugehen. Wenn er den Schuß fallen hörte, konnte er darauf zugehen... Oder vielleicht war es noch besser, am Waldrand auf ihn zu lauern. Er blieb im Dickicht stehen und nahm sein Brot wieder aus dem Rucksack...

Mooslehner war zum Abendbrot nach Hause gekommen. Aber die helle Nacht und der Mondschein dazu ließen ihm zu Hause keine Ruhe, obwohl der Assessor bei Wera saß und ihr sehr eifrig den Hof machte... Der Hegemeister saß an seinem Schreibtisch und stellte für die Holzschläger die Lohnzettel aus.

Bald nach dem Abendbrot brach Mooslehner wieder auf. Er ging bis zu den Wiesen, überschritt die Brücke der Aschwöne und stellte sich am Waldrand auf. Ob Nante noch im Revier war, wußte er nicht. Wahrscheinlich war er zu Hause, hatte sich den Leib vollgeschlagen und lag nun behaglich verdauend in seinem Bett...

Eine Stunde mochte Mooslehner gestanden haben. Vor ihm äste auf der Wiese ein Sprung Rehe, ein kapitaler Bock darunter. Langsam zogen sie an ihm vorbei in eine Wiesenschlenke hinein, die sich weit in die Forst hinein erstreckte. Dabei kam ihm der Gedanke, daß die schmale Schlenke für den Wilddieb viel bequemer sein müßte als die weite, vom Mond hell beschienene Wiesenfläche. Langsam pirschte er den Rehen, die vorwärts zogen, hinterdrein.

Mit seinem Glas suchte er das Gelände vor sich ab, soweit es ihm möglich war. Da stand eine einsame dicke Eiche mitten in der Schlenke … und dahinter … nein, das war keine Täuschung, da stand ein Kerl, mit dem Gewehr im Anschlag. Der konnte ihm nicht entgehen, wenn er ihm bloß noch fünfzig Schritt näher kam. Denn dann hatte er ihn, mochte er nach links oder rechts den Wald zu erreichen suchen, vor seiner sicheren Büchse … Fünf Minuten später backte er hinter einer Buche sein Gewehr an und rief: »Gewehr weg. Hinter der Eiche vorkommen, wer da ist!«

Keine Antwort … Eine Viertelstunde verging, ohne daß sich was rührte … Etwa fünfzig Schritt hinter der Eiche lief ein tiefer Graben durch die Wiese. Wenn der Kerl, durch den Baum gedeckt, rückwärtsgekrochen und ihm entwischt war? Er bog sich zur Seite, um das festzustellen. Da krachte ein Schuß. Die Kugel streifte seinen linken Arm und ritzte ihm die Haut … Sofort war er wieder in Deckung … Was nun?

Keine fünfzig Schritt von beiden entfernt stand Nante im Dickicht am Wiesenrand. Er hatte Mooslehners Ruf vernommen und sich langsam angepirscht. Der Gedanke kroch ihm ins Gehirn: du brauchst hier bloß abzuwarten, was geschehen wird. Der Wilddieb, in dem er trotz des geschwärzten Gesichts Naujoks erkannte, war im Vorteil. Er lag platt auf der Erde, aber nicht hinter der Eiche, wie sein Gegner vermutete, sondern hinter einem kleinen Strauch neben dem Baum. Wenn Mooslehner die geringste Unvorsichtigkeit beging, hatte er die Kugel …

Die Hände begannen Nante zu flattern, so regte ihn der Gedanke auf. Er mußte an Wera denken … Wenn ihn der Zufall von dem Nebenbuhler befreite …

Das Herz schlug ihm bis zum Halse hinauf. Er hörte sein Blut in den Schläfen hämmern. Und dann schlug ihm die Lohe ins Gesicht, die Scham, daß ihm überhaupt so ein Gedanke hatte kommen können. Er biß die Zähne zusammen und straffte die Muskeln, um seinen Körper zur Ruhe zu zwingen … Jetzt stand die Büchse zwischen seinen Händen wie in einem Schraubstock …

Er dachte gerade, es wäre nicht nötig, den Kerl totzuschießen … da ließ Naujoks fahren. In demselben Augenblick, so schnell, daß Mooslehner den Doppelknall nicht vernehmen konnte, schoß Nante. Der Wilddieb blieb, ohne eine Bewegung zu machen, liegen. »Wahrscheinlich Kopfschuß«, murmelte Nante vor sich hin und sprang auf die Wiese.

»Nante, sieh dich vor!« rief Mooslehner.

»Ohne Sorge, Karl, der beißt nicht mehr« …

17. Kapitel

Ein Grauen war dem starken Mann in die Seele getreten, als der Kopf des Wilderers nach vorn hinuntersank und der schwere Körper ohne die geringste Bewegung liegenblieb, denn er mußte in diesem Augenblick annehmen, daß er den Mann durch seinen Schuß getötet hatte. Gleichzeitig kam ihm zum Bewußtsein, daß der Schuß durchaus überflüssig gewesen war... ein Anruf hätte genügt. Wenn Naujoks sah, daß seitwärts von ihm ein zweiter Beamter mit der gespannten Büchse im Anschlag stand, dann hätte er sich ruhig in sein Mißgeschick ergeben...

Er wollte sein Gewissen damit beruhigen, daß er sich sagte, er hätte, als der Schuß des Naujoks krachte, unwillkürlich losgedrückt. Vor der Welt und vor dem Gericht, das den Vorfall untersuchen mußte, würde er völlig gerechtfertigt dastehen, denn der Wilddieb hatte sich zur Wehr gesetzt und auf einen Beamten geschossen. Aber vor seinem Gewissen bestand er nicht. Das sagte ihm, daß er unrecht gehandelt hatte. Weshalb hatte er nach dem Kopf gezielt? Um den Wilddieb kampfunfähig zu machen oder am Entlaufen zu hindern, hätte ein Schuß ins Bein genügt.

Er bog sich zu ihm hinunter und drehte ihn auf den Rücken. Die Kugel hatte dem Kerl die Nase durchschlagen. Wie ein Stein fiel es ihm vom Herzen.

»Ist der Kerl tot?« fragte Mooslehner, der atemlos angelaufen kam. »Nein? Schade! Nante, Mensch, Freund, Bruder, wie soll ich dir danken?«

»Wofür?« erwiderte Nante ruhig.

»Na, in solchem Augenblick konntest du doch wohl daran denken, was zwischen uns steht...«

Schnabel fühlte, wie ihm das Blut zu Kopf strömte. »Ach, laß das, Karl, ich habe in diesem Augenblick wirklich nicht daran gedacht. Es war doch einfach meine verdammte Pflicht und Schuldigkeit... Nein!« rief er und sah Mooslehner fest an. »Nein, Karl, ich will nicht von dir Dank entgegennehmen, während ich mich in meinem Herzen schuldig fühle. Karl, ich habe mehr als zehn Minuten hinter jenem Strauch gestanden... dort am Wiesenrand. Ich sah euch beide... Dort habe ich mit sehr bösen Gedanken gestanden und habe erst geschossen, als ich sah, daß du dem Kerl so unvorsichtig deine linke Körperhälfte zeigtest. Hätte er dich totgeschossen, dann hätte ich dich auf dem Gewissen. So, nun habe ich dir die volle Wahrheit gesagt, und nun überlasse ich dir das Weitere. Ich habe es verdient, wenn ich den grünen Rock ausziehen muß...«

Er wankte zur Seite, lehnte sich an die Eiche und schlug die Hände vors Gesicht. Ein lautloses Schluchzen erschütterte seinen Körper... Langsam legte Mooslehner sein Gewehr auf die Wiese, dann ging er zu ihm und legte ihm den Arm um die Schulter. »Nante, für böse Gedanken kann kein Mensch, die kommen und gehen, ohne daß man ihnen gebieten kann. Nicht die Gedanken sind es, nach denen man gerichtet werden kann, sondern die Taten.«

»Ja, danach sollt ihr mich richten,« stöhnte Schnabel, »daß ich eine Ewigkeit dagestanden habe, ohne dich aus der Todesgefahr zu befreien.«

Mooslehner lief es eiskalt über den Rücken... Wenn er selbst jetzt dort an der Buche kalt und steif läge. Und gleichzeitig stieg ihm die Frage auf, was er wohl getan haben würde, wenn Nante an seiner Stelle gestanden hätte. »Nante, Bruder, du mußt dich nicht mit solchen dummen Gedanken plagen. Du hast sie doch überwunden. Dein Schuß hat mich gerettet. Damit hast du doch gezeigt, daß du die Versuchung von dir gewiesen hast... Es kommt doch nur darauf an, wie ich mich zu deinem Geständnis stelle... und da sage ich dir aus vollem Herzen, Nante, ich verzeihe dir, wenn dir das Beruhigung schafft. Und nun laß dir nochmals Dank sagen.«

Nante hob langsam den Kopf. »Karl, ist das dein Ernst? Willst du wirklich mein Freund bleiben und mir die Hand geben?«

»Hier hast du sie...«

Mit festem Druck nahm Nante die Hand des Freundes. »Ich danke dir, Karl. Dann wollen wir aber auch alles zwischen uns beseitigen, was wieder zwischen uns treten könnte. Ich räume dir das Feld bei Wera... Es wird mir sehr schwer, aber du wirst sehen, daß ich mein Wort halte.«

»Nein, mein lieber Nante, das Opfer kann ich nicht von dir verlangen. Ich habe die Überzeugung, daß ich Wera ziemlich gleichgültig bin, daß sie dich bevorzugt. Da würde mir dein

Verzicht doch nichts helfen. Und vielleicht sitzen wir beide schon auf dem Pfropfen, und der Assessor ist der Glückliche.«

»Das habe ich mir auch schon gedacht, Karl. Die Wera verliebt sich nicht mehr wie ein junges Mädchen. Die rechnet mit dem Verstand, und wenn der Assessor Ernst macht, dann fallen wir beide hinten 'runter… Zum Deuwel, wo ist der Kerl, der Naujoks, geblieben?« Er war ganz unwillkürlich hinter der Eiche hervorgetreten, und sein Blick war auf die leere Stelle gefallen, wo Naujots gelegen hatte…

Der alte Wilddieb war in dem Augenblick, als Nante sich seiner Verzweiflung überließ, aus der Betäubung erwacht. Mit der Hand hatte er nach der Nase gefaßt, wo er einen kleinen Schmerz verspürte. Der Schädel brummte ihm, weil die Kugel nicht nur den Nasenknorpel durchschlagen, sondern auch das Nasenbein geschrammt hatte. Trotzdem begann sein Gehirn sofort zu arbeiten.

Er drehte sich wieder auf den Bauch. Von den Forstbeamten sah er nur den halben Körper. Sofort griff er zur Büchse… dabei kam ihm zum Bewußtsein, daß sie nicht geladen war… Und ohne Geräusch würde das nicht abgehen, wenn er sie zu laden versuchte… Jetzt hörte er Mooslehner sprechen, also stand noch ein zweiter hinter dem Baum. Ohne sich zu besinnen, schob er sich auf dem Bauch rückwärts… zehn Meter, aber in der Richtung, in der ihm die Eiche Deckung gab… Dann richtete er sich auf, schlich mit langen, unhörbaren Schritten davon. Jetzt verschwand er im Graben und lief gebückt bis zum Waldrand.

Dort blieb er stehen und lud die Büchse. In ihm lochte und gärte es… Die beiden Grünröcke standen im hellen Mondschein in Schußweite von ihm auf der Wiese wie zwei Scheiben. Er konnte sie beide umlegen, wenn sie sich bloß ein Stück von der Eiche entfernten. Einen abschießen, wenn es dem zweiten gelingen konnte, hinter der Eiche Schutz zu suchen, hatte keinen Zweck. Er backte das Gewehr an und strich an der dicken Kiefer, hinter der er stand, an und lauerte.

Er war schon in Versuchung, abzudrücken, als Schnabel sich zehn Schritt von der Eiche entfernte. Er verfolgte die Spur, die der Wilddieb bei seinem Rutschen hinterlassen hatte… Wenn er jetzt den Mooslehner aufs Korn nahm, dann gelang es Schnabel nicht mehr, hinter die Eiche zu flüchten… Da schien es ihm, als wenn die Kiefer, an der er lehnte, zu schwanken begann. Er hörte ein Singen und Summen in seinen Ohren… Bewußtlos sank er hinter dem Baum zusammen.

In demselben Augenblick wie Nante hatte auch Mooslehner das Verschwinden des Wilddiebes bemerkt. »Da soll gleich das heilige Kreuzmillionenschockschwerenotdonnerwetter« – das Kraftwort hatte er vom Forstmeister gelernt – »dreinschlagen! Da, das ist 'ne schöne Bescherung, Nante.«

»Ja, Karl, und das fällt auch auf mein Schuldkonto. Wenn ich sofort den Kerl angerufen hätte und ihn mit vorgehaltener Büchse gezwungen hätte, sich zu ergeben, dann wäre auch das nicht passiert.«

»Ach, laß doch diese dummen Geschichten endlich ruhen. Bist du sicher, daß es der Naujoks war?«

»Aber Karl, solch einen großen Kerl haben wir in der ganzen Umgegend nicht.«

»Na, dann heißt es im Trab zu ihm nach Hause… Was war das?«

»Ich habe nichts gehört«, versicherte Nante.

»Es hörte sich so an wie ein Knacken und Scharren.«

»Irgendein Tier, das vor uns ausgerückt ist. Ich halte es auch für überflüssig, uns jetzt noch den Weg nach Wersmeninken zu machen. So klug ist der doch auch, daß er jetzt nicht nach Hause geht und sich ins Bett legt. Der sucht sich doch irgendwo einen Schlupfwinkel bei Verwandten… Und wenn er sich wieder ausgeleckt hat und zum Vorschein kommt, dann fassen wir ihn.«

»Oder wir lassen ihn laufen und halten das Maul. Wir haben bei diesem Vorfall nicht sehr gut abgeschnitten, mein lieber Nante… Wie sollen wir das dem Alten erklären, daß der Kerl zwei

Schritt vor uns angeschossen liegt und sich doch aus dem Staube machen kann. Ich denke, wir gehen ruhig nach Haus und halten reinen Mund.«

»Das sagst du so, Karl; aber wenn einer von den Kollegen die Schüsse gehört hat und meldet?«

»Das fehlt bloß noch … Nein, du hast recht, wir müssen dem Alten soviel erzählen, wie nötig ist. Dir ist übel geworden vor Hunger und Aufregung, und du hast dich an die Eiche gelehnt … ich habe dich halten müssen. Dabei hat sich der Naujoks fortgeschlichen. Wir konnten nicht ahnen, daß er so schnell aus seiner Betäubung erwachen würde. Wenn wir den Alten bitten, uns nicht zu verraten …«

»Na ja, das wollen wir tun, aber nun komm. Ich habe mächtigen Hunger.«

Schweigend schritten sie zum Waldrand.

»Wenn der Kerl nach dieser Seite gelaufen wäre, hätte er uns abschießen können wie zwei Rehböcke«, meinte Mooslehner. Ein tiefes Stöhnen unterbrach ihn. Blitzschnell rissen beide Grünröcke die Büchsen von der Schulter. Da, jetzt wieder das tiefe Grunzen, Stöhnen … Jetzt sprang Nante ohne Besinnen durch das dichte Unterholz. »Hier liegt er, Karl, der Naujoks.«

Eiskalt lief es ihm über den Rücken.

Was Mooslehner eben gesagt hatte, war nur zu richtig. Da lag der Wilddieb auf einen Haufen zusammengesunken und neben ihm die geladene und gespannte Büchse. Hinter der Kiefer hatte er im Anschlag gestanden … Jetzt wußte Mooslehner sich das Geräusch zu erklären, das er vorher gehört hatte … Während Schnabel die Büchse aufnahm und entlud, band Mooslehner dem bewußtlosen Wilddieb die Hände zusammen. Dann rüttelte er ihn.

Mit blödem Ausdruck blinzelte Naujoks die beiden Grünröcke an. »Guten Abend, was wünschen Sie von mir?«

»Verstellen Sie sich nicht und stehen Sie auf. Sie müssen mit uns nach der Oberförsterei gehen.«

Stöhnend ließ der Wilddieb den Kopf sinken.

»Das kann doch nur Verstellung sein«, meinte Nante. »Fass' an, Karl, wir wollen ihn erst einmal auf die Beine stellen.«

»Wart' mal, Nante, ich habe im Rucksack noch einen Schluck.« Er nahm die Flasche und setzte sie dem Wilddieb an den Mund. »Das schmeckt, Naujoks, nicht wahr? Nun reißen Sie sich zusammen und kommen Sie mit, den kurzen Weg zur Oberförsterei werden Sie zu Fuß machen können. Im Notfall führen wir Sie.«

Jetzt erst war Naujoks zum vollen Bewußtsein gekommen. Mit weitaufgerissenen Augen, die in dem geschwärzten Gesicht merkwürdig leuchteten, sah er Mooslehner an. Sein Arm hob sich krampfhaft und zerrte an der Fessel.

»Sie werden sich schon in Ihr Schicksal ergeben müssen. Ein zweites Mal lassen wir Sie nicht mehr aus den Fingern«, rief Mooslehner .»Nante, fass' an, er muß marschieren.«

Mit einem Ruck hoben sie den schweren Mann auf und stellten ihn auf die Beine. Er schwankte wie ein Betrunkener.

»Verstellen Sie sich nicht, Sie müssen vorwärts.«

Stolpernd ging Naujoks zwischen ihnen. Manchmal schwankte er so stark zur Seite, daß er beinahe seine beiden Begleiter umriß.

»Ich bin wirklich schwitzig geworden von dem Schleppen«, rief Nante, als sie den Wilddieb auf der Veranda der Oberförsterei auf einen Stuhl niederließen. Dann lief er an das Schlafzimmer des Forstmeisters und klopfte an.

»Wer ist da?«

»Mooslehner und Schnabel, wir haben den Naujoks erwischt.«

»Den Naujoks? Einen Augenblick, ich komme gleich« … Fünf Minuten später schloß der alte Herr die Haustür auf, er war in voller Uniform. »Bringen Sie ihn in die Amtsstube. So … kann der Kerl nicht stehen? Was hat er da an der Nase?«

»Einen kleinen Streifschuß, Herr Forstmeister,«

»Na, das werden wir ja alles erfahren; Schnabel, setzen Sie sich und schreiben Sie das Protokoll. Makunischken, den soundsovielten... Vor dem Unterzeichneten erschienen... und gaben folgendes zu Protokoll: Gestern abend... Nun diktieren Sie, Mooslehner.«

Ruhig und klar bis in alle Einzelheiten gab Karl seine Aussage ab, die vom Forstmeister Wort für Wort wiederholt und Nante in die Feder diktiert wurde. Naujoks saß in sich zusammengesunken, den Kopf auf der Brust, auf einem Stuhl. Manchmal wankte er so, daß Mooslehner ihn halten mußte.

Nun mußte Schnabel seine Aussage machen, während Mooslehner das Schreiben übernahm. Er sagte ruhig aus bis zu der Stelle, wo er sein Eingreifen schildern mußte. Da stockte er... »Ich war so erregt und erhitzt von dem schnellen Laufen,« sagte Mooslehner laut und schrieb es nieder, »daß ich mich einige Augenblicke sammeln mußte.«

»Jawohl, so war es«, bekräftigte Nante, tief aufatmend. »Da sah ich, wie Naujoks seine Büchse hob. Nun hielt ich einen Anruf für aussichtslos und schoß.«

»Jawohl...«

»Als ich bei dem Wilddieb, der still liegen blieb, ankam und ihn umdrehte, erschrak ich so sehr, daß mir ganz übel wurde.«

»Jawohl...«

»Ich lehnte mich an die Eiche. Mein Kollege Mooslehner faßte mich um und sprach mir ermunternd zu.«

»Jawohl...«

»Diesen kurzen Augenblick benutzte Naujoks, der erwacht war, und schlich sich fort.«

»Jawohl, Herr Forstmeister...«

»Nach längerem Suchen...«

»Nein, Herr Forstmeister,« rief Nante, »wir waren so verblüfft, daß wir uns nur darüber unterhielten, ob wir nach Wersmeninken nachgehen sollten. Da wir es für aussichtslos hielten, beschlossen wir, nach Hause zu gehen. Am Waldrand fanden wir Naujoks bewußtlos.«

»Na, dann schreiben Sie, wie es richtig ist. So, und nun lesen Sie das Protokoll vor. Naujoks, hören Sie? Sie müssen es unterschreiben oder vorher Ihre Einwendungen machen.«

Er trat zu dem Mann und schüttelte ihn. Dann nahm er die Lampe vom Tisch und leuchtete ihm ins Gesicht.

»Ein ganz geringer Blutverlust. Aber es kann eine Gehirnerschütterung gegeben haben. Ich möchte die Verantwortung nicht übernehmen, daß der Mann länger als irgend nötig ohne ärztliche Behandlung bleibt. Schnabel, wecken Sie den Jons und lassen Sie anspannen. Einer von Ihnen muß noch heute mit Naujoks nach Pillkallen ins Krankenhaus fahren. Ich werde sofort den Aufnahmeschein schreiben. Und sorgen Sie dafür, daß er sofort vom Arzt untersucht wird.«

»Na, dann werde ich schon fahren,« meinte Mooslehner resigniert, »sonst kommt uns Schnabel vor Hunger um.«

»Das war eine Reihe von glücklichen und unglücklichen Zufällen, meine Herren«, sagte der Forstmeister zu den beiden Grünröcken, als Schnabel zurückgekehrt war. »Aber das muß ich Ihnen erklären: mit Ruhm haben Sie sich dabei nicht bekleckert. Ihr Mitgefühl für den Kollegen in allen Ehren, lieber Mooslehner, aber erst kommt die Pflicht und dann das Vergnügen. Guten Morgen, meine Herren.«

18. Kapitel

Der Forstmeister war ein glücklicher und sehr aufmerksamer Bräutigam. An jedem Nachmittag
fuhr er nach Weschkallen. Seine Braut gefiel ihm mit jedem Tage mehr. Sie war so weich, so
schmiegsam und so zärtlich. Jeden Augenblick des Alleinseins nahm sie wahr, sich auf sein
Knie zu setzen und ihn abzuküssen…Dem alten Herrn gefiel das sehr gut.

Einmal gleich zu Anfang hatte er ihr gesagt: »Aber, Madelinchen, wir sind doch ein Paar
vernünftige Leute! Wenn Tante Georginne uns überrascht! Was soll sie von uns denken?«

»Daß ich dich von Herzen liebe, du alter Brummbär.« Dann knutschte sie ein Tränchen ab
und fuhr fort: »Hast du denn so wenig Selbstbewußtsein? Meine ganzen Empfindungen fliegen
dir entgegen…Mein erster Mann hat mir auch ganz gut gefallen, aber auch weiter nichts. Ich
habe ihn aus klugen Erwägungen genommen. Aber was sollte mich jetzt bestimmen? Möchtest
du mir das mal sagen? Ich habe reichlich genug zum Leben, auch ohne Tante Georginne zu
beerben.«

»Ich wage noch immer nicht, an das große, berauschende Glück zu glauben, Madelinchen.«

»Ach, daran sind bloß die dummen Romanschreiber schuld. Wenn bei denen ein Mann vierzig Jahre alt ist, dann ist er ein alter Herr, der eine große Dummheit begeht, wenn er sich ein
junges Weib nimmt. Ich meine, jeder Mensch ist so alt, wie er sich fühlt.«

Der Forstmeister nickte lebhaft. »Das Wort unterschreibe ich…Du hast mir aus der Seele
gesprochen, Kind. Ich muß in fröhlicher Gesellschaft manchmal an mich halten, um nicht aus
tiefster Brust einen alten Studentenkantus anzustimmen.«

»Ich singe mit«, rief Madeline und warf sich an seine Brust…

Schrader hatte sofort an seinen Freund, den Forstrat, geschrieben und ihm mitgeteilt, daß er
sich wieder zu verheiraten gedenke. Er hatte wegen eines längeren Urlaubs zur Hochzeitsreise
angefragt und gebeten, sein Gesuch, das nach Feststellung des Hochzeitstermins abgehen würde,
zu befürworten. Umgehend erhielt er ein herzliches Glückwunschschreiben.

Weshalb sollte er noch länger mit der Hochzeit warten? Der Termin wurde festgesetzt, und
drei Tage später hing er mit Madeline vor seinem eigenen Hause im Kasten. Nie hatte er dem
alten schwarzen, mit Draht vergitterten Kasten einen Blick geschenkt. Jetzt ging er selbst hinaus vor die Tür und las den Text des Schriftstückes…Von der Kanzel sollte er in abgekürztem
Verfahren nur einmal für dreimal fallen. Er wollte nur eine stille Hochzeit mit einem Frühstück
für die Trauzeugen. Aber darauf ging Georginne nicht ein. Das wäre ihre Sache, und sie wolle
auch ihre Freude daran haben…

Eines Tages, als der Forstmeister eben den Wagen befohlen hatte, um nach Weschkallen zu
fahren, fuhr ein Wagen vor. Eine Minute später erschien Abromeitene und brachte in ihrem
Schürzenzipfel eine große Visitenkarte. Er las: »Roman von Zaleski, K. K. Rittmeister der Garde-
Landwehr-Kavallerie.«

»Laß den Herrn eintreten.«

»Was verschafft mir die Ehre?«

Herr von Zaleski war eingetreten und hatte eine tadellose Verbeugung gemacht. »Ich wollte
dem Herrn Forstmeister meine gehorsamste Aufwartung machen. Bei der engen Freundschaft,
die jetzt unsere Herrscher und Heere verbindet, habe ich es für meine Pflicht gehalten, weil ich
gerade in Ihrem Machtbereich weile, Ihnen meine Verehrung zu Füßen zu legen. Bitt' schön
zu entschuldigen. Ich bin auch ein leidenschaftlicher Jäger und liebe die grüne Farbe.«

Mit einer Handbewegung wies Schrader auf einen Sessel und nahm dem Gast gegenüber
Platz. »Sehr verbunden, Herr Rittmeister. Wenn ich fragen darf, was hat Sie in unsere Gegend
geführt?«

»Oh, das tut nichts zur Sache, aber im Vertrauen…bitt' schön, Herr Forstmeister, eine sehr
wichtige Mission, die sich gegen unseren gemeinsamen Gegner Rußland richtet.«

Der Forstmeister neigte das Haupt, als wenn ihn diese Erklärung befriedigte. »Und Sie sind,
wie Sie sagen, leidenschaftlicher Jäger?«

»Sehr passioniert, Herr Forstmeister.«

»Dann werden Sie wohl nicht auf Ihre Rechnung kommen, Herr Rittmeister. Ich lege mir
selbst, obwohl ich auch sehr passioniert bin, im Abschuß Beschränkungen auf, um den Forstbeamten, die ihre Haut bei der Beschützung des Wildes zu Markte tragen, das Vergnügen nicht
zu verkümmern.«

»Das bedaure ich, Herr Forstmeister, sonst hätte ich mir die Bitte nicht erlaubt.«

»Ganz ausgeschlossen, Herr Rittmeister...« Schrader erhob sich. »Ich bedaure sehr, daß Sie
sich vergeblich bemüht haben, aber ich kann wirklich keine Ausnahme machen.«

Herr von Zaleski hatte sich auch erhoben. »Bitte vielmals um Entschuldigung. Habe die
Ehre, Herr Forstmeister.«

Mit einer stummen Verbeugung geleitete ihn der alte Herr zur Tür...

Am anderen Tage, kurz vor Mittag, erschien der Assessor in der Oberförsterei. »Wissen Sie,
Herr Forstmeister, wer mich gestern besucht hat? Der Rittmeister von Zaleski. Ein ganz famoser
Kerl. Wir haben in Erinnerungen geschwelgt. Wir haben ein Schock gemeinsame Bekannte,
über deren Befinden er mir genaue Auskunft geben konnte.«

»Sie haben ihn schon vorher persönlich gekannt?«

»Nein, Herr Forstmeister, das nicht... aber er ist bei mir hinreichend legitimiert durch einen
Gruß, den er mir überbrachte... und ich entsinne mich auch, seinen Namen öfter in Wien gehört
zu haben. Ein glänzender Reiter und ein passionierter Jäger... Uralter Lechenadel übrigens. Von
Ihnen sprach er mit der größten Hochachtung, Sie haben ihm außerordentlich gefallen.«

Der Alte griente etwas. »Sehr schmeichelhaft – Sie werden vermutlich den Verkehr fortsetzen?«

»Wenn Herr Forstmeister keine Bedenken dagegen haben?«

»Bedenken? Lieber Herr Assessor, Sie übernehmen doch gewissermaßen die Garantie. Also
wenn Sie ihn nächstens zum Scheibenschießen einladen, ich habe nichts dagegen. Wollen Sie
auf das Glück des Topfes zum Mittagessen bei mir bleiben? Ich weiß selbst nicht, was es gibt.«

»Sehr erfreut, Herr Forstmeister, nehme mit Dank an.«

»Na, dann kommen Sie 'rüber in meine Wohnung.«

»Ich wollte Ihnen noch etwas im tiefsten Vertrauen sagen«, fuhr der Forstmeister im Wohnzimmer fort. »Die Enkelin unseres Freundes Krummhaar wird, wie mir der Alte sagt, jetzt sehr
eifrig von den jungen Grünröcken umworben. Der jungen Frau ist das peinlich. Sie ist, wie ich
Ihnen unter strengster Diskretion mitteile, nicht Witwe... Ihr Mann lebt. Er ist wegen politischer Umtriebe in Haft und wahrscheinlich nach Sibirien gebracht.«

Der Assessor wechselte einen Augenblick die Farbe. »Oh, Herr Forstmeister, das tut mir sehr
leid. Das ist ein sehr schweres Schicksal, das die verdüsterte Stimmung der Dame hinreichend
erklärt, über die ich mir schon den Kopf zerbrochen habe. Aber ich bin Ihnen sehr dankbar
für die Mitteilung. Ich habe sehr gute Beziehungen zu den hohen und höchsten Beamten in
Rußland. Es wird mir ohne Zweifel gelingen, über das Schicksal des Herrn Nekrassow, so heißt
er wohl, Auskunft zu erhalten. Vielleicht kann ich auch eine Milderung seiner Strafe herbeiführen. Ich will nicht zuviel versprechen, aber ich werde jedenfalls alles aufbieten, um der Dame
beizustehen.«

Der Forstmeister hatte Mühe, sein Erstaunen zu verbergen. Er hatte nicht erwartet, daß der
Assessor diese Eröffnung, die doch alle seine Hoffnungen zerstören mußte, in dieser Weise
aufnehmen würde. Oder waren seine Absichten derart, daß er sie durch tätige Anteilnahme an
dem Geschick der jungen Frau zu fördern gedachte? Und noch etwas anderes war möglich, daß
er durch seine Bemühungen die Gewißheit zu erlangen hoffte, daß die junge Frau wirklich das
war, wofür sie sich ausgegeben hatte, eine Witwe.

Gegen Abend kam Herr von Sperling in das Forsthaus. Seine beiden Rivalen waren un-
sichtbar. Mooslehner kam nur zu den Mahlzeiten und entfernte sich sofort nach dem Essen.
Schnabel ließ sich überhaupt nicht mehr blicken. Der Hegemeister saß an seinem Schreibtisch.
»Nehmen Sie Platz, Herr Assessor. Ich bin gleich fertig... Mit dem Schreibwerk wird es immer
schlimmer. Nächstens kommen wir Grünröcke überhaupt nicht mehr in den Wald, sondern

werden an den Schreibtisch angeschmiedet, wenn nicht jeder Förster seinen Forstschreiber bekommt.«

»Bitte sich gar nicht stören zu lassen, Herr Hegemeister, ich habe schon Unterhaltung.« Er hob den kleinen Buben, der durch die Tür hereingestürmt kam, auf seinen Arm, setzte sich mit ihm und nahm ihn auf den Schoß. Der kleine Bursche begann sofort seine Taschen zu untersuchen, in denen sich immer ein Leckerbissen für ihn befand.

»So, nun bin ich fertig«, rief der Hegemeister und warf die Feder hin. »Wenn ich den Kerl mal erwische, der das Schreiben erfunden hat...Na, wie weit sind Sie mit Ihrer Klupperei, Herr Assessor?«

»Ich habe heute das zweite Jagen angefangen, aber da wird es nicht so schnell vorwärtsgehen, denn der Bestand ist zu ungleich.«

»Ja, ja, das glaube ich Ihnen. Das Jagen war mein Schmerzenskind. Dreimal ist die Nonne drin gewesen, dreimal mußte ich nachpflanzen...Wie ist es, wollen Sie zum Abendbrot bei uns bleiben?«

»Ich danke sehr, bin nur auf einen Sprung zu Ihnen gekommen, um Ihnen meine Hilfe anzubieten...Herr Forstmeister hat mir Mitteilung gemacht von dem traurigen Geschick, das ihre Frau Enkeltochter getroffen hat. Ich habe sehr gute Beziehungen in Rußland, und wo sie nicht ganz hinlangen, könnte ich mir durch gewichtige Fürsprache die Beziehungen schaffen. Ich hoffe, daß es mir gelingen wird, zunächst den Verbleib des Herrn Nekrassow festzustellen. Mehr kann ich augenblicklich nicht versprechen, aber das glaube ich bestimmt erreichen zu können.«

»Herr Assessor, wenn Ihnen das gelingen würde!« Er lief zur Küchentür, öffnete sie und rief hinaus: »Wera, komm mal 'rein, der Herr Assessor will mit dir sprechen.«

Die junge Frau, die am Herd stand, wies achselzuckend auf ihren sehr schlichten Hausrock. »Ich kann jetzt nicht, Großvater.«

Nun trat der alte Herr in die Küche und zog die Tür hinter sich zu: »Kind, mach' keine Umstände. Du weißt gar nicht, was dir Gutes bevorsteht.«

Mit einer jähen Wendung drehte Wera sich um. »Aber Großvater, doch nicht jetzt um diese Zeit...und hast du ihm nicht gesagt...«

Der alte Herr lachte laut auf. »Ihr Weiber seid euch doch alle gleich. Der erste Gedanke ist immer an die Hochzeit...Nein, Kind, es ist etwas, was dich zunächst noch viel mehr angeht. Der Assessor hat sehr gute Beziehungen in Rußland, er will zunächst ausfindig machen, wo dein Mann steckt.«

Die junge Frau war vor Schreck zwei Schritte zurückgetreten, bis ihr Rücken an die Wand stieß. Beide Hände hatte sie an das Herz gepreßt.

»Kind, Wera, was ist dir?«

»Gar nichts, Großvater...das kam bloß ein bißchen zu plötzlich.«

»Na ja...das begreife ich vollkommen, aber nun laß mal die Braterei und zieh' dich schnell an, wenn du nicht in diesem Kleid 'reinkommen willst. Du mußt doch dem Assessor alles ausführlich und streng wahrheitsgemäß erzählen. Ich möchte es bei dieser Gelegenheit auch hören...«

Die junge Frau hatte ihre Erregung ziemlich bemeistert. »Ach Gott, Großvater, das eilt doch nicht so...Heute kann ich das nicht...Das würde mich zu sehr aufregen. Sag' dem Herrn Assessor meinen herzlichsten Dank...In den nächsten Tagen. Ich muß mir das alles auch erst im Gedächtnis zurechtlegen.«

Der alte Herr ärgerte sich sichtlich über diese Antwort. »Ach was, nimm dich zusammen. Du bist doch keine Marzipanpuppe...Der Mann will seinen Einfluß für dich aufbieten, und du hältst es nicht einmal für nötig, ihm dafür zu danken.«

»O doch, Großvater...Ich kann bloß im Augenblick nicht...«

»Merkwürdig! Die ganze Zeit hast du dein Schicksal geduldig und gefaßt getragen, und nun mit einemmal, wo sich der erste Hoffnungsschimmer zeigt, gerätst du außer Rand und Band.«

Er trat näher an sie heran und dämpfte seine Stimme. »Mir ist fast so, als wenn es dir gar nicht recht ist, daß der Assessor dir über das Schicksal deines Mannes Gewißheit verschaffen will.«

»Großvater, quäle mich doch nicht so...« Sie warf sich an seine Brust und barg aufschluchzend ihren Kopf an seiner Schulter.

»Die verdammten Weibertränen, daß die so locker sitzen... Na, nun nimm dich mal zusammen, mein Kind. Ich wußte ja nicht, daß es dich so aufregt... Nun sei doch bloß vernünftig. Ich werde dem Assessor sagen, daß wir in den nächsten Tagen darauf zurückkommen werden.« Er führte sie zur Bank, schöpfte aus dem Eimer ein Glas Wasser und reichte es ihr. »Ich muß jetzt 'reingehen, was wird der Mann sich denken?«

»Ich bitte sehr um Entschuldigung, Herr Assessor. Aber meine Enkeltochter hat sich bei der freudigen Nachricht so aufgeregt, daß sie mir beinahe umgefallen wäre. Ich habe gar nicht geahnt, daß sie ihren Mann so lieb hat... Sie läßt Ihnen vielmals danken und wird in den nächsten Tagen Ihnen nähere Mitteilung machen.«

»Na, dann will ich nicht weiter stören, Herr Hegemeister.«

»Nochmals vielen Dank, Herr Assessor... Wovon die Weiber bloß die Nerven kriegen? Ich werde daraus nicht klug«...

Der Assessor war, als er seinem Feenpalast zuging, in der Stimmung, mit Gott und aller Welt zu hadern. Er hatte so viele kluge und schöne Frauen in seinem Leben kennengelernt und nie Feuer gefangen. Manchmal hatte es in seinem Herzen ein kleines Strohfeuer gegeben, das nach kurzer Zeit verflackerte... Nun mußte ihn ausgerechnet in der litauischen Heide ein junges Weib aus dem Gleichgewicht bringen. Er befahl das Auto, aß schnell und ohne Appetit Abendbrot und fuhr nach Wartenburg. Dort würde er sicherlich ein paar Sumpfhühner finden, mit denen er sich bis zur Bewußtlosigkeit betrinken konnte...

19. Kapitel

Täglich hatte Krummhaar seine Enkelin gedrängt, ihm alles von ihrem Manne zu erzählen oder wenigstens Namen und Datum seiner Verhaftung aufzuschreiben. Damals vor zweieinhalb Jahren, als Wera bleich, verhärmt und verstört mit dem kleinen Jungen aus Rußland zu ihm gekommen war, hatte er sich mit der nackten Tatsache begnügt, daß ihr Mann bei dem Aufstand in Livland von einer Bande Aufrührer ermordet worden sei. Ganz kurz hatte sie ihm nur mitgeteilt, wie und wo sie ihn kennengelernt habe. Sie behauptete auch, es seinerzeit ihm geschrieben zu haben. Der Brief mochte wohl verlorengegangen sein.

Um sie nicht zu quälen, hatte er sie mit Fragen verschont. Dann war das stille Werben Mooslehners immer deutlicher geworden. Und eines Tages hatte Wera ihren Großvater durch die Mitteilung überrascht, daß sie nicht Witwe sei, sondern daß ihr Mann in einem russischen Gefängnis stecke. Sie hatte hinzugefügt, er könne es Mooslehner mitteilen, damit er sich nicht weiter bemühe.

Jedenfalls wurde der alte Hegemeister aus seiner Enkelin nicht klug... Weshalb ergriff sie nicht mit Freuden die Gelegenheit, wenigstens Nachricht über den Aufenthalt und das Befinden ihres Mannes zu bekommen? War er ihr gleichgültig geworden, oder fürchtete sie sich vor der Gewißheit? Das war ihm ein Rätsel. Brummend ging er umher. Es sei doch zum mindesten unhöflich gegen den Mann, der sich ihretwegen bemühen wolle. Er wollte einen Druck auf sie ausüben und brachte deshalb die Sache mittags in Mooslehners Gegenwart zur Sprache. Da stand Wera mit Tränen in den Augen auf und ging hinaus.

»Verstehen Sie das? Ich nicht.«

»O ja, Herr Hegemeister, das verstehe ich. Sie fürchtet sich vor der Entscheidung ihres Schicksals, die ihrem Leben eine ganz andere Wendung geben könnte. Sie müssen ihr langsam Mut einsprechen.«

Krummhaar zuckte mit einer komischen Grimasse die Achseln: »Was soll denn daraus werden? Wollen Sie in ewiger Unruhe hinter ihr herlaufen? Das wäre nicht nach meinem Geschmack.«

Schweigend reichte Mooslehner dem alten Herrn die Hand. Erst später kam ihm zum Bewußtsein, daß der alte Herr mit seiner Aufforderung seine Werbung um Wera nicht nur gebilligt, sondern ermuntert hatte.

Der Assessor erschien nach einigen Tagen auch wieder. Er wehrte die Entschuldigung des Hegemeisters, daß seine Enkelin noch nicht Zeit gefunden habe, sich mit seinem Vorschlag zu beschäftigen, höflich ab. Er wäre jederzeit bereit, seinen Vorschlag auszuführen. Er wolle sich aber nicht aufdrängen...

Tage und Wochen vergingen, bis die Angelegenheit eingeschlafen war. Eines Tages kam Erna in die Försterei. »Onkel Adam, ich komme, dich etwas zu bitten. Die Erdbeeren fangen an zu reifen. Auf der neuen Schonung vom vorigen Jahr ist alles dick voll. Aber wir bekommen nichts davon. Vom ersten Sonnenstrahl an ist die ganze Schonung voll von Weibern und Kindern, und alles wird nach der Stadt geschleppt. Man bekommt nicht mal welche zu kaufen.«

»Ja, mein Kind, da mußt du dich an den Forstmeister wenden, der gibt die Beerenzettel aus.«

»Ach, Onkel Adam, du weißt ja, wie der Onkel Ottomar ist. Dem können die Weiber auf der Nase 'rumtanzen, dann sagt er noch nichts. Ich habe schon mit der Abromeitene gesprochen, die ist auch ganz verzweifelt... Auf dem Tisch soll es sein, aber getan wird dafür nichts.« Sie schmiegte sich an ihn und streichelte ihm die Backen. »Bitte, bitte, Onkel Adam, du bist der einzige, der noch Rat schaffen kann. Wenn du die Bande aufschreibst und anzeigst?«

»Ich habe ja auch sonst nichts zu tun, als mich als Vogelscheuche auf die Schonung zu stellen. Und das würde auch nicht viel helfen. Na, wart' mal, mir wird vielleicht was einfallen... Wie geht es deinem Schatz?«

Erna sah ihn mit leuchtenden Augen an. »Liest du denn gar nicht die Zeitung, Onkel Adam? Da steht doch fast jeden Tag etwas von ihm drin. Er ist doch jeden Tag in der Luft und hat bis jetzt sechs neue Rekorde aufgestellt.«

»Na, puppert dir nicht manchmal das Herzchen, wenn du daran denkst?«

Sie nickte eifrig. »O ja, Onkel, das puppert manchmal wie ein Pferdefuß in der Westentasche. Aber man gewöhnt sich daran... Ach, und wie stolz ich auf meinen Walter bin, das kann ich dir gar nicht sagen. Weißt du, Onkel, man muß sich bloß durchsetzen... Du solltest mal hören, wie meine Mutter jetzt von dem zukünftigen Schwiegersohn spricht. Sie bläst sich ordentlich auf, wenn jemand nach ihm fragt... Und erst die Tante Tinchen.«

»Wie geht es denn der Liesbeth, weshalb läßt die sich gar nicht sehen?«

Erna bog sich zu ihm und flüsterte ihm ins Ohr: »Die kämpft mit ihrem Herzen.«

»Ach nee, weshalb denn?«

»Ich will es dir verraten, aber du darfst es nicht weitererzählen.«

»Ich weitererzählen? Ein Karpfen ist ein altes Waschweib gegen mich.«

»Na, dann hör' zu. Sie war doch, als Walter bei uns war, so sehr gegen das Fliegen. Jetzt schwärmt sie davon. Weißt du, weshalb? Weil der Reichenbach auch fliegt. Er ist doch Walters ständiger Begleiter. Und nun liebt sie unglücklich. Sie hat dem Reichenbach mal gesagt, zum Fliegen wären Schlosserjungen gut genug, und jetzt schickt er ihr fast täglich eine Ansichtskarte mit der Unterschrift ›Der Schlosserjunge v. R.‹ Sie ärgert sich angeblich über jede solche Postkarte, aber wenn sie mal ausbleibt, dann kommt sie sofort zu mir gelaufen, ob ich nicht von Walter Nachricht habe. Sie schlägt auf den Sack und meint den Esel.«

»Der Vergleich ist zwar nicht schön, aber die Tatsache ist sehr interessant. Und was sagen die Alten dazu?«

»Das kannst du dir doch denken! Den Onkel in Starrischken läßt der Neid auf den Dietrichswalder Schwiegersohn nicht schlafen. Aber ich bin nicht so abgünstig wie Liesbeth. Walter wird nächstens auf ein paar Tage zu Besuch kommen, und ich habe ihm geschrieben, er soll Reichenbach mitbringen, hier müßte ein zerbrochenes Herz wieder geleimt werden.«

»Du kleiner Racker, du... Dafür kannst du sofort einen schönen Kuß haben.«

Gegen Abend kam der Hegemeister von einem Gang durch den Wald nach Hause zurück. Das Abendbrot wartete schon auf ihn. Mooslehner erschien still und zurückhaltend... Wera ebenfalls mit Duldermiene. Bloß der kleine Bube und Krummhaar waren in fröhlicher Stimmung.

»Wera, sind die Leute beim Abendbrot? Na, dann geh' mal nach der Küche und laß beim Zurückkommen die Tür halboffen. Und verderbt mir nicht das Konzept, wenn ich nachher etwas erzählen werde.«

»Ja, Kinder,« begann er nach einer Weile mit aufgeregter Stimme, »denkt euch mal, was mir passiert ist. Ihr erinnert euch doch an das alte Bettelweib, das im vergangenen Winter im Wald erfroren gefunden wurde?«

»Ja, Großvater...«

»Nun, ich sag' euch, die Alte spukt... Ihr braucht mich gar nicht so verwundert anzusehen, ich weiß schon, was ich sage. Sie findet keine Ruhe im Grabe, weil sie nicht ordnungsmäßig beerdigt ist. Ich habe sie schon einmal in der Dämmerung von weitem gesehen.«

»Das wird eine Beerenleserin gewesen sein.«

»Das habe ich mir zuerst auch gesagt. Aber nein, heute habe ich sie ganz dicht und ganz genau gesehen. Ich bin doch nicht im geringsten abergläubisch, und ich habe mich noch immer auf meine Augen verlassen können... Auf zwanzig Schritt ist sie an mir vorbeigegangen.«

»Woran hast du sie denn erkannt?«

»Na, wenn ein altes Weib seinen Kopf nicht auf den Schultern, sondern in den Händen trägt, dann wird man doch wissen, was es ist? Ganz langsam ging sie über die neue Schonung nach Jagen vierzehn auf den Kirchhof zu. Mit einemmal war sie in die Erde gesunken. Mich kriegen keine zehn Pferde mehr in die Gegend dorthin.«

Das Geklapper der Löffel in der Küche hatte aufgehört... Als Wera eine Viertelstunde später das Dienstmädchen rief, damit sie den Tisch abräumte, war es weg... ins Dorf, die große Neuigkeit zu verkünden. Am nächsten Tage waren noch ein paar Weiber aus Starrischken und Weschkallen, zu denen die Spukgeschichte noch nicht gedrungen war, auf der Schonung. Am dritten Tage ließen sich keine mehr blicken. Die schönsten Erdbeeren reiften in Massen auf der Schonung, und Onkel Adam bekam von Erna den angelobten Kuß.

Der Forstmeister lachte herzlich, als ihm Nante erzählte, wodurch der Hegemeister die Weiber von der Schonung vertrieben hatte. Aber Abromeitene war nicht zu bewegen, auf die Schonung zu gehen. Sie glaubte steif und fest an das spukende Weib, denn es wurde nun täglich von irgendeinem Menschen gesehen. Da war ihre Nichte Katinka doch schon aufgeklärter... Zur Vorsicht bat sie aber doch Herrn Forstaufseher Schnabel um seine Begleitung.

Nante hatte sich noch nicht in der Försterei blicken lassen, und er schien sich auch bereits getröstet zu haben. Seine Zuneigung zu dem weiblichen Geschlecht wurde augenscheinlich weniger durch das Herz als durch den Magen beeinflußt, denn Katinta futterte ihn mit Liebe und Sorgfalt – sie hatte für ihn zwei neue Mahlzeiten eingeführt. Nach dem großen Frühstück erhielt er noch ein kleines Mittag, und nach dem Abendbrot fand er auf seinem Zimmer einen gehäuften Teller belegter Brote. Mit Schrecken dachte er daran, daß dieses gute Leben unter dem neuen Regiment aufhören könnte. Er wußte nicht, daß der Forstmeister in seiner Herzensgüte auch dafür schon gesorgt hatte.

Der alte Herr hatte sich in der kurzen Brautzeit noch verjüngt. Er studierte jetzt eifrig Landkarten und Reisehandbücher, denn seine zweite Ehe sollte ihm auch den großen Wunsch seines Lebens, eine Reise nach Italien und weiter mit einem Vergnügungsdampfer durch das Mittelländische Meer, erfüllen. Den Abschied von seinem Witwerstand wollte er noch durch ein großes Fest auf dem Scheibenstand feiern.

Der Assessor führte in dieser Zeit ein sehr lockeres Leben. Entweder fuhr er gegen Abend nach Wartenburg, oder das Auto brachte seine Gäste zu ihm, und auch Herr von Zaleski war häufig sein Gast. Ja, der Assessor war schon mehrere Male bei ihm in Serbenten gewesen und hatte sich großartig amüsiert. Die Cousine Fedora war eine vorzügliche Gesellschafterin. Sie spielte vorzüglich Klavier, sie sang zur Laute schwermütige Polenlieder, deren Text der Assessor glücklicherweise nicht verstand, und sie hielt auch am Spieltisch tapfer mit...

Da es nur ein Herrenfest sein sollte, erschienen die Grünröcke ohne ihre besseren Hälften. Auch Herr von Zaleski war mit Zustimmung des Forstmeisters durch den Assessor eingeladen worden. Für die Forstbeamten hatte der Forstmeister eine Anzahl wertvoller Preise gestiftet, die anderen Teilnehmer mußten sich mit einem kleineren oder größeren Eichenkranz begnügen.

Bald nach Mittag begann es auf allen Ständen zu knallen. Der Forstmeister immer mitten zwischen seinen Grünröcken, seelenvergnügt... und er war noch immer der beste Schütze von allen. Nur Krummhaar und Mooslehner hielten ihm Widerpart.

Der Baron hatte eine gute Mauserbüchse und eine sehr kostbare englische Doppelflinte mitgebracht. Er schoß mit beiden gleichgut... Das offizielle Preisschießen war um die Vesperzeit beendet. Die Beamten taten sich nun auf zwei Ständen zusammen und schossen um den Einsatz von fünfzig Pfennigen, aus dem drei Geldpreise gemacht wurden.

Der Forstmeister, der Assessor, die beiden Gutsbesitzer und Herr von Zaleski schossen nach dem Waldhasen, der auf ihren Wunsch ein ganz höllisches Tempo einschlagen mußte. Die größte Schwierigkeit lag jedoch darin, daß man nach dem ersten Auftauchen nie wußte, ob er rechts oder links vom Schützen wieder auftauchen würde. Und da auch noch die Schneisen durch einige Büsche künstlich verengert worden waren, hatte man meist nur den Bruchteil einer Sekunde, um den Schuß hinzuwerfen.

Auch Mooslehner schoß hier mit... Den Einsatz hatte der Assessor geleistet... Beim ersten Rennen schieden die beiden Gutsbesitzer aus. Jetzt begann ein hartnäckiges Ringen. Jeder hatte drei Treffer mit drei Schuß.

»Ich schlage vor, den Einsatz auf hundert Mark zu erhöhen«, rief der Baron.

Der Assessor stimmte sofort zu, so daß sich der Forstmeister nicht ausschließen konnte. Wieder blieb der Kampf unentschieden. Der Baron legte mit gleichgültiger Miene wieder einen blauen Lappen auf den Tisch. Der Assessor auch,

Lachend gestand der Forstmeister, daß er kein Geld mehr bei sich habe. Die beiden Gutsbesitzer halfen ihm sofort aus. Diesmal fiel Mooslehner ab. Es wurde nochmals zugesetzt und noch zweimal...

Der Forstmeister ärgerte sich. Es war ihm nicht recht, daß aus dem harmlosen Wettkampf ein scharfes Spiel mit so hohem Einsatze gemacht worden war, nicht etwa wegen des Geldes, sondern wegen des schlechten Beispiels.

Der Baron legte vor, nachdem er sich völlige Ruhe ausgebeten hatte. Sein seines Ohr unterschied an dem leisen Klirren des Drahtes, wo der Hase auftauchen könnte. Vier Treffer hatte er schon zu verzeichnen, beim fünften Schuß wurde er nicht fertig, er hatte den Hasen auf der anderen Seite erwartet.

Schrader hatte seine Ruhe wiedergefunden. Mit unerschütterlicher Sicherheit warf er Schuß um Schuß hin...

»Nehmen Sie das Geld an sich, Mooslehner, wir schicken es morgen an den Verein Waldheil für die Waisenkinder der Forstbeamten.«

»Halt,« rief Herr von Zaleski dazwischen, »ich bitte um Revanche, ich halte die ganze Summe.«

Dem Forstmeister stieg das Blut zu Kopf... aber er verneigte sich.

»Aber Stechen ohne Zusatz.«

Auf den anderen Ständen war es still geworden. Im Kreise standen die Grünröcke um die beiden Kämpfer. Diesmal verpaßte der Baron bereits den zweiten Hasen... den vierten auch... Ohne eine Miene zu verziehen, zahlte er den Einsatz auf den Tisch, während der alte Herr alle fünf Hasen zur Strecke brachte. Wie aus einem Munde, ohne jede Verabredung, riefen die Grünröcke: »Unser lieber Herr Forstmeister... Hurra, Hurra, Hurra!«

Und dann kam Krummhaar und hängte seinem alten Freunde den größten Eichenkranz um...

20. Kapitel

Weschkalene und Frau Madeline waren gegen Abend in die Oberförsterei gekommen, um bei der Zurüstung des Festmahles zu helfen. Es dämmerte bereits, als die Gesellschaft vom Scheibenstand kam. Vorn in der Mitte der Forstmeister und dicht um ihn seine Grünröcke, wie seine Brüder und Söhne. Da war nicht einer, dessen Herz nicht vor Stolz über den »Alten« geschwellt war, der die Ehre der grünen Farbe so glanzvoll gegen den Fremdling verteidigt hatte. Herr von Zaleski hatte es mit richtigem Takt vorgezogen, nach Hause zu fahren...

Auf der Veranda stand Frau Madeline. Vor Stolz und Liebe erglühend, breitete sie die Arme aus und warf sich ihrem Verlobten an die Brust. Die Grünrocke legten salutierend die Hand an den Hut und standen unbeweglich, bis der etwas sehr längliche Kuß sein Ende erreicht hatte. Da kam von weit her aus dem Park glockenrein auf Jägerhorn geblasen das Signal »Halali!« Schnabel war es, der sich diese Überraschung ausgedacht hatte... Gedämpft kam vom nahen Waldrand das Echo zurück und dann von fernher noch einmal.

Nach einer kurzen Pause setzte das Horn wieder ein:

> »Der Mond ist aufgegangen,
> Die goldnen Sternlein prangen
> Am Himmel still und klar.
> Der Wald steht schwarz und schweiget,
> Und aus den Wiesen steiget
> Der weiße Nebel wunderbar.«

Die Grünröcke hatten ihre Hüte abgenommen. Über dem Waldrand stieg als riesengroße kupferrote Scheibe der Mond empor. Von der Wiese her ertönte das unermüdliche Schnarren des Wachtelkönigs. Aus dem nahen Getreide kam der silbern klingende Lockruf der Wachtel: »Pick wer wick...pick wer wick...«

»Der Gottesdienst der Grünröcke«, flüsterte der Forstmeister seiner Braut ins Ohr. Unbemerkt hob sie seine Hand, um sie zu küssen.

Es war ein wirklich frohes Festmahl und Madeline die Königin des Festes. Um sie herum schwirrten die lauten Reden, und das dritte Wort war immer »der Alte«. Sie lachte still in sich hinein. »Der Alte« hatte sie doch alle ausgehauen! »Weißt du, beim vorletzten Gang, da hatte ich einmal Angst für den Alten. Er hatte den Hasen von rechts erwartet. Aber wie er so im letzten Augenblick 'rumfuhr und den Schuß nach links hinschmiß.«

»Und die Seelenruhe«, erwiderte der andere.

»Das war nur äußerlich...Ich sah, wie er ein paarmal die Daumen einkniff.«

»Ja, das ist sein altes Mittel. Sowie er einmal im Ärger Donnerwetter gesagt hat, kneift er gleich die Daumen ein, und dann ist er in der nächsten Minute wie umgewandelt.«

Nante bekam heute keinen Reisbrei. Er konnte in allen Gerichten nach Herzenslust schwelgen. Als die Tafel aufgehoben wurde, zogen die beiden Damen sich zurück und fuhren bald darauf ab. Die Grünröcke scharten sich enger um den Tisch. Die Jagdgeschichten begannen...

»Wissen Sie auch, daß Schnabel durch sein schönes Blasen einmal beinahe den Forstversorgungsschein verloren hat?« fragte der Forstmeister.

»Erzählen...erzählen...« rief's von allen Seiten.

Nante kratzte sich verlegen hinter dem Ohr. »Na ja...das kam so. Ich mußte immer mit dem Kallweit, dem jüngsten Bruder unseres Kollegen hier, beim Bataillon Patrouille gehen. Beim letzten Manöver, das wir mitmachten, heißt es auf einmal: der Kaiser wird kommen.«

»Nun ging alles wie auf Drähten. Am letzten Tage machte die rote Armee gegen uns einen weiten Umgehungsmarsch. Natürlich mußten wir Jäger an die Tete...und wir beide im Trab über die Spitze hinaus ins Vorgelände. ›Weißt was,‹ sagt der Kallweit zu mir, ›was sollen wir wie die Hunde laufen. Dort auf dem Berg steht 'ne Windmühle, da können wir 'rauf, stecken den Kopf aus der Luke und besehen uns die ganze Gegend.«

»Wie wir an die Mühle kommen, springt der Müller uns entgegen. ›Nein, Kinder,‹ sagt er, ›ist das eine Freude, wieder einmal einen grünen Rock zu sehen, ich habe ja auch bei dem Bataillon gestanden. Nun kommt 'rein zu mir‹… Geht nicht, sag' ich, wir sind im Dienst. ›Ach, sei doch kein Frosch. Mein Gesell wird schon aufpassen‹… Na, wir gehen denn auch zu ihm 'rein, er fährt auf, was er im Hause hat… wir essen und trinken, daß es bloß so kracht.«

»Kann ich mir lebhaft denken,« rief Kallweit, »mein Bruder schlägt auch 'ne gute Klinge.«

Ohne ihn zu beachten fuhr Schnabel fort: »Mit einemmal kriegt der Müller mein Horn am Hirschfänger zu sehen. ›Was,‹ schreit er, ›ihr müßt jetzt auch blasen?‹ Selbstverständlich, sage ich… alle Signale, wie der gelernte Hornist. ›Na, denn mal los‹, sagt er. Ich muß wohl schon einen ordentlichen Zacken weg gehabt haben, denn ich stelle mich ans Fenster, damit es in der Stube nicht so dröhnen soll und blas, was mir gleich in den Sinn kam: ›das Ganze halt!‹«

»Mit einemmal wird draußen das Signal wiederholt von der Avantgarde der roten Armee, die uns schon beinahe umzingelt hatte… Das Signal geht weiter… Ich werde mit einem Male nüchtern. Mensch, Kallweit, sag' ich, nun aber marsch zurück. Der Müller sagt, ›Kinder, ich verlaß euch nicht‹… Wie wir zum Bataillon kommen, ist schon der Kommandierende da mit einem hochroten, dicken Kopf, denn wer sollte außer ihm ›das Ganze halt‹ blasen lassen? Das konnte doch nur der Kaiser gewesen sein.«

»›Wer hat hier ›Halt‹ geblasen?‹ schreit er uns an. Ich trete vor, der Kallweit auch. Da springt auch der Müller vor und ruft: ›Nein, Herr Exzellenz, ich habe geblasen, ich bin ein alter Jäger, ich habe bloß mal das Horn probieren wollen‹… Der Baubau dreht sich um zu unserem Major: ›Lassen Sie die Kerle abführen, das weitere wird sich finden.‹ Es fand sich auch. Vierzehn Tage streng und ade Forstversorgungsschein.«

»Ich war schon halb verhungert, als der Major eines Tages in meine Zelle tritt. ›Schnabel,‹ sagt er, ›danken Sie Ihrem Schöpfer, daß der Inspekteur der Jäger und Schützen von der Geschichte gehört und sehr darüber gelacht hat. Sie behalten den Forstversorgungsschein.‹ Ein Kommißbrot wäre mir jetzt lieber, platzte ich 'raus… ›Das sollen Sie auch haben,‹ lachte der Major, ›ich habe vergessen, an Ihr Eßbedürfnis zu denken.‹ Aber die vierzehn Tage mußten wir abreißen.«

+++

Weschkalene hatte es sich nicht nehmen lassen, eine echt litauische Bauernhochzeit mit vollem Glanz auszurüsten. Schon am Tage des Polterabends erschienen von nah und fern die eingeladenen Familien mit Kind und Kegel… Am Hochzeitstage noch viel mehr… Der Polterabend wurde nach alter Weise mit Aufführungen aller Art gefeiert. Erna erschien als Flugzeug mit zwei mächtigen Flügeln an den Armen und bot sich dem Brautpaar als neumodische Hochzeitskutsche an, auf der man direkt in den Himmel fliegen kann.

Ein Dutzend Paare in litauischer Tracht führte einen Reigen auf. Kleine Mädchen und Knaben sagten Gedichte auf. Währenddessen donnerte es unaufhörlich gegen die Haustür. Weiß Gott, wo all die alten Töpfe und Schüsseln herkamen, die bei dieser Gelegenheit ihr Ende fanden… Im Garten war ein Tanzplatz gedielt und überdacht. Da drehte sich das junge Volk im Kreise.

Am anderen Vormittag fuhr das Brautpaar nach Starrischken, um sich von dem stellvertretenden Standesbeamten trauen zu lassen. Die Kirchentrauung fand erst am Nachmittag in Lasdehnen statt. Auf dem Hofe ordnete sich der Zug. An der Spitze dreißig berittene junge Burschen auf Pferden, deren Mähnen und Schweife mit grün-weiß-roten Bändern durchflochten waren. Auch die Reiter trugen Schärpen in denselben Farben und Sträuße am Hut. Sie schossen unaufhörlich aus Pistolen und Gewehren… Dahinter in geschlossener Glaskutsche, sechs stolze Trakehner davor, das Brautpaar.

Von weit und breit war alles zur Kirche nach Lasdehnen gekommen. Ein so schönes Brautpaar hatte man lange nicht gesehen, das war die allgemeine Meinung. Der Forstmeister in seinem dunkelgrünen, goldgestickten Waffenrock, den altertümlichen Hut mit Waldhorn und Gamsbart auf dem Kopf, die Braut in schwerseidenem Kleid, dessen Schleppe von sechs weißgekleideten Mädchen getragen wurde. Sie trug nach litauischer Sitte den Rautenkranz über dem Schleier…

Gleich nach dem Hochzeitsmahl fuhr das junge Paar zur Bahn...Jetzt begann erst das Fest, das sieben Tage und Nachte ohne Unterbrechung dauerte. Wer das Bedürfnis nach Ruhe verspürte, verkrümelte sich für ein paar Stunden, um neu gestärkt wiederzukehren. Aber bei der großen Zahl der Gäste war es nicht zu merken, daß ein Teil fehlte...Für die jungen Männer war in Starrischken der Saal mit Streu und Decken belegt. Für die jungen Mädchen war die gleiche Unterkunft in Dietrichswalde hergerichtet. Die älteren verheirateten Frauen fanden ein Bett. Die gebrauchten Bezüge wurden sofort durch neue ersetzt.

Weschkalene hatte sich die größte Musikkapelle, die es in der Provinz gab, aus Goldap kommen lassen. Aber obwohl von den zweiundvierzig Mann nur immer sechs gleichzeitig spielten, waren sie am Schluß des Festes am Rande ihrer Kräfte.

In einer Gartenlaube hatten sich am Hochzeitstage nachmittags vier Mann zum Boston niedergelassen. Und die Partie erlosch nicht bis zum Schluß...Für jeden, der zu ruhen wünschte, fand sich ein Ersatzmann.

Am letzten Tage wurde Madelines Brautschatz in feierlichem Zuge nach ihrem neuen Heim gebracht. Ein hochgetürmter Leiterwagen...Hoch oben darauf eine kunstvolle und reichgeschnitzte Wiege...ein uraltes Erbstück, in dem schon Georginnes Großmutter ihre ersten Lebenstage verbracht hatte.

Der Assessor schwamm die ganzen Tage vergnügt wie ein Hecht in dem Strom mit. Er hatte auf Ernas Veranlassung Adusche Steputat als Brautjungfer und Tischdame erhalten und widmete sich ihr mit verdächtigem Eifer. Am zweiten Tage kamen Walter Daumlehner und Guido von Reichenbach an. Sie wurden mit in den Trubel gerissen. Und sie ließen sich gern mitreißen, denn die beiden Mädel, Erna und Liesbeth, sahen in der litauischen Tracht, die sie auf Georginnes Wunsch angelegt hatten, zum Anbeißen aus. Walter versicherte seiner Braut einmal über das andere, daß er sich jetzt zum zweiten Male in sie verliebt hätte, und jetzt noch viel heftiger als beim ersten Male.

Und etwas Ähnliches mochte wohl Reichenbach empfinden, der nicht von Liesbeths Seite wich. Ihre stolze, stattliche Figur kam in dem Kostüm zur vollen Geltung. Ihr schwarzes, reiches Haar trug sie entweder in Zöpfen geflochten, die ihr wie ein Diadem auf dem Kopf lagen, oder sie ließ die Zöpfe frei hängen.

Und am dritten Tage trat das von den Bekannten längst erwartete Ereignis ein. Liesbeth von Grumkow und Guido von Reichenbach tauchten Arm in Arm aus dem abgelegenen Teil des Gartens auf und stellten sich als Verlobte vor...Da Liesbeths Eltern sich gerade in einer Schlafpause zu Hause befanden, konnte Georginne nichts weiter tun, als die Tatsache der Verlobung nach einem Tusch der Musik bekanntzugeben. Sie wurde übrigens einige Stunden später von Liesbeths Eltern rückhaltlos anerkannt.

Von dem jungen Ehepaar liefen täglich eine Depesche und ein paar Postkarten ein. Dann bliesen die Musikanten einen Tusch und Georginne gab den Inhalt der Gesellschaft bekannt. Gleichzeitig wurde damit die Ankündigung verbunden, daß ein frischer Braten...natürlich stets in sechsfacher Auflage...und heiße Kartoffeln aufgetragen seien. Wer Hunger hatte, stand auf und ging zu dem Trampeltisch...Nur zwei Briefe behielt sie für sich, zwei lange Briefe »von ihren Kindern«.

Wie eine Königin ging Weschkalene umher. Sie war überall und nirgends. Sie sorgte dafür, daß die dreißig fremden Kutscher und die fünfzig Dienstmädchen nicht nur ihr Essen bekamen, sondern sich auch betätigten. Sechs, sieben Fuhrwerke standen immer angespannt vor der Rampe, um die müden Gäste zu ihren Schlafstellen zu befördern...In die Hunderte ging die Zahl der zwei- und vierbeinigen Kreaturen, die dieser Hochzeit zum Opfer fielen. Täglich kam eine Sendung frischer Fische aus Königsberg als Eilgut an, täglich wurden Berge von Kuchen gebacken. Nie fehlte auch nur das Geringste. Im Gegenteil, es war alles im Überfluß vorhanden.

Mit wunden Lippen und schmerzenden Fingerspitzen fuhren die Musikanten am letzten Tage heim. Ihr Meister war noch von der Soldatenhochzeit her ein intimer Freund des Hegemeisters...»Wißt ihr was, Kinder, wir wollen noch meinem alten Adam ein Ständchen bringen.« Er suchte sich sechs Mann aus. Der Wagen hielt vor dem Hoftor. Leise schlichen sie sich in den dämmrigen Flur und legten los… Schon nach den ersten Takten wurde die Tür aufgerissen. »Ihr verdammten Blechpuster, werdet ihr wohl aufhören! Das ist ja nicht zum Aushalten! Hier habt ihr einen Achtehalber, kauft euch einen Schnaps dafür und schmiert eure Gurgeln ein.«

»Ja, Adam, jeder gibt, so gut er kann«, rief der Kapellmeister.

»Ach, du bist's, Dicker… Na, dann kommt 'rein, Kinder, ich nehme es für genossen an. Wollt ihr was trinken? Nein… na, ich nehme es euch nicht übel. Ich kann auch bloß kaum noch jappen. Herrschaften, das war doch mal 'ne Hochzeit nach dem alten Stil.«

Er nahm seinen alten Freund beiseite… »Sag' mal, Dicker, hast du nicht etwas gehört? Ich habe eine unklare Erinnerung, als wenn ich gestern etwas angestellt hätte.«

»Nein, ich habe nichts gehört… Was sollte es denn sein?«

Der Hegemeister strich sich mit der Hand sanft über den schmerzenden Schädel.

»Mir ist so, als wenn ich gestern nacht ein weibliches Wesen im Arm gehabt und gehörig abgeknutscht hätte.«

»Alle Achtung, Adam… bei deinen siebzig Jahren. Hat sie denn den Notruf erhoben?«

»Ach, wo denkst du hin? Ich habe so eine unbestimmte Ahnung, als wenn das die Georginne gewesen wäre… Es ist nicht unmöglich, daß ich ihr einen Heiratsantrag gemacht habe. Aber Genaues weiß ich nicht.«

»Na, dann wart' mal ruhig ab. Wenn sie die Sache ernsthaft nimmt, wird sie sich schon melden.«

21. Kapitel

Die Vertretung des Forstmeisters war dem Assessor übertragen worden. Seine Tätigkeit war nicht sehr anstrengend, denn sie bestand im wesentlichen darin, daß Herr von Sperling seinen Namen unter die fertigen Schriftstücke setzte. In zweifelhaften Fällen holte Nante sich bei Mooslehner oder Krummhaar Rat.

Eines Tages las er im Kreisblatt, daß die Serpenter Feldjagd neu verpachtet werden sollte, die der Forstmeister schon lange Jahre in seinem Besitz hatte. Sie war an und für sich nichts wert, aber da ein paar Wiesen in die königliche Forst hineinsprangen, konnte ein gewissenloser Jagdpächter durch Abschuß von Rehen viel Schaden anrichten.

Sofort ging Nante zu Krummhaar hinüber. Der alte Herr fluchte wie ein Türke, da sei eine große Schweinerei im Gange, ließ seinen Wagen anspannen und fuhr nach Serpenten zum Gemeindevorsteher. Es war das eingetreten, was er befürchtet hatte. Der Baron steckte dahinter. Er hatte die Bauern aufgehetzt, daß die Jagd viel zu billig verpachtet sei, und die Bauern hatten ihren Schulzen gezwungen, die Jagd öffentlich auszubieten. Der Baron würde das Fünffache bieten, und sie wären ihm zu Dank verpflichtet wegen des hohen Verdienstes, den er ihnen zukommen ließe...

»Wie lange die Herrlichkeit mit dem Baron hier dauern wird, ist mir zweifelhaft«, erwiderte Krummhaar. »Aber das kann ich euch sagen: Holz rücken, Streu machen, Wiesen pachten, das wird aufhören. Darauf gebe ich euch mein Wort.« Auf dem Rückweg sprach er beim Assessor an. Der befahl sofort sein Auto und fuhr zu Herrn von Zaleski.

Der Baron begrüßte ihn sehr herzlich, aber als der Assessor mit dem Zweck seines Besuches herausrückte, erwiderte er kühl: »Bedaure sehr, der Herr Forstmeister hat mir die Bitte, einige Böcke abschießen zu dürfen, rundweg abgeschlagen. Er hat sich also selbst zuzuschreiben, wenn ich auf ihn keine Rücksicht nehme, sondern mir eine Jagd zu pachten suche. Dagegen ist vom rechtlichen Standpunkt nichts einzuwenden, und gesellschaftliche Rücksichten brauche ich gegen den Herrn Forstmeister nicht zu nehmen.«

Der Assessor verbeugte sich kurz. »Das bedaure ich sehr, Herr von Zaleski, denn das zwingt mich, den Verkehr mit Ihnen abzubrechen.«

Der Baron zuckte die Achseln. »Das würde mir sehr leid tun, aber das hat auf meinen Entschluß keinen Einfluß«...

Am Bietungstermin war der Assessor mit Krummhaar erschienen. Der Baron grüßte sie mit einer abgemessenen Verbeugung und gab sofort sein Gebot ab. Der Assessor überstürzte ihn um hundert Mark.

»Noch hundert«, sagte der Baron kalt lächelnd. »Noch zweihundert«...»noch hundert.«

Als es ins zweite Tausend ging, merkte man Herrn von Zaleski schon sehr deutlich die Aufregung an, während der Assessor eisig kalt blieb und seinen Gegner jedesmal mit zweihundert Mark überstürzte. Die Bauern, die sich sämtlich eingefunden hatten, grinsten schadenfroh. Beim dritten Tausend bog sich Krummhaar zu dem Assessor. »Hören Sie auf, Herr Assessor. Ich werde Ihnen nachher sagen, warum.«

»Zweitausendvierhundert habe ich geboten, Herr von Sperling«, rief der Baron höhnisch.

Ohne ihn einer Antwort zu würdigen, drehte der Assessor sich um und ging, von dem Hegemeister gefolgt, ohne Gruß zur Tür...

Der Baron blieb...Eine Viertelstunde später ging er mit den Bauern ins Wirtshaus. Er hatte den Zuschlag erhalten, nachdem er den Bauern Erlaubnisscheine zur Anstandsjagd erteilt hatte. Außerdem sollte der Vertrag noch gründlich begossen werden.

»Nun sagen Sie mir bloß, Herr Hegemeister, weshalb ich nicht weiterbieten sollte«, fragte der Assessor, als sie im Auto saßen. »Mir wäre es doch nicht darauf angekommen, so weit zu bieten, bis dem edlen Polen die Luft und der Draht ausgegangen wäre.«

»Das weiß ich, Herr Assessor«, gab Krummhaar vergnügt zur Antwort. »Sie müssen aber noch etwas mehr tun, Sie müssen dafür sorgen, daß der Baron den Zuschlag bestätigt bekommt, damit wir ihm das Vergnügen gründlich versalzen können. Die fünfhundert Meter Grenze werden wir jetzt so energisch bewachen und beunruhigen, daß nicht ein Reh mehr dort austritt… Wie ich den Baron taxiere, wird er die Bauern auch mit Erlaubnisscheinen geködert haben, denen wollen wir bald das Handwerk legen.«

»Ich wüßte etwas Besseres, Herr Hegemeister. Ich hole mir sofort die Erlaubnis ein und lasse das Stück Grenze mit dichtem Draht einzäunen.«

»Das kann später geschehen, wenn es nötig sein sollte. Herr Assessor. Erst wollen wir doch unsern Spaß haben, den Baron und die Bauern auf dem Anstand sitzen zu sehen.«

Schon am nächsten Tage begann's im Forst zu krachen, meistens auf den Wiesen der Aschwöne, wo sonst kein Schuß fallen durfte… Aus einem Gewehr konnten diese Böllerschüsse nicht stammen, dazu waren sie zu stark… Gleich am ersten Abend knallte es ein dutzendmal, bald hier, bald dort. Am nächsten Morgen wieder… Die Grünröcke gerieten in Aufregung, denn sie konnten den oder die Täter nicht erwischen.

Mooslehner gelang es, festzustellen, daß es sich nur um Feuerwerkskörper, sogenannte Kanonenschläge, handeln konnte. Nicht weit von ihm war so ein Böllerschuß losgegangen, und er hatte mit Hilfe seines Hundes verbrannte Papierfetzen gefunden… Der Wald wimmelte von Beerenlesern, Weibern und Kindern. Aber sie wußten von nichts, hatten niemand gesehen, auf den sie Verdacht haben konnten… Der Zweck dieser Böllerei war klar: das Wild sollte beunruhigt und vergrämt werden… und er wurde nur zu gut erreicht… das Wild verschwand von den Wiesen, verzog sich nach anderen Revieren und trat abends früher als sonst auf die Felder aus.

Es war leicht zu erraten, von wem diese Maßregel ausgehen konnte… aber es fehlte der Beweis. Die Forstbeamten waren früh und spät auf den Beinen. Was würde bloß der »Alte« sagen, wenn er zurückkam und die Bescherung fand.

Endlich gelang es Krummhaar, dem Rätsel auf die Spur zu kommen. Er hatte sich vor Tagesgrauen aufgestellt. Als es hell wurde, kam ein Junge von etwa zehn Jahren angetrollt, sah sich vorsichtig um und verschwand in einem Fichtenhorst.

Als er wieder herauskam, blieb er vergnügt grinsend stehen. Nach zwei Minuten krachte es in dem Horst… Jetzt lief der Junge davon. Er kam nicht weit, denn plötzlich war ein großer Hund hinter ihm her und packte ihn am Hosenboden. Gemächlich kam der Hegemeister heran und schnitt sich vor den Augen des kleinen Sünders einen fingerdicken Haselstock ab.

Ohne eine Frage zu tun, nahm er den Schlingel aufs Knie und rieb ihn sehr gründlich mit ungebrannter Asche ein.

»Ich werde ja alles erzählen, ich werde alles sagen… Ach Gott, trautester, liebster, goldener Herr Förster, das tut ja weh…«

»Das soll es auch, mein Sohn. Ich will dir bloß ein bißchen das Gewissen schärfen und die Zunge locker machen. So. Nun, wie heißt du?«

»Ich heiß' Max Kaprelat, aber der Gustav Krause und der Karl Grinda haben das auch gemacht. Wir kriegen jedesmal fünf Dittchen dafür.«

»Von wem denn?«

»Von dem Knecht, der bei dem Herrn Baron dient.«

Der Hegemeister nahm den Stock, den er unter den linken Arm gesteckt hatte, zur Hand. »Dein Gewissen ist noch nicht genug geschärft, mein lieber Max.«

Der Schlingel hob bittend und beteuernd die Hände. »Ich werde die reine Wahrheit sagen. Der Herr Baron gibt uns immer das Geld dafür.« —

Herr von Zaleski wechselte die Farbe, als gegen Mittag der Herr Assessor mit dem Hegemeister und einem Gendarmen zu ihm ins Zimmer trat.

»Was verschafft mir die Ehre?«

»'ne Ehre ist es gerade nicht für Sie, weshalb wir hier sind«, erwiderte der Hegemeister.

»Was erlauben Sie sich, Herr Förster?«

»Nichts mehr, als ich verantworten kann. Und mein Titel lautet Hegemeister.«

Ehe der Baron etwas antworten konnte, tat sich die Tür auf. Fedora trat ins Zimmer. In heftigem Tone rief sie auf polnisch dem Baron etwas zu und wandte sich wieder zum Gehen. Der Gendarm vertrat ihr die Tür. »Sie müssen hierbleiben, Fräulein.« Durch die andere Tür trat der Forstaufseher Bauschus ein. Er hatte den Knecht, der sich heftig sträubte, am Kragen. Hinter ihm kam der Gemeindevorsteher...«

»So, nun können wir wohl mit der Haussuchung beginnen, meine Herren«, sagte der Assessor ruhig.

»Ich protestiere dagegen«, rief der Baron heftig.

Fedora hatte sich, als wenn sie die Sache gar nichts anginge, eine Zigarette angezündet. »Du bist ein Trottel, Roman, ein ausgemachter Trottel«, sagte sie in eisigem Ton.

Der Hegemeister blieb in der Tür zum Nebenzimmer stehen und nickte ihr lächelnd zu...

Die Haussuchung dauerte nicht lange. Im Nebenzimmer lag ganz offen auf dem Tisch ein großes Paket mit Kanonenschlägen. In stummer Wut ließ der Baron alles über sich ergehen. Ein Protokoll wurde aufgenommen. Scharf und kurz gab er Antwort. Er leugnete nichts. Mit fester Hand unterschrieb er das Protokoll.

»Haben die Herren noch ein Anliegen?«

»Sie scheinen die Situation noch nicht richtig erfaßt zu haben«, erwiderte Krummhaar ruhig. »Wenn ich jetzt Ihre Verhaftung wegen Fluchtverdachts beantrage, nimmt Sie der Herr Gendarm unweigerlich mit. Was meinen Sie, Herr Assessor? Der Herr hat hier keinen festen Wohnsitz. Das Geschäft, das er betreibt...«

Der Baron knirschte mit den Zähnen...seine Augen sprühten. Fedora legte ihm die Hand auf den Arm und flüsterte ihm etwas auf polnisch zu.

»Ich bitte, Herr Assessor, mich gegen Ihre Untergebenen zu schützen, Sie wissen doch, wer ich bin.«

»Wenn der Herr Hegemeister nichts dagegen hat, will ich darauf Rücksicht nehmen. Kommen Sie, meine Herren, die Sache ist hier vorläufig erledigt.« Mit einer kurzen Verbeugung gegen Fedora verließ er das Zimmer.

»Hat der Baron schon die Jagd bezahlt?« fragte Krummhaar auf dem Hof den Gemeindevorsteher. »Die war doch gestern fällig.«

»Ich wollte heute deswegen zu ihm gehen.«

»Na, dann seht euch vor, daß der Baron euch nicht ausrückt. Der Betrieb scheint hier schon seit ein paar Wochen eingestellt zu sein. Ich traue dem Frieden nicht; der rückt bei Nacht und Nebel aus.«

»Dem Deuwel trau'! Wir haben auch noch ein paar hundert Mark für Fuhrlohn zu bekommen.«

Roman von Zaleski hatte sich in einen Stuhl geworfen und die Hände gegen die Stirn gedrückt. Fedora ging stark rauchend vor ihm auf und ab. »Das habe ich dir alles vorausgesagt... eine Dummheit nach der anderen. Der Besuch in der Oberförsterei, der Verkehr mit dem Assessor...das Scheibenschießen...die Jagdpacht. Jetzt habe ich genug davon. Ich mache Schluß.«

»Die Ratten verlassen das Schiff«, erwiderte Roman leise.

»Ein geschmackloser Vergleich, aber du bist sehr im Irrtum. Du scheinst zu glauben, daß ich nur zu meinem und deinem Vergnügen mit dir in dies gottverlassene Nest gegangen wäre. O nein...ich bin die Vertrauensperson des Londoner Komitees. Ohne meinen Willen erhältst du nicht mehr einen Pfennig. Und nach meiner Ansicht ist unser Aufenthalt hier völlig überflüssig geworden. Durch den doppelten Kordon kommt keine Katze mehr hindurch.«

Der Baron erhob sich. »Das ist ja äußerst interessant...nicht eine Geliebte, sondern eine Aufpasserin habe ich mir mitgenommen. Da diese beiden Rollen sich sehr schlecht miteinander vertragen, so wollen wir sie beide beendigen. Das gnädige Fräulein werden sich in ihr Zimmer verfügen und dort abwarten, was mit Hochdemselben weiter geschehen soll.«

»Das werden wir gleich wissen.« Sie riß die Tür auf. »Stanislaw!«

Der Knecht trat ein...eine mittelgroße, breitschultrige Gestalt. Mit dem Finger wies Fedora auf den Baron. »Was machen wir jetzt mit diesem Trottel?«

»Was gnädiges Fräulein befehlen.«

Fedora ging lächelnd auf ihn zu.

»Herr von Zaleski, jetzt wollen wir Ihre Rolle beendigen. Ich bitte, mir Rechnung zu legen. Ich habe hier aufgeschrieben, was Sie bekommen haben...und was Sie zu fordern haben. Sie müssen noch tausend Mark in Ihrem Besitz haben, die dem Komitee gehören. Die werden Sie mir gleich übergeben...«

Der Baron hatte die Farbe gewechselt, als der Knecht eintrat. Er hatte seine Lage begriffen. Das Blut stieg ihm zu Kopf...seine Hände zitterten und zuckten...Er biß die Zähne zusammen und zwang sich zur Ruhe. Es hatte keinen Zweck, sich auf den Kerl zu stürzen, der ohne Mühe die schwersten Kisten, an denen drei Mann sich abmühten, wie ein Kinderspielzeug vom Wagen hob. Und es hatte auch keinen Zweck, das Weib zu bitten. Es gab nur einen Ausweg...ins Nebenzimmer zu seinen Waffen zu gelangen.

Stanislaw schien ihm diesen Gedanken vom Gesicht abgelesen zu haben, denn er tat ein paar Schritte und stellte sich vor die Tür.

»Nun, Herr von Zalefki, ich warte auf Ihre Antwort...«

Roman griff in die Brusttasche und nahm seine Brieftasche heraus.

»Ich habe nur noch hundert Mark bei mir.«

»Das ist herzlich wenig. Aber wenn Sie sparsam damit umgehen und bescheiden dritter Klasse fahren, können Sie damit bis Galizien kommen. Ich werde Ihnen den Koffer packen. Ein Anzug und etwas Wäsche wird genügen. Sobald Sie uns die fälligen tausend Mark einschicken, senden wir Ihnen Ihr persönliches Eigentum zu...Einen Augenblick, ich bin gleich fertig.«

Sie verschwand im Nebenzimmer...Nach wenigen Minuten kam sie mit einem kleinen Koffer zurück. »Und nun glückliche Reise, Herr von Zaleski...Sie haben so einen merkwürdigen Ausdruck im Gesicht. Tun Sie das nicht, gehen Sie nicht nach Rußland. Die Leute sind dort sehr ungemütlich...und sie wissen leider schon, daß Ihr amerikanischer Paß gefälscht ist...«

Ohne eine Miene zu verziehen, nahm der Baron den Koffer. Er hatte noch eine Hoffnung... seine Dogge. Vor der Tür steckte er zwei Finger in den Mund und tat einen gellenden Pfiff. »Nora!«

Ein Heulen, das aus einem Stall zu kommen schien, antwortete ihm. »Sie müssen uns nicht für so dumm halten, Herr von Zaleski«, sagte Stanislaw mit höhnischem Lachen. »Darauf war ich vorbereitet.«

»Nicht durchs Dorf, hier geht es in den Wald. Ich werde mir erlauben, Sie ein Stück zu begleiten.«

»Du Hundeblut, du verdammter Knecht.«

Stanislaw maß ihn mit einem kalten Blick. »Die Rolle habe ich ausgespielt. Mein Name lautet ganz anders...Aber ich werde meine Hand mir nicht an Ihnen beschmutzen.«

Der Baron sah ihn mit einem fassungslosen Blick an. »Um Himmels willen, doch nicht der Graf...?«

»Keinen Namen, wenn ich bitten darf. Sie werden jetzt auch wissen, weshalb wir heute mit Ihnen abgerechnet haben.«

»Ich gebe Ihnen mein Ehrenwort«, rief der Baron heftig.

»Was man nicht hat, kann man nicht geben«, erwiderte Stanislaw eisig. »Wir haben die Beweise in Händen, daß Sie das Lager in Wilna den russischen Behörden verraten haben. Der Judaslohn ist durch einen glücklichen Zufall in meine Hände gelangt.«

Wie ein geprügelter Hund schlich der Baron mit seinem Köfferchen davon in den Wald...

22. Kapitel

Im litauischen Zimmer saß der Assessor der Weschkalene gegenüber. Er hatte ihr einen Besuch gemacht, um bei ihr zu frühstücken und ein bißchen mit ihr zu plaudern. Im geheimen trieb ihn der Wunsch, der alten Dame sein Herzeleid zu klagen und sie um Rat zu bitten. Der Alkohol, den er als Betäubungsmittel angewandt hatte, half nichts mehr.

Wo er ging und stand, sah er Wera vor sich. Ihre volle, stolze Gestalt, die verschleierten schwarzen Augen... das üppige Haar, das sie wie ein dicker Schleier bis zu den Füßen umwallte... So hatte er sie auf dem Polterabend des Forstmeisters gesehen als Zigeunerin, die dem jungen Paar aus der Hand die Zukunft prophezeite.

»Gnädige Frau, ich muß Ihnen ein Geständnis machen. Ich will Sie um Ihre Hilfe bitten.«

»Die gnädige Frau lassen Sie man ganz beiseite... an die neue Mode kann ich mich nicht mehr gewöhnen. Ich bin die Weschkalene. Meinen Rat sollen Sie haben, aber erst, wenn Sie sich sattgegessen haben. Ein hungriger Magen ist ein schlechter Berater... So, nun kommen Sie«, sagte sie, als der Assessor Messer und Gabel beiseite gelegt hatte.

»Nehmen Sie Platz. Und nun sprechen Sie zu mir, als wenn Sie zu Ihrer Mutter sprechen.«

»Weschkalene, ich bin verliebt bis über die Ohren.«

»Das ist nichts Neues für eine alte Frau... ich weiß schon, in wen.«

»Sie werden sich irren, nicht in die Adusche Steputat.«

»An die habe ich nie gedacht, Herr Assessor. Die Wera steckt Ihnen im Kopf.«

»Nicht bloß im Kopf, verehrte Frau Weschkalene, sondern auch im Herzen.«

»Auch im Herzen? Das habe ich nicht gewußt... Den Kopf kann man für eine Weile mit Alkohol zur Ruhe bringen, aber nicht das Herz.«

»Das habe ich noch nicht gewußt... Es ist wahr, ich habe es in den letzten Wochen ein bißchen toll getrieben. Aber Sie haben recht... Mitten in der Nacht bin ich mit wüstem Kopf aufgewacht, und dann fing das Herz an zu sprechen.«

»So, so? Wissen Sie denn nicht, was man in solchem Falle tut? Man geht hin, wenn der Großvater nicht zu Hause ist. Und wenn er zu Hause ist, schadet es auch nichts. Dann sagt man, lieber Herr Hegemeister, ich habe mit Ihrer Enkeltochter zu sprechen. Ich bin der und der, ein anständiger Mensch, noch nicht vorbestraft. Ich habe eine gute Stellung in der Welt, bin außerdem reich... würden Sie mir übelnehmen, wenn ich Sie um die Hand Ihrer Enkeltochter bitte? Dann wird der alte Herr Ihnen gerührt die Hand schütteln und wird gehen, die Wera zu holen. Was Sie der für ein Liedchen zu singen haben, werden Sie ja wohl auch schon wissen.«

Herr von Sperling seufzte tief und nickte mit dem Kopf... »Sind Sie denn solch ein Hasenfuß«, fuhr Weschkalene fort. »Die Sache ist doch nicht so gefährlich. Die Wera ist kein junges Mädchen mehr, sondern eine Witwe.«

Der Assessor sprang auf. »Nein, das ist sie leider nicht... sondern eine verheiratete Frau.«

»Da schlag' doch Gott den Deuwel tot! Das ist das Neueste, was ich höre. Wieso nicht Witwe... ihr Mann ist doch tot?«

»Nein, er lebt... oder vielleicht lebt er auch nicht mehr... Hören Sie zu. Eines Tages erzählt mir der Hegemeister, daß Weras Mann nicht tot ist, sondern als politischer Verbrecher in einem russischen Gefängnis schmachtet. Wie mir dabei zumute war, können Sie sich wohl denken. Ich hatte Mühe, meine Fassung zu bewahren. Ich bot aber sofort meine guten Dienste an. Ich habe sehr gute Beziehungen nach Rußland...«

»Das finde ich sehr nett und sehr klug von Ihnen.«

»Ach, gnädige Frau Weschkalene, ich will mich nicht besser machen, als ich bin. Wer in Rußland hinter den Gefängnismauern verschwindet, ist für die Welt tot. Aber ich hätte die amtliche Auskunft in der Hand gehabt.« Er hatte sich wieder gesetzt.

Dafür war Weschkalene aufgestanden und ging vor ihm hin und her... »Na, und was sagt die Wera dazu?«

Der Assessor zuckte die Achseln. »Von da ab wird mir ihr Benehmen unverständlich. Der Hegemeister ging zu ihr in die Küche. Es dauerte eine Ewigkeit, bis er zurückkam. Wera hätte sich zu sehr aufgeregt. Sie könne mir nicht sofort Auskunft erteilen. Seitdem warte ich auf diese Auskunft, die nur darin besteht, daß mir der Name, der Ort und die Zeit der Verhaftung mitgeteilt wird. Ich werde daraus nicht klug.«

Weschkalene blieb vor ihm stehen. »Da gibt es doch nur zwei Möglichkeiten. Entweder hat die Sache mit dem Mann einen Haken oder mit Ihnen... das heißt, sie will Ihnen nicht zur Dankbarkeit verpflichtet sein.«

»Sie meinen also damit, daß ich keine Hoffnung hätte? Ich habe es gestern von Mooslehner erfahren, daß der Hegemeister ihm dasselbe schon vor einem halben Jahr erzählt hat.«

»Das macht die Sache immer rätselhafter. Ich bin eine alte Frau und habe schon soviel erlebt in meinem Leben, aber das ist mir noch nicht vorgekommen. Lieber Herr Assessor, da steckt etwas dahinter... mir ahnt schon so was... und ich werde dahinter kommen, verlassen Sie sich darauf. Ich wollte sowieso heute nach Makunischken fahren. Ich habe mit dem alten Knasterbart, dem Hegemeister, ein Hühnchen zu rupfen... Halten Sie sich heute abend zu Hause. Ich komme zu Ihnen, wenn ich etwas erfahren habe.«

Der Hegemeister und Wera sahen gerade beim Kaffee, als der Wagen der Weschkalene vorfuhr... »Kind, geh 'raus, nimm Weschkalene in Empfang und sag' ihr, ich wäre nicht zu Hause.«

»Aber, Großvater, sie wird dich doch schon durch das offene Fenster gesehen haben.«

»Na, dann darfst du mich aber nicht verlassen, nicht auf eine Minute... verstehst du?« Er sprang auf und eilte an die Tür. »Willkommen, Georginne... herzlich willkommen. Was verschafft uns das Vergnügen?«

»Ich komme bloß ein bißchen nahbern und euch die Karten von den Kindern zu zeigen. Die fahren ja jetzt schon zu Schiff in das Morgenland. Für Kaffee danke ich... ich habe schon zu Hause getrunken.«

Die Postkarten waren besehen, die Fahrt des jungen Ehepaares war gründlich durchgesprochen, da sagte Weschkalene: »Mein Kind, ich will Sie nicht stören, wenn Sie in der Wirtschaft zu tun haben.«

»Oh, ich versäume wirklich nichts.«

»Das lobe ich mir, wenn die Wirtschaft so am Schnürchen geht. Aber Sie haben mich nicht verstanden. Sie müssen uns ein Viertelstündchen allein lassen, ich habe mit Ihrem Großvater etwas zu besprechen.«

Sie legte dem Hegemeister, der auf dem Sofa neben ihr saß, die Hand auf den Arm. »Nun, mein lieber Freund Adam, was wird denn aus uns beiden? Ich habe bis heute gewartet... aber wer nicht kam, das war der Adam Krummhaar... genau so wie vor vierzig Jahren. Jetzt bin ich ja nicht mehr so ein schüchternes junges Mädchen wie damals... Wissen Sie noch, Adam?«

Krummhaar nickte... Weschkalene fuhr fort, und ihre Stimme zitterte dabei ein wenig. »Da kam so ein junger forscher Heideläufer täglich in unser Haus... und eines Abends begleitete ich ihn ein Stück Weges auf seinem Heimweg. Meine Eltern hatten schon zu mir gesagt: ›In Gottes Namen, Kind, wenn du den Mann lieb hast‹... und da hat der Heideläufer den Arm um mich gelegt und hat mich geküßt und hat mir närrische Dinge ins Ohr geflüstert... Ich müßte noch ein paar Jahre warten... Ich habe gewartet. Gestern abend sind es achtunddreißig Jahre geworden.«

»Und vor vierzehn Tagen hat mich derselbe Heideläufer wieder umgefaßt und hat mich geküßt und hat mir etwas ins Ohr geflüstert, was ich nicht recht verstanden habe. Ich glaube, von der alten Liebe, die nicht rostet. Ich wollte mich bloß erkundigen, ob ich mich nicht verhört habe.«

Der Hegemeister hatte seine Pfeife ausgehen lassen und beiseite gestellt. »Weschkalene, wir sind beide alt geworden, ich bin siebzig Jahre.«

»Bloß fünf Jahre älter als der Forstmeister, der sich ein junges Weib geheiratet hat. Adam, eine Frau vergißt nie, sie vergibt alles, aber sie vergißt nichts. Ich habe deine vier Söhne und deine Tochter über die Taufe gehalten und freue mich über jeden Brief, den ich von ihnen bekomme. Da habe ich während der Hochzeit einen Brief von deinem Ältesten, dem Fritz, bekommen. Er schreibt: Tante Georginne, wir haben gehört, daß Wera wieder heiraten wird. Was soll dann aus unserem alten Herrn werden, wenn er Pension nimmt?«

»Das ist nicht richtig, die Wera wird nicht heiraten.«

»Wollen Sie Ihre Hand dafür ins Feuer legen, Adam?« Sie nahm seine Hand. »Adam, ich weiß, daß Sie in der Nacht etwas im Krönchen hatten. Wenn Sie das, was Sie damals mir sagten, jetzt als 'ne Dummheit ansehen?«

Er legte seine andere Hand auf die ihre. »Nein, Georginne, nein. Ich habe meine verstorbene Frau von Herzen lieb gehabt. Sie wissen ja, daß ich neun Jahre um sie geworben habe. Aber wie ich Sie auf der Hochzeit so sah, in der Tracht, in der ich Sie damals gesehen und geküßt habe, da wachte etwas in mir auf...«

»Wo? Im Kopf oder im Herzen?«

»Das wird wohl aus dem Herzen gekommen sein, denn der Kopf war ziemlich ausgeschaltet.« Georginne zog ihre Hand zurück und stand auf.

Ein schelmisches Lächeln lag auf ihrem Gesicht. »Herr Hegemeister Krummhaar, ich kann nicht mehr sagen: sprechen Sie mit meinen Eltern. Nein, schreiben Sie an Ihre Söhne, daß Sie auf Ihre alten Tage, wenn Sie Pension nehmen, mit der Tante Georginne zusammenziehen wollen. Sie müßten sich allerdings mit mir der bösen Welt wegen in aller Stille von dem Standesbeamten trauen lassen.«

Jetzt sprang der alte Herr auf und faßte sie um. »Georginne, ist das dein Ernst?«

»Ja, mein Adam...aber nun ganz vernünftig, wie es sich für zwei so alte Leute schickt.«

Hand in Hand saßen sie nebeneinander auf dem Sofa. »Meine Kinder wissen es schon...Dein Fritz auch. Er freut sich schon darauf, mich als liebe Mutter anreden zu können.«

»Ja, ja«, meinte der Hegemeister lachend. »So was kommt von so was...ein Urgroßvater, der sich ein junges Weib nimmt. Da ist der Forstmeister ja noch der reine Waisenknabe gegen mich. Georginne, ich bitte dich bloß um eins: den Mund halten, bis wir auf dem Standesamt sind.«

»Das will ich dir versprechen, Adam. Aber nun wollen wir uns mal darüber klar werden... Du nimmst zum Frühjahr Pension.«

»Einverstanden.«

»Die Wera heiratet im Winter.«

»Das stimmt nicht. Das weißt du noch nicht...die Wera ist nicht Witwe...ihr Mann lebt noch.«

»Das ist mir egal, die Wera heiratet im Winter.«

Der Hegemeister schüttelte den Kopf, aber er wagte keinen Widerspruch mehr. »Der Forstmeister nimmt auch zum Frühjahr Pension.«

»Da bist du sehr im Irrtum, den kenne ich besser.«

Georginne lachte über das ganze Gesicht...»Ich habe es ihm geschrieben. Er muß doch Weschkallen übernehmen. Ich habe mich genug gerackert in meinem Leben, ich will noch ein paar Jahr Ruhe haben. Ich habe gestern den Platz neben der Kirche in Lasdehnen gekauft... da wird uns der Krause ein hübsches Häuschen hinsetzen. Wenn wir von der Hochzeitsreise zurückkommen, ist es fertig.«

»Hochzeitsreise?«

»Jawohl...Du sollst es nicht schlechter haben als mein Schwiegersohn. Wir machen genau dieselbe Reise.«

Krummhaar legte den Arm um sie: »Georginne, du bist doch ein Prachtweib.«

»Ja, aber ich mußte so alt werden, um das zu hören. Aber nun sind wir ja beide im reinen, nun ruf' mir mal die Wera 'rein.«

»Mit wem willst du sie denn verheiraten?«

»Das weiß ich noch nicht...erst muß ich mir mal Klarheit verschaffen, was denn überhaupt mit ihr los ist. An den Mann glaube ich nicht...Du kannst inzwischen zum Assessor 'rübergehen, damit ihm nicht die Zeit lang wird. Aber gib dich nicht gleich als glücklichen Bräutigam zu erkennen.«

»Komm mal her, mein Kind«, sagte sie zu Wera, die mit verlegener Miene hereintrat. »Komm, setz’ dich hier neben mich. So, mein Kind, ich habe etwas sehr Wichtiges mit dir zu besprechen. Du hast leider keine Mutter mehr, da mußt du schon denken, ich wäre deine Großmutter, der du dein Herz öffnen sollst.«

Mit unbewegter Miene saß Wera, hochaufgerichtet, neben ihr. »Ich wüßte nicht, was ich Ihnen anzuvertrauen hätte.«

»Ich will mich nicht in dein Vertrauen drängen, mein Kind, aber zwischen Frauen bespricht sich so etwas leichter.«

»Ach, Sie kommen wohl im Auftrage des Herrn Assessors?«

»Du hast dich wohl versprochen. Wolltest du nicht Mooslehner sagen?«

Weras Gesicht war in einem Augenblick wie mit Blut übergossen. Sie erhob sich schnell. »Weschkalene, an mir werden Sie sich keinen Kuppelpelz verdienen. Ich bin eine verheiratete Frau.«

Weschkalene stand auf und faßte sie um. »Kindchen, daran glauben bloß die Männer. Mir müssen Sie das nicht erzählen ... ich bin schon zu alt dazu. Und ich weiß, was das heißt, einen Mann lieb haben, mehr zu lieben als das eigene Leben.«

Sie zog sie an der Hand nach dem Sofa. Wera folgte ihr willenlos. In ihr schrie es ... »’raus aus der Lüge« ... Schluchzend barg sie ihr Gesicht an der Schulter der alten Frau, die ihr sanft mit der Hand über den Kopf und die weißen Backen strich.

Dann kam es leise wie ein Hauch von ihren Lippen: »Tante Weschkalene ... ich habe keinen Mann ... mein Kind hat keinen Vater.«

Fest legten sich die Arme der alten Frau um sie ...

»Ich habe das alles erfunden. Erst die Witwenschaft aus Angst vor dem Großvater und dann den Mann, als Mooslehner um mich warb. Ich konnte es ihm doch nicht sagen.«

»Das verstehe ich alles«, sagte Weschkalene ruhig und ein gütiges Verstehen lag in ihrer Stimme. »Du hast ihn sehr geliebt?«

»Mehr als mein Leben ... Er war Inspektor auf dem Gut ... gegen Abend kam die Bande vor das Schloß gezogen ... Die Männer schossen aus den Fenstern ... Die Bande wich zurück ... Eine Viertelstunde später flammten die Wirtschaftsgebäude auf ... Ich lag in meinem Zimmer auf den Knien und betete. Da kam er zu mir ’rein, einen Streifschuß an der Stirn. Ich sprang auf und wischte ihm das Blut ab ... Wera, sagte er zu mir, das wird unsere letzte Nacht sein.«

Weschkalene bog sich zu ihr und küßte sie auf die Stirn ... »Du armes Kind, du ... brauchst mir nichts mehr zu sagen.« In fester Umarmung saßen die beiden Frauen lange. Dann beugte sich Weschkalene zu Veras Ohr. »Ist er gefangen oder tot?«

»Tot ... Er hatte einen Schuß durch die Brust bekommen ... Am Morgen kamen die Revaler Dragoner und befreiten uns.«

+++

Die Schatten der Dämmerung erfüllten das Zimmer. Georginne stand auf. »Laß die Toten ruhen, mein Kind. Das Leben hat auch sein Recht auf dich. Du bist jung und schön. Der Assessor ist in dich verliebt bis in die Fingerspitzen. Sei offen zu mir, ich stehe dir näher, als du vermutest.«

»Nein, Tante ... der Assessor hat nichts bei mir zu hoffen.«

»Na, dann ist es der Mooslehner. Ich bin sehr mit dir einverstanden. Art paßt besser zu Art.«

»Tante, nein, ich heirate nicht ...«

»Das überlaß du ruhig mir, mein Kind. Das Leben ist so lang ... und du brauchst einen Vater für deinen Jungen. Nun weine nicht. Unsere Tränen müssen bloß mal laufen, wenn sie nötig sind für den Mann ... oder still im Verborgenen. Gute Nacht, mein Kind.«

»Gute Nacht.«

23. Kapitel

Mit verheißungsvollem Lächeln empfing Fedora den eintretenden Stanislaw. »Oh, Herr Graf, ich muß um Verzeihung bitten. Wenn ich das geahnt hätte…«

»Sie irren sich auch diesmal wieder, mein Fräulein. Ich bin kein Graf und ebensowenig adlig wie Sie. Das ist mein Spitzname.«

Fedoras Lächeln erstarb. »Ach so…Das war allerdings ein Irrtum. Es ist gut, Sie können gehen, ich habe jetzt nichts für Sie. Gegen Abend müssen Sie mit einem Telegramm nach Lasdehnen gehen.«

Sie nickte ihm herablassend zu und wandte sich zum Tisch, um eine Papyros anzuzünden, Stanislaw trat neben sie und griff auch in die Schachtel. Sie maß ihn mit einem erstaunten Blick von oben bis unten…

»Was soll das heißen?«

»Daß Sie sich wieder geirrt haben.« Er faßte in die Brusttasche seiner Jacke, zog eine elegante Brieftasche hervor und entnahm ihr ein Papier, das er ihr mit zwei Fingern überreichte. »Kennen Sie das?«

Unwillkürlich war Fedora einen Schritt zurückgetreten. »Verzeihen Sie, das habe ich nicht vermuten können. Sie haben bisher immer in meinem Auftrage gehandelt.«

»Nur soweit ich es für richtig und nötig hielt. Den Ausweis erhielt ich nur für solch einen Fall, wie er jetzt eingetreten ist.«

»Und was bestimmen Sie jetzt?«

»Sie fahren heute nachmittag ab. Das Ziel steht Ihnen frei. Ich bleibe hier, um das Lager irgendwohin wegzuschaffen, sobald aus Rußland Order kommt. Hier hat es keinen Zweck mehr.«

Fedora nickte zustimmend. »Was ist mit der Dogge geschehen?«

»Die habe ich freigelassen. Sie ist ihm nachgelaufen.«

»Werden wir nicht bei der Abfahrt von den Bauern Schwierigkeiten haben?«

»Das überlassen Sie mir.«

Eine Viertelstunde später ging »der Graf« ins Dorf. Er sah jetzt nicht wie ein Knecht aus, sondern wie ein Herr. Er ging von einem Bauern zum anderen und bezahlte, was sie noch an Fuhrlohn zu fordern hatten, »im Auftrage des Herrn von Zaleski.« Zuletzt sprach er beim Dorfschulzen vor, der ihn etwas erstaunt, aber sehr freundlich empfing.

Bis jetzt hatte er ihn immer geduzt. Jetzt sagte er: »Herr Stanislaw…was bringen Sie Gutes? Der Herr Baron schickt wohl die Jagdpacht?…Darf ich Ihnen ein Schnäpschen anbieten?«

»Ich danke sehr. Ich komme bloß, um Ihnen mitzuteilen, daß der Baron, wie Sie ihn nennen, vor einer Stunde mit einem kleinen Koffer weggegangen ist und, soviel ich weiß, nicht wieder zurückkommen wird.«

»Was, der Baron ist ausgerückt? Da soll doch gleich…« Er riß die Tür nach der Gesindestube auf: »Lauf mal gleich einer zum Gendarm, er soll gleich nachreiten nach der Bahn.«

»Bemühen Sie sich nicht, Herr Gemeindevorsteher. Der Herr von Zaleski ist über die grüne Grenze nach Rußland.«

»0h, ich Esel, ich Esel. Das schöne Geld. Weshalb habe ich nicht Kaution stellen lassen? Jetzt werde ich das den Bauern bezahlen können.«

Stanislaw stand auf und zuckte die Achseln.

»Das geht mich nichts an. Der Baron hat mir bloß das Geld für die Fuhren hiergelassen. Sie haben noch für zehn Fuhren sechzig Mark zu bekommen. Hier sind sie. Bitte mir die Quittung zu unterschreiben…Ich bleibe vorläufig noch hier. Es ist nicht unmöglich, daß ich noch Fuhrwerk brauche, um die Kisten wieder wegzuschaffen.«

»Aber gern, Herr Stanislaw, sehr gern.«

Am Nachmittag brachte der »Graf« Fedora zur Bahn. Spät abends kam er zurück. Am nächsten Tage kam eine vierspännige Fuhre und holte die Möbel ab, die nur gemietet waren. Fur das kleine Stübchen hatte sich Stanislaw die nötigsten Stücke gekauft. Nun hauste er mutterseelenallein in dem verlassenen Anwesen. Jeden Tag fuhr er ein paar Kisten zur Bahn. Eines Abends kam er nicht wieder.

Wie ein Lauffeuer ging die Nachricht von dem Verschwinden des Barons und seiner schönen Cousine durch die ganze Gegend. Bauschus brachte sie zuerst nach der Oberförstern und sprach die Überzeugung aus, daß nun die Wilddieberei aufhören würde. Trotz der Entrüstung, die der Baron zur Schau getragen hatte, hielt er ihn für denjenigen, der auf Schnabel geschossen hatte.

Der Assessor dachte zuerst an die Jagd. Die Anzeige gegen Herrn von Zaleski war schon abgegangen und würde unzweifelhaft zur Folge haben, daß ihm der Jagdschein entzogen würde, wenn er überhaupt schon einen besaß. Jetzt war die Sache mit der Flucht des Barons schneller und besser erledigt.

»Der Gemeindevorsteher wird wohl in den nächsten Tagen bei Ihnen antanzen, Herr Assessor«, meinte Bauschus lachend. »Der schwitzt jetzt Angst, denn die Bauern wollen ihn für den Ausfall verantwortlich machen. Sie sind nicht mehr an Ihr Gebot gebunden und brauchen keinen Pfennig mehr zu bieten, als bisher gezahlt worden ist«...

In tödlicher Spannung hatte Herr von Sperling auf Weschkalenes Rückkehr gewartet. Sie konnte ihn doch nicht ohne Nachricht lassen? Er nahm ein Buch, setzte sich ans Fenster und ließ sich etwas zu trinken bringen... Endlich kam der Hegemeister angegangen. Er sah so vergnügt aus. Sollte der alte Herr ihm persönlich die gute Nachricht, die er erhoffte, bringen?

Durch das offene Fenster streckte er ihm die Hand entgegen. »Kommen Sie 'rein, Herr Hegemeister. Was bringen Sie mir? So, bitte, nehmen Sie Platz. Wollen Sie ein Glas Mosel mittrinken? Ich langweile mich gräßlich... nein, ich sterbe vor Ungeduld. Bringen Sie mir etwas Gutes? Sie sehen so vergnügt aus.«

»Ja, ich habe alle Ursache, vergnügt zu sein. Mir ist etwas passiert, was ich Ihnen heute noch nicht sagen kann.«

»Ist denn die Weschkalene bei Ihnen?«

»Ja, sie hat mich hergeschickt, Ihnen Gesellschaft zu leisten. Sie hat sich jetzt die Wera vorgeknöpft. Ich werde aus dem Kind nicht klug... Es war wohl für sie ein bißchen zuviel auf einmal. Ich habe mich manchmal im stillen amüsiert, wenn Sie drei Mann hoch bei mir saßen.«

»Wollen Sie mir eine Frage gestatten, Herr Hegemeister?«

»Bitte.«

»Glauben Sie, daß Ihre Frau Enkeltochter einem der beiden Forstaufseher ein wärmeres Gefühl entgegenbringt?«

Krummhaar zog die Schultern hoch. »Herr Assessor, aus den Weibsleuten bin ich mein Lebtag nie recht klug geworden, und im Alter verliert man das Interesse daran. Der Nante kommt meines Erachtens gar nicht in Betracht. Der hat das Rennen aufgegeben und sich getröstet. Der führt jetzt ein Leben wie im Lehm, seitdem er allein mit der Katinta haust...«

»Na, und der Mooslehner?«

»Der hat sich nun schon zwei Jahre um sie bemüht.«

»Kann man daraus nicht schließen, daß Frau Wera keine Veranlassung empfindet, seine Bewerbung zu ermutigen?«

»Da fragen Sie mich zu viel, Herr Assessor, aber Sie können recht haben. Wie sie plötzlich ihre Witwenschaft aufgab und den gefangenen Mann aufmarschieren ließ, da wollte sie sich bloß den Mooslehner vom Halse halten. Das weiß ich bestimmt.«

»Das ist ja sehr erfreulich... Sie glauben also auch nicht an die Existenz ihres Gatten?«

»Offen gestanden, nein, Herr Assessor. Sonst hätte sie doch die Gelegenheit ergreifen müssen, sich über das Schicksal ihres Mannes Gewißheit zu verschaffen.«

»Das meine ich auch, Herr Hegemeister. Trinken Sie aus... ich verspüre Lust, etwas Besseres zu trinken... etwas ganz Exquisites, was nur zu feierlichen Anlässen bestimmt ist.«

»Na, na, nicht zu früh, Herr Assessor... noch sind Sie nicht über den Berg.«

»Ich meinte bloß den Vorfall, der Sie so freudig gestimmt hat.«

»Sie wollen wohl auf den Busch klopfen? Das hilft bei mir nichts. Aber sagen Sie mal, ist das wahr, was ich von Ihnen gehört habe? Sie wollen der grünen Farbe untreu werden?«

»Das habe ich wohl in meiner ersten Stimmung hier so hingeworfen. Ich habe diese Karriere ohne eine bestimmte Neigung dafür eingeschlagen. Ich wollte bloß nicht durch einen Beruf dauernd gefesselt werden, wie als Arzt oder Jurist. Hauptsächlich reizten mich die Reisen als Feldjäger … Ich habe ja so viel Vermögen, daß ich jederzeit meiner Neigung folgen kann. Wenn mir das Leben als Grünrock nicht zusagte, wollte ich den Dienst quittieren und auf Reisen gehen, um mir die Welt anzusehen. Und schließlich wollte ich mir ein Fleckchen Erde aussuchen, wo es mir sehr gut gefällt.«

»Na und jetzt?«

»Jetzt fordere ich Sie auf, lieber Herr Hegemeister, mit mir auf die grüne Farbe anzustoßen: es lebe, was auf Erden stolziert in grüner Pracht … die Felder und die Wälder, die Jäger und die Jagd.«

»Dazu ist der Tropfen gerade gut genug, Herr Assessor«, rief Krummhaar, als er das Glas geleert hatte, und reichte ihm die Hand. »Das war ein schönes Wort, Herr Assessor. Ja, der schöne, deutsche Wald, der hat es uns allen angetan. Und nun werde ich Ihnen einen Vorschlag machen, Herr Assessor. Wir wollen einen Pakt schließen, von dem kein Mensch etwas zu erfahren braucht. Ich bilde Sie in diesem Herbst zum perfekten Jäger aus. Sie müssen noch ein bißchen fleißig auf dem Schießstand üben, wobei ich Ihnen Gesellschaft leisten werde. Ich denke, wir werden schon in den nächsten Tagen etwas Pfuhlschnepfen auf den Wiesen finden. Dann kommen Hühner und Fasanen an die Reihe, dann die Krummen … Dann graben wir ein paar Dachse, und sobald der erste Schnee fällt, treiben wir auf Sauen.«

»Ich nehme den Vorschlag mit Dank an«, rief der Assessor vergnügt. »Darauf wollen wir trinken.«

»Sehen Sie unseren Forstmeister, der ist wirklich ein Meister in jeder Beziehung. Wie er den verflossenen Herrn von Zaleski ausstach, das war doch eine Glanzleistung ersten Ranges … Im Notfall hätte ich es ja auch geschafft.«

»Na, na, Herr Hegemeister … das läßt sich nachher sehr leicht sagen.« Krummhaar lachte still vergnügt in sich hinein. »Herr Assessor, ich spreche lateinisch nur da, wo es angebracht ist. Sonst bin ich ein ehrlicher Kerl, dem man glauben kann. Ich sage Ihnen, das war hier vor zwanzig, dreißig Jahren ein Betrieb. Da waren wir fünf, sechs Mann, die nie aus dem Schwarzen 'rauskamen. Zwanzigmal haben wir uns stechen müssen, bis der erste mal in die Elf 'rauswankte.«

»Das ist ja ganz was Außerordentliches, Herr Hegemeister …«

»Nur ein gutes Auge, feste Hand und ruhig Blut und viel Übung. Wenn Sie mal nächster Tage zu mir kommen, erinnern Sie mich daran, daß ich Ihnen meinen Schützenrock zeige. Von den Schultern bis zu den Schößen dicht bei dicht mit silbernen und goldenen Medaillen besteckt. Nicht eine einzige hat mehr Platz … Da muß ich Ihnen doch ein Stückchen erzählen aus jener Zeit. Wir hatten hier einen richtigen Verein gebildet mit dem Forstmeister, damals hieß er noch Oberförster, an der Spitze. Eines Tages bekommen wir eine Einladung nach Tilsit zum Prämienschießen. Ich suche mir also fünf Mann aus, und wir fahren hin. Wir kommen an … Eine Scheibe mit zwanzig Ringen und hundertfünfzig Meter.

Gleich zu Anfang gab es Streit. Die Kerle wollten uns keinen Probeschuß gestatten und einen freihändigen Schuß nicht mit zwei Ringen höher bewerten. Wir mußten uns fügen. Ich komme zuerst 'ran, ich gehe ein bißchen hoch in das Schwarze hinein und lasse fahren. Der Anzeiger springt vor und salutiert … Was soll ich Ihnen sagen? Wir nahmen ihnen alle Preise ab und auch noch diverses Kleingeld beim Parieren … Gegen Abend wurde die Stimmung so ungemütlich, daß wir uns schleunigst empfahlen. Sonst hätten wir noch fechten müssen.«

»Das sind schöne Erinnerungen, Herr Hegemeister.«

»Ja, ja, und je älter man wird, desto lieber werden einem solche Erinnerungen.«

»Sagen Sie mal, weshalb ist von Ihren Söhnen keiner ein Grünrock geworden?« In demselben Augenblick war es ihm peinlich, daß er die Frage getan hatte. Er sah deutlich, wie unangenehm sie dem alten Herrn war. »Entschuldigen Sie, Herr Hegemeister, ich wußte nicht …«

Mit einer Handbewegung schnitt ihm der alte Grünrock das Wort ab. »Weil ich zu schwach war gegen meine Frau. Der Älteste hat mich auf den Knien gebeten, ihn Förster werden zu lassen. Mit vierzehn Jahren war er auf der Sekunda, obwohl er nie ein Buch in die Hand genommen hat. Und im Walde wußte er Bescheid, und eine Flinte schoß der Bengel! Ich war zu schwach, meine Frau wollte nicht... die wollte mit ihren Jungen höher hinaus. Studieren sollten sie... Sie hat es ja auch durchgesetzt... Na, reden wir nicht darüber. Es ist ja zum Guten ausgeschlagen. Einer von meinen siebzehn Enkeln wird mir jetzt die Freude machen. Er ist schon auf der Akademie in Eberswalde.«

Er trank sein Glas aus und erhob sich. »Es ist Zeit, daß ich nach Hause gehe... Wo bloß die Weschkalene bleibt?«

»Ja, ich denke auch daran... Wollen Sie sich nicht mehr halten lassen, lieber alter Herr? Mir ist die Zeit wie im Fluge vergangen.« »Nein!« »Na, dann vielen herzlichen Dank für Ihren Besuch. Würden Sie mir vielleicht Nachricht schicken, ob Weschkalene noch bei Ihnen ist?«

Der Hegemeister war kaum hundert Schritt gegangen, als Weschkalenes Wagen ihm begegnete. Sie ließ halten und streckte ihm die Hand entgegen. »Komm morgen zu mir, ich fahre noch zum Assessor 'ran.«

»Was bringst du ihm für Nachricht?«

»Sehr schlechte, er hat nichts zu hoffen.«

»Schade, ich habe den kleinen Kerl ganz gern.«

Der Assessor stand noch vor der Tür und hörte den Wagen kommen. Er trat an den Schlag. »Guten Abend, Weschkalene. Sagen Sie mir nur ein Wort: ja oder nein.«

»Solche Dinge werden nicht auf der Straße abgemacht, Herr Assessor. Bitte, geben Sie mir Ihren Arm. So, danke... Die Sache ist nicht mit einem Wort abzumachen«, fuhr sie fort, als sie ihm in der Stube gegenübersaß. »Wera hat uns ein Märchen erzählt, der Mann lebt nicht mehr, er ist im Aufstand gefallen. Es ist aber trotzdem noch ein Hindernis vorhanden.«

»Was kann das sein? Das muß sich doch beseitigen lassen.«

»Nicht so hitzig, junger Freund! Ja, jetzt fehlen mir alten Frau die Worte... Sagen Sie mal, Herr Assessor, muß es denn durchaus die Wera sein? Sie passen beide nicht zueinander. Sie sind ein leichtlebiger junger Herr. Sie brauchen eine junge, lebenslustige Frau, jung und schmiegsam, die alles mit Ihnen mitmacht. Die Wera ist schwerfällig, und sie hat in ihrem Leben soviel Schweres durchgemacht, mehr als ich Ihnen sagen kann.«

»Sie wollen mich möglichst schonend vorbereiten, Weschkalene.«

»Ich will Sie gar nicht vorbereiten. Es wäre gar nicht unmöglich... Aber das sage ich Ihnen gleich... vor ein, zwei Jahren entscheidet sich Wera nicht. Sie hat noch nicht überwunden, und wir müssen sie völlig in Ruhe lassen, sonst kommt sie uns ganz aus Rand und Band. Lassen Sie sich von mir alten Frau mal beraten.«

»Es geht alles vorüber im menschlichen Leben; auch das Leben geht vorüber. Und deshalb soll man es sich möglichst so einrichten, daß man am Ende nicht zuviel Neue zu empfinden braucht... Wir Landleute denken in solchen Fragen ruhiger... Wir wissen, daß man zwei Pferde von verschiedenem Temperament nicht zusammenspannen soll. Die machen sich gegenseitig zuschanden. Und bei den Menschen ist das ebenso. Da gibt es immer ein Unglück, wenn sich zwei so verschiedene Menschen für ein ganzes, langes Leben zusammenspannen.«

»Ja, Weschkalene, das sagen Sie so, aber wenn das Herz schreit...«

»Dann nimmt man es in beide Hände und hält es fest. Nachher ergibt es sich schon... Sie haben mich aber falsch verstanden. Der Weg ist ja frei bei Wera, für Sie wie für jeden andern. Also gar kein Grund, Trübsal zu blasen. Und nun will ich Ihnen einen Vorschlag machen. Kommen Sie mit mir und leisten Sie einer alten Frau ein paar Stunden Gesellschaft. Ihr Auto kann Sie nachher abholen.«

»Gern, Weschkalene, ich bin Ihnen ja so viel Dank schuldig.«

Als sie in Weschkallen vorfuhren, kam ihnen ein Wagen von der Rampe her entgegen. Das Ehepaar Steputat war zu Besuch gekommen mit Adusche... ganz zufällig...

24. Kapitel

Der Forstmeister war mit seiner jungen Frau von der Hochzeitsreise zurückgekehrt. Beide von der Sonne des Südens tief verbrannt... Telegraphisch hatte er sich jeden feierlichen Empfang verbeten. Aber Weschkalene kehrte sich nicht daran.

Auf der Bahnstation stand der Assessor. Freudestrahlend nahm er das Paar in Empfang. Vor der Oberförsterei standen die Grünröcke in Galauniform. Sechs junge Heideläufer bliesen den Fürstengruß... Die Tafel stand gedeckt.

»Ja, ja, man muß sich daran gewöhnen, daß man eine Schwiegermutter hat, die ihre eigenen Wege wandelt«, sagte Schrader neckend zu seiner Frau.

Im nächsten Augenblick fiel er Georginne um den Hals. »Du altes, treues Frauenzimmer, wieviel Hochzeiten hast du inzwischen schon zustande gebracht?« Er ging von einem zum andern. Bei dem jüngsten Grünrock fing er mit dem Händeschütteln an. Bei Krummhaar war es damit nicht abgetan. Einen Augenblicke sahen sich die beiden alten Grünröcke mit feuchten Augen an. Dann fielen sie sich in die Arme.

In der Haustür stand Abromeitene, jetzige Frau Kallweit, den Kochlöffel in der Hand. Sie hatte es sich nicht nehmen lassen, ihrem alten Herrn das Festmahl zu bereiten. In seiner Herzensfreude faßte Schrader sie um. »Kallweit, Sie gestatten doch«, und küßte sie auf die roten Backen. Schelmisch zog ihn Madeline am Rock. »Ottomar, man muß als junger Ehemann nicht in alte Gewohnheiten verfallen.« Schnell fing er ihren Kopf und Mund ein. »Du bist ja ein Racker... Hast du mir das wirklich zugetraut?«

Nach der Tafel verkrümelten sich die Grünröcke. Der Assessor hatte sie zu sich eingeladen. Nur Krummhaar blieb neben Weschkalene sitzen...

»Nun müssen wir mal wieder die Beine auf die Erde stellen, mein lieber Forstmeister«, begann Georginne. »Ich habe genug gearbeitet in meinem Leben. Jetzt will ich die Hände in den Schoß legen. Ich habe euch beiden Weschkallen verschrieben. Zum ersten April gehst du in Pension und übernimmst das Gut.«

Der Forstmeister lachte laut auf: »Verehrte Schwiegermutter! Nachträglich lasse ich mir keine Bedingungen stellen. Ich bin mit meiner Frau einig, daß ich noch so lange, wie mir Gott die Kraft gibt, im Amte bleibe.«

»Wie ihr wollt... Dann kann der Berger weiterwirtschaften. Ich gehe ja nicht aus der Welt, ich kann ab und zu noch ein Auge hinwerfen.«

»Weshalb willst du nicht in Weschkallen bleiben?«

»Weil ich mir in Lasdehnen ein Haus bauen lasse... Und da die Wera doch über lang oder kurz wieder heiraten wird, so habe ich mir das so ausgedacht, den Krummhaar zu mir zu nehmen, und damit die Menschen uns nichts nachsagen können, sind wir übereingekommen, uns trauen zu lassen.«

Lots Weib muß, als sie zur Salzsäule erstarrte, ein ähnliches Gesicht gemacht haben wie Madeline in diesem Augenblick... Der Forstmeister lachte laut auf: »Mensch, Adam, daß Sie noch einmal mein Schwiegervater werden sollen, das ist mir in sieben kalten Wintern nicht eingefallen... Aber nun stehe ich glänzend gerechtfertigt da... Georginne, das ist die beste Heirat, die du je zustande gebracht hast.«

Weschkalene zuckte die Achseln. »Ich bin ganz unschuldig daran. Der Adam hat mir auf eurer Hochzeit eine Liebeserklärung gemacht.«

»Da hört sich die Weltgeschichte auf. Adam, Mensch, zukünftiger Schwiegervater... das muß die Abromeitene hören.« Er sprang auf. Weschkalene vertrat ihm den Weg. »Nein, Forstmeister, das bleibt vorläufig ganz unter uns.«

»Ja, ihr seid klug... Von mir wußte die ganze Welt schon alles, noch ehe ich mich verlobt hatte. Ich will jetzt auch mein Vergnügen haben. Am nächsten Sonntag wird großartig Verlobung gefeiert.«

»Was meinst du, Adam!« rief Weschkalene dem Hegemeister zu, der still vor sich hinlachte. »Sollen wir ihnen das Vergnügen machen?«

»Ich habe nichts dagegen…Wie du willst, ich halte still.«

»Adam, wissen Sie auch, wie der Vers weitergeht? Nur keine Alte«, rief der Forstmeister.

»Mein lieber Schwiegersohn, du wirst dich mit mir erzürnen. Ich bin noch zehn Jahre jünger als du…«

»Entschuldige, Georginne, daran habe ich nicht gedacht. Und du hast uns voreilig deine Wiege geschenkt und das Gut verschrieben?«

Weschkalene lachte aus vollem Halse. »Du kannst sie uns ja borgen, Ottomar, wenn es nötig sein sollte…Aber nun in allem Ernst. Was sagt ihr dazu?«

Der Forstmeister stand auf und faßte sie um. »Ich denke, das haben wir euch auch schon im Spaß gezeigt. Wir freuen uns von Herzen…Meinen herzlichsten Glückwunsch dem jungen Brautpaar. Und nun laß Knallkümmel kommen, Madeline, wenn ihn der Nante nicht in meiner Abwesenheit vernutzt hat. Ein paar Flaschen werden noch auf Eis liegen.«

Gegen Abend ging der Forstmeister mit Krummhaar in den Feenpalast. Die Stimmung unter den Grünröcken war auf der Höhe angelangt. Nante hatte zur zweiten Vesper eine gebratene Gans, die für das Abendbrot bestimmt war, zu sich genommen.

»Nun können Sie sich vorstellen, Herr Forstmeister,« rief der Assessor, »was er in Ihrer Abwesenheit unter der liebevollen Fürsorge der Katinka zu sich genommen hat!«

Die Grünröcke hatten sich um ihren »Alten« geschart. Mit Stolz hörten sie, daß er sich mit Krummhaar duzte…Sie sollten bald die Erklärung dafür erfahren. Denn Schrader nahm Krummhaar bei der Hand: »Hier erlaube ich mir, Ihnen den jüngsten Bräutigam, meinen zukünftigen Schwiegervater, vorzustellen. Er hat sich heute mit Georginne Weschkalnies verlobt.«

Da war auch nicht einer, der sich darüber einen schlechten Scherz erlaubt hätte. Bloß Schwarzkopf meinte, der Krummhaar wäre der schlaueste Hund, der ihm je in seinem Leben begegnet wäre.

»Adam,« rief er in die aufgeregte Gesellschaft hinein, »ich muß dein Trauzeuge sein, denn ich bin aus Zufall schon der Augen- und Ohrenzeuge deiner Verlobung gewesen.«

»Das ist mir ja sehr interessant«, erwiderte Krummhaar lachend. »Dann werde ich doch endlich etwas Näheres darüber erfahren. Aber nachher, Gustav, unter vier Augen, damit die jungen Leute sich nicht ein schlechtes Beispiel daran nehmen.«

Die Aufregung hatte sich gelegt. Der Forstmeister ließ sich alles, was in seiner Abwesenheit vorgefallen war, erzählen…Das Gespenst auf der Schonung, die Völlerei an der Aschwöne, die Entlarvung und die Flucht des »Barons«, die Geschichte der Jagdverpachtung…Die Bauern hatten es richtig durchgesetzt, daß der Schulze ihnen für ein Jahr den Pachtvertrag nach dem Gebot des Barons bezahlen mußte. »Das schadet ihm gar nichts«, meinte der Forstmeister lachend. »Das wird ihm eine heilsame Lehre sein.«

In Dietrichswalde war Aufregung und Sorge eingekehrt…Daumlehner war abgestürzt…Reichenbach hatte ein langes Telegramm geschickt. Er hatte mit Daumlehner eine Überlandfahrt von Königsberg nach der Schweizer Grenze gemacht. Alle deutschen Rekorde waren geschlagen. Beim Landen war die Taube, kaum fünf Meter über dem Erdboden, zur Seite abgerutscht. Reichenbach hatte sich durch einen Sprung gerettet und war mit einer kleinen Verletzung davongekommen. Daumlehner war unter die Maschine geraten, die ihm beide Beine gebrochen hatte. Viel bedenklicher war die Gehirnerschütterung, die er davongetragen hatte…Er lag im Krankenhaus in Lindau am Bodensee. Der alte Graf Zeppelin war zufällig bei der Landung dazugekommen und hatte ihn selbst in seinem Auto dorthin gebracht…

Sofort setzte sich Erna auf die Bahn und fuhr zu ihrem Verlobten. Der Mutter gegenüber, die ihr vorhielt, das habe sie schon lange kommen sehen, benahm sie sich sehr tapfer.

»Ich auch, liebe Mutter«, erwiderte sie fest. »Darauf mußte ich vom ersten Augenblick an gefaßt sein. Und ich bin es gewesen, die ihn immer aufgefordert hat, nicht zu ermüden und das Höchste zu wagen. Das habe ich für meine Pflicht gehalten, ihm nicht den Klotz ans Bein zu binden. Jetzt werde ich ihm dafür die Treue halten…und wenn bloß ein Schatten von meinem stolzen Walter übrig bleibt, ich heirate ihn.«

Herr von Reichenbach wurde durch ein dringendes Telegramm nach Starrischken beordert. Er kam, den linken Arm in der Binde. Der Schwiegervater empfing ihn auf dem Bahnhof.

»Ich habe die Liesbeth mit Absicht zu Hause gelassen, um dir zu sagen, daß du die Ohren steif halten sollst. Die Frauenzimmer sind ja ganz aus dem Häuschen. Aber ich halte dir den Daumen. Laß dich nicht unterkriegen…«

»Ohne Sorge, lieber Papa. Ich werde nicht fahnenflüchtig.«

Der Empfang in Starrischken war derart, daß Guido seine Erwartungen und Befürchtungen weit übertroffen sah. Die Frau Schwiegermama stellte ohne Umschweife nach den ersten Begrüßungsworten die Bedingung, daß er sofort seine Versetzung in die Front beantragen, und sich ehrenwörtlich verpflichten müsse, bis dahin nicht mehr zu fliegen.

»Du gestattest wohl, daß ich mich erst mit meiner Braut darüber bespreche.«

»Nein, das ist durchaus nicht nötig, meine Tochter ist mit mir vollkommen einverstanden… Elimar, du wirst meine Worte bestätigen.«

Eine Palastrevolution war in Starrischken ausgebrochen. Herr von Grumkow hatte, statt seiner Gattin beizupflichten, den Schwiegersohn unter den Arm genommen. »Komm, Guido… Wir wollen erst mal einer guten Flasche den Hals brechen, hast du ein Fahrzeug in Königsberg? Ja? Na, dann fahren wir morgen in die Stadt der reinen Vernunft und fliegen ein bißchen spazieren.«

Frau von Grumkow hatte nicht nur bei ihrem Manne, sondern auch bei ihrer Tochter die Grenzen ihrer Macht überschätzt. Denn nachdem sie eine halbe Stunde ihrer Tochter Vernunft gepredigt hatte, stand Liesbeth auf und ging zu den Männern, die vergnügt bei einer alten Flasche Rheinwein plauderten. Guido sprang nicht etwa auf, um sie freudig zu begrüßen. Nein, er blieb ruhig sitzen und erzählte weiter von der prächtigen Fahrt. Er streckte nur die linke Hand nach Liesbeth aus und zog sie an seine Seite.

»Unten auf der Erde«, sprach er ruhig weiter, »lauert die Tücke auf uns. Hoch oben in der Luft, je höher, desto besser, fahren wir wie die Könige dahin… Hoch erhaben über alles Menschenvolk, was auf der Erde kriecht… Erst beim Landen wird’s gefährlich, und am meisten durch die Unvernunft der Menschen. Der Unglücksfall wäre gar nicht passiert, wenn nicht Walter im letzten Augenblick eine scharfe Wendung hätte machen müssen, um nicht drei Menschen totzufahren. Dafür muß er jetzt mit seiner Gesundheit büßen.«

»Ja, weshalb fährst du immer nur als Begleiter?« fragte Liesbeth zaghaft. »Der Walter heimst alle Ehren ein, und du wirst immer bloß so nebenbei genannt.«

»Da hast du recht… jeder wird nach seinem Verdienst bewertet. Aber morgen steige ich zu einem Überlandflug auf, wenn ich einen Begleiter finde, der mir die verantwortliche Aufgabe abnimmt, die ich bisher immer für Walter geleistet habe. Wenn das Wetter einigermaßen günstig ist, wiederhole ich den Flug.« Er zog sie auf seine Knie und küßte sie herzlich ab. Als die Mutter eine halbe Stunde später zu Mittag bitten ließ, mußte sie einsehen, daß sie die Schlacht verloren hatte. Reichenbach fuhr als Sieger ab. Liesbeth fand es nicht für nötig, ihrer Mutter mitzuteilen, daß ihr Verlobter schon die Bestallung als Leiter eines militärischen Flugplatzes in der Tasche hatte, wo er nicht mehr zu fliegen brauchte.

Eines Tages kam Mooslehner nach Weschkallen.

»Na, was führt Sie denn zu mir, Sie haben sich ja so in Wichs geschmissen?«

»Ich komme, Sie um Rat zu fragen. Soll ich, oder soll ich nicht?«

»Wollen Sie das nicht erst an den Knöpfen abzählen. Na ja, was soll das heißen? Mit mir muß man litauisch oder deutsch reden.«

»Sie wissen ja schon, was ich will, Weschkalene. Sie sollen für mich anfragen.«

»Ja, das glaube ich, das könnte Ihnen so passen. Die jungen Herren werden immer bequemer. Jetzt heißt es bloß, Georginne fahr’ hin, mach’ die Sache ab, und dann komme ich… Nein, nein, Herr Mooslehner, ich brauche keinen Kuppelpelz mehr. Ich habe mich zur Ruhe gesetzt.«

Der Grünrock machte ein ganz verzweifeltes Gesicht. »Können Sie mir nicht wenigstens sagen, ob meine Bewerbung nicht von vornherein aussichtslos ist?«

»Ja, das weiß ich nicht, lieber Mooslehner. Ich weiß ja noch gar nicht, wen Sie heiraten wollen.«

»Na, wen denn? Die Wera!«

»Die Wera… Die hat doch einen Mann.«

»Ach, Weschkalene, ich lasse mich doch nicht dumm machen. Daran habe ich nie geglaubt… Wissen Sie, was ich denke? Der kleine Junge braucht einen Vater, weil er noch keinen hat. Ich frage nicht danach, denn ich habe das Mädel lieb. Und ich habe kein Recht, ihr vorzuhalten, daß sie vor mir einen anderen liebgehabt hat… Ich will auch gar nichts wissen, als was sie für nötig hält, mir zu erzählen.«

»Lieber Mooslehner, so spricht man im Rausch, wenn man verliebt ist. Später kommt es anders. Das muß man sich alles vorher überlegen… Ich weiß nicht, wie die Männer darüber denken, aber ich würde mir das doch überlegen, wenn solch Mädel von einem Arm in den anderen geflogen ist.«

Mooslehner sprang auf, hochrot im Gesicht. »Weschkalene, das dürfen Sie von Wera nicht sagen, das ist unwahr… das ist ganz ausgeschlossen. Die ist nicht von einem Arm in den anderen geflogen. Die hat ein schlechter Mensch betrogen.«

Weschkalene drückte ihn auf den Stuhl nieder, legte ihren Arm um seinen Hals und küßte ihn auf den Scheitel. »Ruhig, Mooslehner, ruhig! Sie haben die Probe bestanden. Sie können der Wera ihre Hände unter die Füße legen. Sie wissen doch von dem Aufstand in Livland, wo die Bauern alle Schlösser zerstörten und niederbrannten?« Sie hatte ihre Wange auf seinen Kopf gelegt. Leise sprach sie weiter.

»In der Nacht, die ihnen allen den Tod bringen mußte, hat sie vor Gott mit dem Mann, den sie liebte, den Bund geschlossen. Er wurde gesegnet, aber der unerforschliche Ratschluß Gottes nahm den Mann hinweg. Er fiel im Kampf gegen die Aufrührer… Das hat ihr die Seele verstört. Sie sieht das als Strafe des Himmels an.«

Mooslehner hatte ihre beiden Hände gefaßt und geküßt. »Weschkalene, Sie sind ein Engel. Würden Sie es mir übelnehmen, wenn ich jetzt spornstreichs in die Försterei laufe?«

»Das haben Sie nicht nötig. Die Makunischker kommen heute alle zu mir. Bleiben Sie ruhig hier… Ich habe noch in der Wirtschaft zu tun… Oder kommen Sie mit, damit Ihnen die Zeit nicht lang wird. Nun seien Sie man ganz vernünftig und ruhig. Ich will es Ihnen verraten, daß Sie keinen Korb bekommen werden. Sind Sie jetzt mit Ihrer zukünftigen Großmutter zufrieden?«…

»Wo ist denn der Mooslehner geblieben und die Wera?« fragte der Forstmeister, als es zum Abendbrot ging.

»Ach, die haben keinen Appetit und haben auch keine Zeit… die haben sich was zu erzählen«, erwiderte Weschkalene mit einer Stimme, der man die Aufregung anmerkte. »Wir wollen man ruhig essen. Dabei können wir auch auf das jüngste Brautpaar anstoßen.«

Erst eine ganze Weile nach dem Abendbrot wurde Wera sichtbar. Ihre Augen leuchteten… Zuerst ging sie zur Weschkalene, kniete vor ihr nieder und küßte ihr die Hände. Dann warf sie sich dem Großvater an die Brust.

Mooslehner war weggegangen. Er hatte sein Gewehr mitgenommen und war hinausgegangen in den Wald, um seinem ältesten Freund, der ihn so oft in bangen Zweifeln gesehen und mit seinem Flüstern und Brausen zur Ruhe gemahnt hatte, sein Glück zu verkünden. – – –

www.ingramcontent.com/pod-product-compliance
Lightning Source LLC
Chambersburg PA
CBHW050547160726
48003CB00002B/788